KB121671

선생님,
요즘은 어떠하십니까

선생님, 요즘은 어떠하십니까

1판 1쇄 | 2015년 5월 1일   1판 10쇄 | 2023년 5월 26일

글쓴이 | 이오덕·권정생
펴낸이 | 조재은   편집부 | 김명옥 김원영 육수정
영업관리부 | 조희정 정영주 유현재

펴낸곳 | (주)양철북출판사
등록 | 2001년 11월 21일 제25100-2002-380호
주소 | 서울시 영등포구 양산로 91 리드원센터 1303호
전화 | 02-335-6407   팩스 | 0505-335-6408
전자우편 | tindrum@tindrum.co.kr
ISBN | 978-89-6372-160-6 03810   값 | 13,000원

편집 | 이혜숙   디자인 | 표지·오필민 본문·신병근   그림·김효은

선생님, 요즘은 어떠하십니까

이오덕과 권정생의
아름다운 편지

이오덕·권정생 씀

양철북

차례

 1973년~1975년

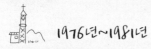
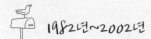

일러두기

- 이 책에 실은 편지는 1973년부터 2002년까지 이오덕과 권정생이 주고받은 편지 가운데서 뽑았습니다.

- 편지글을 원문 그대로 싣기 위해 문법에 맞지 않는 표현만 바로잡았습니다. 하지만 이오덕이 지금 맞춤법과 달리 떼어 써야 옳다고 여긴 '우리 말' '우리 나라' 같은 말은 떼어 썼습니다.

- 본문에 작은 글씨로 쓴 설명과 각주는 편집자가 붙였습니다.

- 본문에 실은 시 '권 선생님'과 '몇 평생 다시 살으라네'는 《이 지구에 사람이 없다면 얼마나 얼마나 아름다운 지구가 될까?》에서, '권정생 선생님 2'는 《무너미 마을 느티나무 아래서》에서 뽑았습니다.

1973년~1975년

1973년 1월 18일, 이오덕은 오후 차로 안동으로 해서 일직으로 갔다. 〈조선일보〉 신춘문예 당선작, '무명 저고리와 엄마'를 쓴 동화 작가 권정생을 찾아간 것이다. 혼자 살고 있는 일직교회 문간방. 겨울날 해거름에 찾아온 손님, 이오덕. 이오덕은 마흔아홉이었고 권정생은 서른일곱. 두 사람은 그렇게 만났다.

바람처럼 오셨다가
많은 가르침을 주고 가셨습니다

이오덕 선생님
다녀가신 후, 별고 없으셨는지요?
바람처럼 오셨다가 제(弟)에게 많은 가르침을 주고 가셨습니다.
일평생 처음으로 마음 놓고 제 투정을 선생님 앞에서 지껄일 수가
있었습니다.
선생님의 작품을 많이 읽었지만, 역시 만나 뵙고 난 다음, 더욱 그
진실을 깨닫게 되었습니다. 선생님이야말로 가장 소중한 우리 것을
가지신 분이라 한층 미더워집니다.
어저께는 안동 김성영 씨를 만나, 선생님 얘기를 입이 마르도록
나누었습니다. 가슴이 따뜻해지고, 무엇이나 아껴 주고 싶은 마음
이었습니다.
행복이란, 외모로 판단되는 값싼 것이 아닐 겝니다. 선생님이 격

정하시는 마음이 제게 많이 통하고 있다고 당돌하나마 말해 봅니다. 착하기만 해서도 안 될 것이죠.

소리소리 지르며 통곡하고 싶은 흥분이 일어날 때마다, 그것을 가슴으로 자꾸만 모아들이는 아픔이란, 선생님은 더 많이 아실 것입니다.

체험하지 않고, 겪어 보지 않고는 절대 모르는 설움을 무엇 때문에 외면하면서 설익은 재롱만으로 문학을 한다는 것부터, 반성해야 할 것입니다.

안동에 오시는 기회가 있으시거든 종종 들러 주시기 바랍니다. 원고는 며칠 더 기다려 주세요. 그동안 사정으로 아직 정리하지 못했습니다.

그럼, 추위에 몸조심하시기 바랍니다. 다음 뵈올 때까지 안녕히!

1973년 1월 30일

권정생 드림

동화 한 편 보내 주시면
잡지에 싣도록 해 보겠습니다

권 선생님께

대구, 서울을 들러 며칠 전에 이곳에 돌아와 이제사 겨우 펜을 잡고 몇 자 소식 드리려 합니다. 그동안 여러 가지로 수고가 여전하실 줄 압니다.

대구에서는 김성도 선생을 만나 선생님 얘기를 잘 전하고, 창주아
동문학상 얘기를 했습니다. 김성도 선생은 뜻밖에 아무 말이 없는 것
이 섭섭했습니다. 선생님 작품은 좋더라는 얘기를 한 것 같습니다.

  서울서는 몇 가지 바쁜 일이 있어 분주히 지내느라고 〈조선일보〉
에 가지 못한 것이 유감스러웠습니다. 기독교서회의 이현주 선생을
만나 선생님 얘기를 했더니 주소를 적으면서 퍽 관심을 가지고 들
어 주었습니다. 앞으로 이현주 선생한테서 연락이 갈 것 같습니다
만, 동화를 부쳐 주는 것도 좋으리라 생각합니다.

  아동문학가협회*의 이원수 선생과 그 밖에 여러 분들에게 선생님
소식을 전했더니 협회에 가입하는 것이 좋겠다는 의견이었습니다.
그래야만 어떤 혜택 같은 것도 생각할 수 있다고 하는 사람도 있었
습니다.

  2월 중에 다시 문협 총회가 열리게 되고, 그때 다시 상경하게 됩니
다. 그때는 조선일보 〈소년조선〉의 이주훈 씨와 〈소년〉지의 이석현
씨에게도 잘 얘기해 두겠습니다.

  이곳 오니 아직 선생님의 가입 원서가 와 있지 않아서, 그런 회에
가입하시기를 꺼리는가 생각되기도 했습니다만, 이것은 순전히 선
생님을 위해 권유하는 것이니 이해해 주시기 바랍니다.

  동화 한 편 보내 주시면 상경한 길에 어느 잡지에나 싣게 되도록
해 드리겠습니다.

  지난번 배방(拜訪) 하였을 때도 그러했지만, 이 편지글에도 혹시

---

* 한국아동문학가협회. 1971년에 창립. 아동문학가 이원수가 초대 회장이었다.

실례되는 말을 하지 않았는가 염려됩니다. 부디 용서해 주시기 바랍니다.

총망 중에 바삐 난필로 썼습니다.

1973년 2월 2일

이오덕

세끼 보리밥을 먹고 살아도
종달새처럼 노래하겠습니다

이오덕 선생님

편지 받았습니다. 왠지 눈시울이 화끈 더워지는 것을 어쩔 수 없었습니다. 사랑이 무엇이고, 어떤 것이라는 것을, 선생님 글월에서 느꼈습니다.

출생지가 남의 나라였던 저는 여지껏 고향조차 없는 외톨박이로 살아왔습니다. 아홉 살 때 찾아온 고국 땅이, 왜 그토록 정이 들지 않는지요?

나에게 한국이라는 조상의 나라가 있다면 그건 어디까지나 어머니의 무명 치마폭에서만이 느낄 수 있었을 뿐입니다. 소외당한 이방인이었습니다. 고국은 나에게 전쟁과 굶주림, 병마만을 안겨 주었습니다. 그 위에 몸서리쳐지는 외로움을……

누가 자기 나라를 싫어할 사람이 어디 있답니까? 나는 무던히도 나의 이 한국 땅을 사랑하고 싶습니다. 그러나 메말라진 흙 속에 물

한 방울 찾을 수 없어, 여지껏 목말라 허덕였습니다.

솔직히 저는 사람이 싫었습니다. 더욱이 거짓말 잘하는 어른은 보기도 싫었습니다. 나 자신이 어린이가 되어 어린이와 함께 살다 죽겠습니다.

선생님만은 제 마음 이해해 주실 겝니다.

나라고 바보 아닌 이상 돈을 벌 줄 모르겠습니까? 돈이면 다아 되는 세상이 싫어, 나는 돈조차 싫었습니다. 돈 때문에 죄를 짓고, 하늘까지 부끄러워 못 보게 되면 어쩌겠어요? 내게 남은 건, 맑게 맑게 트인 푸른빛 하늘 한 조각.

이오덕 선생님.

하늘을 쳐다볼 수 있는 떳떳함만 지녔다면, 병신이라도 좋겠습니다. 양복을 입지 못해도, 장가를 가지 못해도, 친구가 없어도, 세끼 보리밥을 먹고 살아도, 나는, 나는 종달새처럼 노래하겠습니다.

김성영 선생께서 그곳에 찾아가셨겠지요? 조선일보사에서 찾아다 주신 상금을 받아 줘고, 김 선생 딱한 사정을 들었습니다. 차비조차 변변히 받으려 하지 않고, 추운 산모롱이 길을 가다가 손을 흔들던 모습이 지금도 자꾸자꾸 보여집니다. 그래서 난 울고 싶어지고…… 아무래도 나는 울기쟁인가 봅니다.

'토끼 나라' 원고를 보냅니다. 내 원고는 거의가 50장~100장이 되어 취급하기가 곤란하지 않을까요? 지금 가지고 있는 작품, 미발표만으로 20여 편(1천 장)을 가졌습니다. 어떻게 하시든지, 선생님 의견만 따르겠습니다. 아동문학가협회 가입서를 동봉합니다.

날씨가 갑자기 추워졌습니다.

감기 들지 않도록 조심해 주시고, 언젠가 만나고 싶어집니다.

11시가 가까워 옵니다. 손이 시려 더 쓸 수도 없군요. 피곤해서 잠자리에 들어야겠습니다.

안녕히!

1973년 2월 8일

권정생 드림

이현주 선생님으로부터 엽서가 왔습니다. 선생님을 통해 제 애기를 모두 들었더군요. 작품 보내겠습니다.

저도 선생님을 잊지 않고 살아가려고 합니다

권정생 선생님

보내 주신 동화와 편지를 그저께 감사히 받았습니다. 남들이야 무슨 말을 하든지 저는 선생님의 작품을 참으로 귀하고 값있는 것으로 아끼고 싶습니다. 월말경에 상경하게 되면 협회 기관지에는 고료가 없기 때문에 신문이나 다른 잡지에 싣도록 하고 싶습니다.

선생님의 진정이 넘친 편지도 감동으로 읽었습니다.

김성영 선생이 일전에 찾아와서 문학에 대한 애기, 그리고 선생님에 대한 애기를 밤늦도록 하였습니다. 부디 건강에 최선을 다하시도록 바랍니다. 우선 충분히 약을 복용하시는 것이 좋을 듯합니다만. 저도 선생님을 결코 잊지 않고 살아가려고 합니다.

여러 가지 드리고 싶은 얘기가 많습니다만 지금 학교 일이 매우 바빠 두서없이 몇 자 원고와 편지 받은 인사만 드립니다. 곧 또 소식 전하겠습니다.

1973년 2월 14일 아침

이오덕

전근이 되어 산골로 옮겨 왔습니다

권 선생님

요즘은 건강이 어떠하십니까? 편지를 쓴다는 것이 바쁘기도 하고 성의도 없고 해서 이렇게 늦었습니다.

지난번 상경해서 선생님의 입회 원서를 협회 상임이사 이재철 씨에게 주었습니다. 입회가 된 것으로 압니다. 동화는 이원수 선생께 의논했더니 협회 기관지에는 고료가 나오지 않으니 우선 다른 잡지나 신문에 낼 수 있으면 내고, 그것을 다시 다음 호 기관지에 싣도록 하는 것이 좋겠다는 의견이어서 그렇게 하기로 했습니다. 그런데 서울의 〈소년조선〉이나 〈소년한국〉 등과 그 밖의 아동 잡지에 알아보니 육십 매짜리는 실을 수 없다고 합니다. 그래서 대구의 〈매일신문〉에는 웬만하면 실어 주겠지 하고 기대하면서 대구에 내려와서 〈매일신문〉 문화부의 이태일 선생한테 부탁했더니 여기서도 난색을 보였습니다. 할 수 없이 그대로 제가 가져와서 지금 보관 중입니다만, 워낙 제가 무능해서 이 모양이 되었으니 그저 용서를 바라고 싶습

니다. 다음 곧 또 상경할 기회가 있을 듯해서 그때 다시 알아보려고
합니다.

 그 밖에 여러 가지로 선생님을 도와 드리고 싶기도 합니다만 저의
능력이 부족해서 뜻대로 안 됩니다. 또 요즘은 제가 매우 분망해서
정신이 좀 없기도 합니다.

 이번 3월 1일 자로 저도 전근이 되어 또다시 이런 산골로 옮겨 왔
습니다. 춘양서 한 시간 이상을 걸어 재를 오르고 산등을 타고 걸어
야 하는 벽촌입니다. 가족은 전임지에 있고, 모든 것이 불편합니다
만 그런 대로 산에 정을 붙이고 살고 싶습니다. 권 선생님을 생각하
면 불편이고 뭐고 너무 사치한 소리입니다.

 안동에서 더 멀리 떨어지지 않게 된 것이 다행이라고 생각합니다.
졸저 《아동시론》을 그저께 부쳤습니다만 받으셨는지 모르겠습니
다. 책의 서문과 목차의 자리가 바뀌는 등 형편없이 되어 불만스럽
습니다.

 부임한 지 얼마 되지 않고 학년 초에 여러 가지 바빠서 우선 몇 자
급히 적었습니다.

 이 봄과 함께 건강을 되찾으시기를 기원합니다.

 1973년 3월 11일

 이오덕

이오덕 선생님께

'토끼 나라' 원고를 가지고 애쓰신 것, 죄송하기 이를 데 없습니다.

저는 돈하고는 인연이 머니까, 고료는 받지 않아도 되니, 어디든 지면만 있거든 주어 버리세요. 그보다 작품이 제대로 쓰였나 하는 것이 더 중요하지 않겠습니까?

저 때문에 너무 염려하시지 말기 바랍니다.

올해도 보리밥 먹고, 고무신 신으면 느끈히 살아갈 수 있으니까요. 가난한 것이 오히려 편합니다.

《아동시론》을 이틀 저녁 다 읽었습니다. 앞으로 몇 차례 두고두고 읽을 생각입니다. 먼저 이런 글을 쓸 수 있는 선생님을 가난한 우리나라에 태어나게 하신 하나님께 감사드렸습니다. 완전히 어른들의 장난감이 되어 버린 도시 아이들이 오히려 불쌍해집니다. 아동문학을 하는 사람뿐만 아니라, 모든 분야의 지도층, 이 나라의 어버이들은 다 한번씩 읽어야 할 책이라고 생각했습니다. 읽고 반성을 해야합니다. 저 역시 이 책을 읽으면서 눈물을 흘렸습니다. 앞으로도 계속 좋은 글을 써 주시리라 믿습니다.

날씨가 따뜻해 오니, 이젠 살아난 것 같습니다. 몸이 부실해서 그런지, 추위를 제일 못 견딥니다. 며칠 전에 시내에 들어가서 원고지 천 장을 사 왔습니다. 죽기 전에 써야 할 것을 어서 써야겠다고, 자꾸 초조해집니다.

제 동화가 돈과 바꿀 수도, 상을 탈 수도 없는 것이 당연합니다. '무명 저고리와 엄마'가 상을 받게 된 건 아무래도 이상한 일입니다. '토끼 나라'뿐만 아니라, 지금 제가 가지고 있는 작품 모두가 현 동화계에선 환영을 못 받을 것입니다.

원고료가 없어도 상관없습니다. 협회 기관지에 지면을 할애해 주시거든 원고를 드리세요. 장편 '겨울 망아지'도 아예 상품은 못 되니, 어디든지 그냥 발표시켜 주시기 바랍니다.

저 혼자의 생활이야 어쨌든 꾸려 갈 수 있지 않겠습니까? 안 되면 깡통을 들고 나설 각오입니다. 죄 될 짓만 안 하면, 무엇인들 못 하겠습니까? 여태까지 그렇게 살아왔으니 보통입니다. 선생님을 알게 되어 이젠 외롭지도 않습니다. 다시 뵈올 때까지 몸조심하시기 빕니다.

1973년 3월 14일

권정생 올림

못 부친 편지 동봉합니다

선생님

안녕히 계시었습니까? 저는 별고 없이 잘 있습니다.

어제오늘은 날씨가 갑자기 따뜻해서 제 날인 것만 같습니다. 작업복 두 벌을 빨았습니다.

---

* 1975년에 《꽃님과 아기 양들》로 출판되었고, 2002년에 《슬픈 나막신》으로 다시 나왔다.

동화 '갑돌이와 갑순이' 열아홉 장째 써 나오다가 막혀 버렸습니다. 60장 예정인데, 아마 이 고비가 제일 힘들 것 같습니다.

김성영 선생님이 《탱자나무 울타리》를 빌려 가더니, 서울 이사 가면서 그대로 갖고 가 버렸습니다. 도저히 허전해서 못 견디겠습니다. 시중엔 팔고 있는 것이 없습니다. 선생님께 혹시, 여벌로 보관해 두신 게 있거든 한 권 보내 주세요. 김 선생도 돌려주지 않는 걸 보니, 아마 무척 갖고 싶었던 모양입니다.

아동문학가협회에서 가입 인증서를 보내오고, 회지도 보내왔습니다. 회비와 책값을 보냈습니다. 이현주 선생님께 동화 두 편 보냈더니 〈새생명〉지, 기타 잡지에 5월 초에 나오기로 약속이 되었다고 합니다.

작년 가을에 써서 책갈피에 끼워 둔 채 못 부친 편지 동봉합니다. 늦었더라도 읽어 보세요.

그러면 부디 선생님 건강을 빕니다. 선생님도 몸이 약하신 것 같아 걱정입니다. 다음에 또 쓰겠습니다.

안녕히!

1973년 3월 29일

권정생 올림

선생님 작품은 마음으로 쓰는 시가 아니라, 가슴으로 쓰는 시라고 느껴집니다*

이오덕 선생님

진작 서신을 드렸어야 했을 것을, 이렇게 늦었습니다.

안동문협 지부에 한번 오실 줄 알고, 회의 때마다 기다렸습니다. 무척 바쁘신 것을 짐작하겠습니다.

선생님의 첫 동시집, 《탱자나무 울타리》를 갖고 있습니다. 김성도 선생님께도 말씀드렸지만, 제가 많은 감동을 받은 시집이었습니다.

한번 만나 뵙고 싶은 마음 간절했습니다. 이렇게 서면으로 말씀드리는 것 용서해 주시기 바랍니다.

이번 지부지에 실린 '농촌 아동시' 역시 선생님이 아니면, 아무나 찾아내지 못할 산골 어린이들의 모습을 새롭게 해 주셨습니다. 저 자신 무척 놀라웠습니다.

아동문학을 하고, 또 어린이를 사랑한다는 많은 사람이 있지만, 이토록 외면당하고 있는 현실의 농촌 어린이 가슴을 이해해 주는 분은 드물었습니다. 선생님 작품은 마음으로 쓰는 시가 아니라, 더 가깝게 가슴으로 쓰는 시라고 느껴집니다.

기교나 어휘엔 별로 염두에 두지 않고, 한 줄 한 줄 아이들의 설움을 눈물겹게 묘사하신, 《탱자나무 울타리》는 많은 어른들과 어린이들에게 읽혀져야 될 것입니다.

---

* 이오덕과 권정생이 만나기 전에 권정생이 이오덕에게 쓴 편지

선생님, 여가를 내서서 언제 꼭 만나 주시기 바랍니다.

그럼, 오늘은 이만 줄입니다.

선생님의 건필, 그리고 제게 많은 지도 편달을 빕니다.

안녕히!

1972년 10월 21일

권정생 드림

살구꽃 봉오리를 보고 눈물이 날 뻔하였습니다

권 선생님

편지 받고 곧 회답 못 드렸습니다. 건강이 어떠신지 늘 염려됩니다. 이곳 저는 학교 일에 매여 마음의 여유가 없습니다. 산골의 조그만 학교라서 또 전임자들이 학교를 잘 돌보지 않아서, 일이 매우 많습니다. 당분간 이렇게 바쁠 듯합니다.

산골에 있어도 할미꽃 한번 못 보고, 진달래꽃 한번 찾아가 보지 못하는 일과입니다. 며칠 전에도 여기를 오다가, 어느 골짜기 양지바른 산허리에 살구꽃 봉오리가 발갛게 부풀어 올라 아침 햇빛에 눈부시게 빛나고 있는 것을 보고 눈물이 날 뻔하였습니다. 저는 오랫동안 그 꽃봉오리를 바라보면서 여러 가지 생각에 잠겨 있었지요. 어릴 때 집 뒷산 언덕에 피어나던 살구꽃 생각도 해 보고, 이젠 이놈의 짓을 그만두고 어느 호젓한 산골짜기에 들어가 땅을 쪼며 살아야지, 하는 생각도 해 보았습니다.

아이들에게 잔인한 훈련만을 강요하면서 아주 멋진 교육을 하는 것처럼 꾸며 보이는 일에 온 정신을 소모해야 하는 '교육 공무원'인 저 자신이 한심스러워 견딜 수 없습니다.

그러나 괴로울 때마다 저는 권 선생님을 생각해 봅니다. 그리고 편안한 생활 속에서는 결코 참된 문학을 할 수 없다는 진리를 생각해 봅니다.

《탱자나무 울타리》마침 집에 한 권 여분이 있기에 부쳐 드립니다. 작품도 그렇지만 교정을 제가 보지 않아서 책이 영 형편없이 되었습니다.

지난달에 상경했다가 너무 바쁘게 볼일을 마치느라고 선생님의 동화를 또 그대로 가지고 돌아왔습니다. 이원수 선생님을 만날 예정이었지만, 이 선생님께서 많이 편찮으셔서 전화도 못 받으시는 형편이라고 해서, 찾아가 뵙지도 못했습니다. 다음 기회로 미뤄야겠습니다. 참 죄송해서 견딜 수 없습니다.

이현주 선생의 동화집《알 게 뭐냐》를 몇 권 구해 온 것이 있는데, 혹시 선생님한테 없으시다면 편지해 주십시오. 한 권 부쳐 드리겠습니다. 매우 좋은 동화집이라 생각되었습니다.

그리고 저번에 상경(문협 선거 때)했을 때 이재철 선생이 선생님한테서 뜻하지도 않은 입회금이랑 책값이랑 보내왔더라고 해서 그걸 돌려 드리라고 몇 사람이 얘기한 적이 있었습니다. 회비는 선생님 형편을 대강 알고 있어서 받지 않기로 했고, 책도 기증해 드린 것이랍니다. 책값이 반송되어 오지 않았습니까? 이재철 씨도 문협 분과위원장 선거에 실패하고 여러 가지로 정신이 없는 모양입니다.

멀지 않은 곳에 있으면서 찾아가 보지도 못하고 미안스럽습니다.

올 여름에는 몇몇 문우들과 함께 선생님을 문방할 생각을 하고 있습니다.

부디 안녕하시기 바랍니다. 바빠 두서없이 썼습니다.

1973년 4월 14일 아침

이오덕

밀가루를 반죽해서
쑥 나물 부치개를 구워 먹었습니다

선생님

주일 저녁 예배를 마치고, 모두 돌아가 버리고 혼자 남았습니다.

어저께 선생님의 편지와 동시집 잘 받았습니다. 잃었던 친구를 대하듯, 반가웠습니다.

온종일 있어도, 아무도 없는 날이 더 많기 때문에 책은 유일한 저의 친구입니다.

그저께는 쑥을 뜯어 와서 손수 밀가루를 반죽해서 쑥 나물 부치개를 구워 먹었습니다. 앞으로는 산나물도 뜯어 와야겠습니다. 찬거리가 없기도 하지만, 깨끗한 산나물을 먹으면 한결 봄 기분이 납니다.

아동문학가협회에서 회비 천5백 원 기타 책값을 알려 왔기 때문에 제가 보낸 것입니다. 앞으로도 계속 제가 부담해야 할 것은 가능한 데까지 책임을 다할 생각입니다.

이현주 선생님의 《알게 뭐야》는 몹시 읽고 싶던 책이었습니다. 마침 시내에 들어갈 기회가 있으면 한 권 구해 볼 생각이었는데, 선생님이 가지고 계신다면 부쳐 주시면 더욱 좋겠습니다.

아까부터 소쩍이가 자꾸 웁니다.

11시가 가까워 옵니다. 그만 자야겠습니다. 안녕히 주무세요.

1973년 4월 22일 밤

권정생 드림

저는 된장이고 맨밥이고 있는 대로 잘 먹거든요

권 선생님

편지 반갑게 받아 읽었습니다. 손수 나물을 뜯으시고 반찬을 장만하시는 선생님의 생활이 눈물겹기도 하고, 성스럽게도 여겨집니다.

저도 이곳 와서 자취를 합니다. 하숙을 하는 것보다 마음이 편해 좋습니다. 그리고 저는 본디 반찬 같은 것 가리지도 않고, 된장이고 맨밥이고 있는 대로 잘 먹거든요. 또 밥을 짓는다든지, 물을 길어 온다든지 하는 것을 조금도 괴롭게 생각하지 않습니다. 그런 것을 귀찮게 생각해 가지고야 어찌 자취를 하겠습니까. 저의 자취 경력은 이래저래 아마 20년 가까이 될 것 같습니다.

저녁밥을 해 먹고 누우면 글에 대한 생각, 문우들에 대한 생각을 하는 것이 즐겁습니다. 권 선생님의 작품집이 출판되도록 해야 할 것인데, 하고 며칠 밤 생각해 보기도 했습니다. 아동문협에서 회비, 책값 등을 알려 드린 것은 아마 전체 회원에 대해 일률적으로 하는 사무인 것 같습니다. 만일 권 선생님한테 그런 것을 요구한다면 그런 회에는 탈퇴해 버리지요. 문협이란 단체가 그만한 혜택을 특수한 회원에게 베풀어 주지 못한다면 그런 단체에는 나 자신도 들어 있고 싶지 않습니다. 이재철 씨가 간사로 있는데 그 사람이 실수를 했는지도 모릅니다.

이현주 씨의《알게 뭐야》는 지금 수중에 한 부 있습니다. 편이 있으면 부쳐 드리겠습니다.

여기는 산골 중에서도 산정(山頂)인 셈인데 어째서 그런지 소쩍새 소리를 아직 못 들었습니다. 산이 헐벗었고, 사람들의 마음도 산처럼 메말라 있어서 정이 안 붙습니다.

부디 건강하시고, 좋은 작품을 계속 써 주시기 빕니다.

총망 중에 몇 자 급히 썼습니다.

1973년 4월 30일

이오덕

마을에서 제일 마음 좋은 할머니가
돌아가셨습니다

선생님

오랫동안 서신 드리지 못했습니다.

그동안 고달프신 몸, 건강히 지내셨는지 참으로 염려스럽습니다. 저는 무사히 잘 있습니다.

잠시도 선생님 생각이 머리에서 떠나질 않습니다. 밥을 먹을 때도, 멍하니 앉았을 때나 길을 걸으면서도. 정말입니다. 선생님의 백분지 일도 따르지 못하는 저의 생활과 사고방식이 부끄러워집니다. 남들은 별로 나쁘게 보지 않지만, 제가 얼마나 가증스러운 인간인지 괴롭기 한이 없습니다. 열 가지 중에서 한 가지도 위선이 아닌 것이 없다고 느껴질 때, 가슴을 찢고 싶도록 괴로워집니다.

그저께(6일)는 안동 문협에 다녀왔습니다. 금년 들어 처음 출석한 셈입니다. 좀 더 적극적으로 돕고 싶어도 마음대로 되지 않습니다. 작품 하나와 회비 2천 원만 내어놓고 왔습니다.

김성영 선생님은 서울 문원각에서 일을 보시면서 안동에 자주 오시는 모양입니다. 여름방학 때, 선생님이 일직에 오신다는 이야기를 했더니, 언제인지 날짜를 꼭 알려 달라고 하십니다. 어떤 일이 있어도 꼭 만나 뵙겠다고 하십니다.

이현주 선생님의 《알게 뭐야》는 재미있는 동화였습니다. 진짜 동심은 이런 것이 아닐까요?

토요일 저녁으로 중등부 어린이들에게 몇 편 얘기했더니 흥미를 무척 가지는 모양입니다. 계속 들려줄 생각입니다.

선생님도 보고 들으시겠지만, 농촌의 그 순수한 생활 모습도 많은 변화가 있어 자꾸 정이 멀어지고 있습니다. 우리 교회당도 블록으로 담장을 쌓아 버렸습니다. 물질이라는 것은 철저하게 담을 쌓는 가장 죄악의 씨라는 것, 다시 한번 절감했습니다.

한국아동문학가협회에서 작품을 한 편 보내라기에 동화 한 편 보냈습니다. 3집이 곧 나올 계획인 모양이지요.

여태까지는 날씨가 좋아서 글을 얼마쯤 쓸 수 있었습니다만, 앞으로 더워지면 아무것도 못 하게 됩니다. 추위와 더위를 제일 못 견디니까요.

얼마 전에는 윗마을에서 76세나 되시는 할머니가 양잿물을 마시고 세상을 뜨셨습니다. 마을에서 제일 마음 좋은 할머니로 꼽히던 분이어서, 모두들 그의 죽음을 안타까워했습니다. 아들이 친자식이 아니라는 것은 저도 알았습니다만, 여태까지 아무런 말수가 없이 잘 살았기에, 남은 할머니의 감추어진 곳을 몰랐던 거지요.

상여가 떠나갈 땐 저도 눈시울이 더워져 왔습니다. 인간은 다 불행한가 보지요.

쓸데없는 말 자꾸 썼습니다.

선생님의 건강을 빕니다.

안녕히.

1973년 6월 9일

권정생 드림

권 선생님

편지 감사히 받았습니다. 저야말로 부끄러운 인간입니다. 선생님의 백분의 일도 못 따르는, 할 수 없는 인간임을 부끄러워합니다.

안동 문협에 나가시고, 회비도 내셨다고요? 선생님에겐 부담이 과중하실 것인데 문협 지부에서 너무 지나치다는 생각이 듭니다. 저는 거기 한 번도 나가 본 일이 없으면서 이름만 들어 있어서, 조금 전에는 그만 이름을 빼어 달라고 편지를 써 부쳤더니 그리할 수 없다면서 며칠 전에는 사무장인가 하는 사람이 여기까지 찾아왔어요. 명호면 소재지까지 와서 전화로 연락을 한 것이, 잘못 전달이 되어 내가 여기 있었는데도 없다고 동장 집에서 대답을 한 것 같아요. 그래서 그만 그대로 돌아간 것 같은데 참 미안했습니다. 할 수 없이 작품을 그전에 부치기는 했습니다만.

김성영 선생이 있을 때는 우정도 있고 해서 그대로 들어 있고 싶었지만 이젠 그만 벗어났으면 하는 생각뿐입니다. 대구아동문학회, 한국아동문학가협회, 수필문학가협회…… 이렇게 이름만 여기저기 내어놓고 있는 것이 저로서는 싫습니다. 어느 단체나 실은 어쩔 수 없이 들어 있는 편입니다. 그래서 권 선생님을 권해서 한국아동문학가협회에 드시도록 한 것이 요즘 와서 더욱 후회가 됩니다. 무슨 이념 같은 것이 같은 사람끼리 모이는 단체라면 뜻이 있고 좋겠는데……. 그런 단체를 우리끼리 만들 수 없겠나 생각해 봅니다.

이현주 씨의 동화집 재미있게 읽으셨다구요? 저도 그것 읽고, '이

현주 씨와 그의 동화'란 제목의 글을 하나 써서 〈한국아동문학〉에
싣도록 부쳤습니다. 참, 선생님의 동화 제가 보관하고 있는 것을 다
음 〈한국아동문학〉 3집에 싣도록 부쳐 놓았는데, 선생님이 또 하나
부치셨다고요? 이미 부쳐 버려서 할 수 없으니 제가 이재철 씨한테
연락해 두지요. 작품 하나는 보관해 두라고요.

대구아동문학회에서 이번에 낸 〈동시와 동화〉 한 권 부쳤습니다.
저의 작품이나 남의 작품이나 참 보잘것없는 중에 정휘창 씨 동화
를 재미있게 읽었습니다. 역량이 있는 분이라 생각되었습니다.

여름방학에는 꼭 가 뵙겠습니다. 혹 김성영 씨에게 연락해서 같이
갈 수 있으면 그렇게 했으면 싶어요.

부디 몸조심하시기 바라면서 이만 난필로 썼습니다.

1973년 6월 12일

이오덕

어머니가 무쳐 주시던 무생채 생각이 자꾸 납니다

이오덕 선생님

10여 일 동안 몸이 불편했습니다.

항상 건강하지 못하지만, 그래도 책은 읽을 수 있었더랬는데, 계
속 누워만 있었습니다. 낮에도 누워 있다가 누가 오는 기척이 나면
벌떡 일어나 앉아 아무렇지 않은 척하면서 지냈습니다. 지금은 열
이 많이 내렸습니다.

선생님께서 보내 주신 편지와 책은 감사히 받았습니다. 진작 편지 쓴다는 것이 아파서 쓸 수 없었습니다. 더위가 닥치면 으레 가슴의 맥박이 더 뛰고 호흡이 곤란해집니다.

지난 5월까지는 일을 많이 했어요. '어느 주검들이 한 이야기', '갑돌이와 갑순이' 두 편의 동화를 썼고, 장편 '겨울 망아지들'을 3백 장까지 개작했습니다.

새벗문고 스무 권을 전부 읽었고, 〈대한백년(大韓百年)〉 다섯 권, 그 외 다른 책도 읽었습니다. 열심히 쓰고 읽고 공부하려 했더니, 건강이 말을 들어주지 않는군요.

'겨울 망아지들' 이번 여름방학 때까지 끝낼 생각이던 것이, 그만 틀려 버렸습니다.

병원에 가 보면 주장 영양 섭취를 많이 하라고 하지요. 쓸데없는 줄 알면서도 1년에 한두 차례는 병원에 가 봅니다. 종합 진단, 투약, 심신 안정…… 도리어 병을 얻어 돌아오기 일쑤입니다.

몰라서 하지 못하는 것도 바보이지만, 번연히 알고도 못 하는 건 더 바보가 아니겠어요. 밥맛이 통 없어요. 남한테는 보리밥이라도 잘 먹는다 장담하지만, 어머니가 무쳐 주시던 무생채 생각이 자꾸 납니다. 고사리 무침도 산나물도, 그리고 어느 핸가 살찐 암탉을 잡아 찹쌀을 넣고 끓인 닭고움국이 꼭 한 주발이라도 먹었음 싶어요.

이게 살아 있다는 증거인가 봐요. 아니면 남들처럼, '강철 같은 굳은 마음'이 못 되어 쓸데없는 생각으로 슬퍼할 때도 많답니다.

선생님에게도 문원각에서 문학 활동 경력서를 청탁해 왔겠지요.

저는 자꾸 싱거운 생각이 듭니다. 무엇을 써 넣을지, 너무 쓸 게 없으니까요.

선생님, 써야 할 작품은 여러 편 구상해 놓고 아무래도 역량이 달립니다. 좀 더 좋은 책을 많이 읽고 공부를 해야겠어요.

꼭 좋은 동화 쓰겠습니다.

오늘은 그만 씁니다. 선생님의 건강을 항시 염려하고 있습니다. 아울러 건필을 빌고 있습니다.

1973년 7월 3일

권정생 올림

무리하더라도 봉화까지 선생님을 뵈러 가겠습니다

이오덕 선생님

오랫동안 궁금했습니다. 어제 편지 받고 마음 놓았습니다.

여름 동안 저는 계속 누워 지냈습니다. 참 몹쓸 인간입니다.

선생님의 편지 자세히 읽고, 어떤 일이 있어도, 좀 더 살아서 공부해야겠다는 결심이 새로워집니다.

권용철 선생을 한번 만나 보고 싶어집니다. 그토록 작품을 진지하게 읽고 비평을 해 주는 것이 제겐 더 없는 기쁨입니다. 솔직히, 저는 아직 누구에게 작품에 대한 올바른 평을 받아 보지도, 개인적인 지도도 못 받았습니다. 독학이란 어려운 것뿐만 아니라, 퍽 위험한 행위라는 것을 다시 한번 느꼈습니다.

제가 무리하더라도 봉화까지 선생님을 뵈러 가겠습니다. 저의 써 놓은 원고를 전부 가지고 가서 보여 드리고 솔직하신 지도를 받아야겠습니다.

한 가지, 선생님께 드리고 싶은 말씀, '갑돌이와 갑순이'는 절대 유행가 제목을 따온 것이 아닙니다. 유행가라면 저만큼 싫어하는 사람도 드물 것입니다. 갑돌이, 갑순이는 우리네 할머니, 할아버지가 손자들에게 즐겨 붙여 주던 겨레의 상징적인 가장 정다운 이름이지 않습니까? 그것을 나쁜 사람들이 유행가 같은 데 오용을 했기 때문에 천하게 되어 버렸죠.

선생님, 이번 금요일(7일) 아니면 토요일(8일)에 선생님께 가겠습니다.

뵈옵고, 자세한 얘기드리겠습니다. 부디 건강하시고, 계속 선생님의 건필도 빕니다. 〈안동문학〉의 '닭'이 읽는 분마다 입에 오르고 있어요.

안녕히!

1973년 9월 2일 밤

권정생 드림

권 선생님

여전히 괴로움이 많으셨겠지요.

지난 토요일 이곳 문경군 산북 거산에 와서, 내일은 대구 갔다가 모레쯤 상경할 예정으로 있습니다.

그동안 선생님한테서 가지고 온 작품, 그리고 우송해 주신 작품, 모두 읽었습니다. 오늘은 동화집 끝에 붙일 발문에나 쓸까 싶어 선생님의 작품에 대해 한 열 장쯤 써 봤습니다. 나중에 아주 넣기로 한다면 선생님께 보여 드려 허락을 얻도록 하겠습니다. 서문은 역시 이원수 선생님 것과 선생님의 자서(自序)도 있었으면 싶습니다. 천천히 쓰셔도 됩니다.

작품 다 읽고 감동한 것이 많습니다. '강아지 똥'은 전에 말씀드렸으니 말하지 않겠습니다만, '떠내려간 흙먼지 아기들', '똘배가 보고 온 달나라', '오누이 지렁이', '장대 끝에서 웃는 아이' 등이 참 좋았습니다. 특히 '금복이네 자두나무'는 '무명 저고리와 엄마'와 함께 역사적 리얼리티를 획득한 작품으로 귀하게 여겨집니다.

혹시 참고되실까 싶어 느낀 것을 말씀드리면 지난번 신문 당선 작품인 '무명 저고리와 엄마'에서 역사적인 사실을 적은 것이 좀 잘못된 것이 수정되지 않고 있더군요. 일제 때 강제공출이란 것은 일제 말기입니다. 그런데 이것이 3.1운동 이전같이 되어 있더군요. 3.1운동 이전의 얘기라면 강제공출이라 하지 말고 소작인들이 지주에게 바치는 것으로 고쳤으면 될 것도 같습니다만……

'얌얌이의 무덤'도 역작입니다만, 마지막에 가서 얌얌이 양이 혼자 마구 쏜살같이 달려가서 폭사하는 것이 매우 부자연스럽게 느껴졌습니다. 가장 중요한 장면이 이렇게 된 것 같아요.

저 개인의 취미인지는 모릅니다만, '니나와 아기 별', '파리가 날아간 푸른 하늘', '슬픈 여름밤' 들은 다른 작품들에 비해 좀 떨어지는 것 같았습니다.

'갑돌이와 갑순이'를 좀 손봐서 이런 작품 대신 넣었으면 하는 생각도 듭니다만, 모두 877매나 되니 상경해서 출판 사정을 알아보고 두어 편 빼는 것이 좋을 것 같으면 선생님께 연락드리겠습니다. 아무튼 훌륭한 동화집이 될 것으로 확신합니다.

안동의 이재호 씨한테서 편지가 왔는데, 선생님께 〈월간문학〉 보낸 것은 팔기 위해 보낸 것이 아니고 지부에 한 부 여유가 있어 기증해 보냈답니다. 그리 알아주시기 바랍니다.

전에 선생님이 김한규 선생이 수기를 써 보라고 권하신다 하셨지요? 혹시 선생님이 마음 내키신다면 한번 써 보십시오. 이런 권유를 하는 것은 제 생각에, 혹 선생님이 동화나 소설 같은 픽션보다 자신의 체험을 그대로 쓰는 생활 수기가 어떤 사람들에게는 절실한 감동을 줄 수 있지는 않을까 싶어섭니다. 이 말은 선생님이 동화 작가로서 적당치 않다는 생각에서 하는 말이 결코 아닙니다. 선생님의 살아오신 역사는 세상 사람들에게 알릴 보람이 있는 것으로 압니다. 경험을 그대로 쓰는 수기라 하지만 다소 얘기가 되도록 만들 수도 있는 것이 소위 '보고문학' 작품으로 알고 있습니다만. 그러나 이것은 전혀 선생님의 자유에 속하는 것이니까 잘 생각해서 하실 일입니다. 다만 자서전 같은 것이 훌륭한 문학인 것으로 알고 선생님의 의향을 물어보는 것입니다.

중앙일보 재단에서 조금 전에 이런 수기를 모집한 광고를 보았습니다. 현상금이 백만 원이던가요. 길이는 2백 장, 마감은 다음 해 1월 말이던가, 확실히 기억하고 있지 않습니다.

힘이 돌아가시고, 또 쓰시고 싶으시면 쓰십시오. 그러나 동화를 쓰시는 것이 선생님의 본질이고, 여기만 전념하시기 위해 남은 생명을 바치시는 듯한 선생님의 마음을 어지럽히는 결과가 될 것 같아 죄송합니다.

서울 가서 교섭한 결과는 곧 편지로 알려 드리겠습니다.

부디 몸조심하시기 바랍니다.

1973년 10월 1일

이오덕

동화집 원고는 맡겨 두고 왔습니다

권 선생님

많이 기다리셨지요? 지난 3일 상경해서 어제 9일 이곳에 돌아왔습니다.

선생님의 동화집 원고는 예정대로 계몽사에 맡겨 두고 왔습니다. 계몽사 가기 전에 이원수 선생님과 이현주 씨와도 의논했습니다. 이원수 선생님은 함께 가서 잘 말해 주겠다고 하시고, 이현주 씨는 계몽사에서 안 받아 주면 자기가 원고를 맡아 가지고 어디 교섭해 보겠다 해 주었습니다. 그래 계몽사에 가서 권용철 씨를 만나 얘기 했더니, 자기는 한갓 사무원이라 이런 문제를 부탁하기도 곤란하니 직접 윗사람에게 부탁해 보라고 해서 김시환이란 분(이분이 책 출판 문제에서 모든 것을 결정하는 실권을 가지고 있다 합니다)을 만나 얘기했지요. 이분은 전에도 인사한 적이 있습니다. 마침 제가 부탁 얘기하고 있을 때 이원수 선생도 와 주셔서 함께 부탁하게 되었 습니다. 그랬더니 김시환 씨 말이 "여기서 당장 결정할 수는 없고 나 중에 회의를 열어 결정하겠으니 원고를 맡겨 놓고 가십시오" 해서 그리했습니다. 아마 될 듯합니다.

참, 계몽사 가기 전에 김종상 선생과도 선생님 걱정 많이 했습니다. 그리고 계몽사에서 안 된다 하면 이현주 씨를 통해 다른 데 교섭 해 보든지 할 수도 있지만 저의 《아동시론》을 낸 세종문화사에 부탁해도 될 듯합니다. 8일 날 세종문화사 사장을 만나 얘기했더니 계몽사에서 안 되면 가져오라고 하는 말 들었습니다. 어쨌든 걱정 마시고 기다려 주시기 바랍니다.

김종상 선생도 선생님이 수기, 논픽션을 쓰시면 좋겠다고 말하더 군요. 이원수 선생님은 동화집 원고 중에 아직 발표 안 한 것 몇 편 이라도 좋으니 부쳐 주면 원고료 나올 잡지나 신문에 내도록 하겠 다 하셨습니다. 단 너무 길어서는 안 되고, 30장 내외 되는 것이라 야 한다고 하셨습니다.

서울 가기 전에 대구 김성도 선생을 만났습니다. 김 선생은 지난 해 창주아동문학상 뽑을 때 선생님 작품 나온 것 얘기하면서, 웬만

하면 고려해 보려고 했는데 안 되었다고 하면서, 이번에 동화집 원고 중에 아직 발표하지 않은 것이나 올해 발표한 것 중에 잘된 것이 있으면 한두 편 보내 주면(12월 말까지라 들었습니다) 웬만하면 되도록 해 보겠다 했습니다.

소년사 이석현 선생은 찾아갔더니 계시지 않아 못 만났습니다. 선생님이 원고를 부쳐 놓았다 하셨지요. 이원수 선생께 될 수 있는 대로 빨리 〈소년〉지에 게재되도록 부탁해 달라고 해 놓았습니다. 그리고 〈현대아동문학〉의 원고료는 권용철 씨, 김종상 씨 등에 부탁해 놓았습니다. 송명호 씨가 지방에 나가고 없었기 때문입니다.

〈월간중앙〉지에서 모집하는 논픽션 작품 모집 광고를 보았습니다. 혹 쓰실 생각이 계실까 싶어 광고에 나온 것을 참고로 적으면 ①제목은 자유이고 ②길이는 200자 원고지 200장 이내이며 ③마감은 74년 1월 20일이고 ④보낼 곳은 서울시 서대문구 서소문동 58의 9 중앙일보사 월간부 ⑤겉봉에 〈논픽션 부문〉이라 주서(朱書)할 것 ⑥상금은 50만 원, 이렇습니다.

곧 또 소식 드릴까 합니다. 너무 무리를 마시기 바랍니다.

1973년 10월 10일

이오덕

이오덕 선생님

안동에서 헤어져 집에 오니 캄캄했습니다. 선생님은 학교에까지
못 가셨겠지요? 수필 '버스여행'을 읽고 선생님의 고통을 좀 더 알
게 되었습니다.

오늘은 이원수 선생님께 보낼 원고 두 편 정리했습니다. '보리방
아'와 '코스모스와 사마귀' 계몽사에 맡겨 둔 원고 아닌 것으로 했습
니다.

〈여성동아〉지에서 원고 청탁을 해 와서 다른 것, 또 한 편 썼습니
다. 필자의 약력을 알려 달라기에 좀 자세히 적었습니다.

장세문 선생님께 연락을 해 보셨습니까? 제가 〈한국아동문학〉 한
권 보내 드렸습니다.

그날 선생님과 헤어져, 서점에 가서 이상선집(문고판)을 사 와서
읽었습니다. 결핵 환자의 절규, 그는 과연 천재였습니다. 26세의 짧
은 생애를 마친 일본 시인 이시카와 다쿠보쿠(石川啄木)를 능가한 시
인이자 작가라 생각했습니다. 상(箱)은 신병(身病)보다도 나라 잃은
슬픔이 더했을 것이라 추측하니, 더욱 애처로워집니다. '종생기', '날
개', '권태', '오감도' 등 소설 시 수필 할 것 없이 현 작가들이 쓸 수 없
는 명작이었습니다.

"하늘을 우러러 부끄럼 없는……"은 윤동주보다 그가 먼저 쓴 시
구절임을 알 수 있었습니다. 다쿠보쿠의 '雲は天才である(구름은 천재
다)',《二筋の血(두 줄기 피)》를 보면 상(箱)과의 공통점을 발견할 것입

니다. 다만 다쿠보쿠의 작품이 보다 생활에 가깝다는 것을 알 수 있습니다. 어쨌든 불행한 천재들이었습니다.

건강한 사람은 병든 사람의 괴롬을 절대 이해할 수 없습니다. 병든 사람 자신의 고통이며, 어디까지나 그 한 사람만의 불행인 것입니다. 그 불행의 가장 큰 요소는 육신의 병 때문에 정신적인 병까지 앓게 되는 것입니다.

저도 성인 문학을 했더라면 벌써 이전에 좌절해 버렸을 겝니다. 동화는 그만큼 저의 정신적 무기가 되어 줍니다. 그러나, 그것도 언제쯤 힘이 다해지면 저도 미치고 말 것입니다.

겨울방학 때는 선생님이 또 와 주시리라 기다리겠습니다.

추위가 닥쳤습니다. 부디 몸 건강하시고 선생님의 가장 소중한 그 자리를 고수해 주시기 바랍니다.

1973년 11월 6일

권정생 드림

좋은 평론을 쓰셔서
아동문학을 시원히 정리해 주셨으면 싶은 마음 간절합니다

이오덕 선생님

궁금하던 차에 편지 주셔서 참 반가웠습니다. 이원수 선생님의 편지, 저도 받았습니다.

계몽사 계획이 장편 시리즈를 내고 있다는 것입니다. 그래서 저의

단편집이 좀 곤란해서 중편 하나라도 있으면 좋겠다는 것입니다. 연락받고 '겨울 망아지들'을 손질하고 있습니다. 이달 말경까지 보내라고 하시더군요.

며칠 동안 감기 때문에 누웠다 보니 일이 잔뜩 밀려 버렸습니다. 올해도 못다 한 일 그대로 다 지나가 버렸습니다.

선생님께 꼭 부탁드립니다. 좋은 아동문학 평론을 쓰셔서 잡초처럼 어설픈 아동문학을 시원히 좀 정리해 주셨으면 싶은 마음 간절합니다. 대가들도 그렇지만 신인들의 창작 자세가 거의 타락 상태에 있는 것 같아요. 이준연, 권용철, 장욱순 제씨들의 작품은 시발점에서는 좋았는데, 요즘 와서 거의 통속화되어 버렸어요. 언젠가는 이분들이 부딪힌 벽을 뚫고 자기들의 바른길을 걸어갈 날이 있으리라 봅니다.

창주아동문학상에 응모해 보려고 신작 세 편을 써 오다가 겨우 한 편만 완성하고 두 편은 마감까지 끝맺지 못할 것 같습니다. 선생님이 추천하시는 것 봐서 보내겠습니다.

상금 때문에 이런 짓 하려니, 좀 걸립니다만 살아가기 위해 어쩔 수 없습니다. 용서하시기 바랍니다.

추위에 몸 조심해 주세요.

1973년 12월 12일

권정생 드림

원고료 같은 것은 기대할 수 없으니
책이나 좀 얻도록 하겠습니다

권 선생님

12일 날 서울 갔다가 어제 16일 돌아왔습니다. 14일 김종상 선생과 같이 계몽사에 가서 편집부의 김시환 씨(아마 이 사람이 편집부장인가 싶어요)를 만나니 역시 이원수 선생님이 하시던 말씀 그대로 장편이나 중편을 넣어 책을 만들고 싶다 했습니다. 단편은 편집부에서 검토한 결과 "너무 작품이 비슷비슷하다"고 하더랍니다. 작품이 어찌 비슷비슷할 수 있는가 반문했더니 "우리가 뭘 압니까. 읽어 본 사람이 그럽니다" 하고 적당히 대답하고 있었습니다. 그래 지금 저자가 650매 정도 장편을 쓰고 있는데, 며칠 후에 보내올 것이니 그것하고 여기 맡겨 놓은 단편 중에 몇 편을 골라 넣어 한 권 되도록 해 달라고 부탁해 놓고, 남은 작품들은 김종상 선생이 받아 놓도록 했습니다.

이래서 15일 내려오려는데, 14일 밤 이원수 선생님께서 전화가 와서 오늘 권정생 장편 동화가 우송되어 와서 지금 읽고 있는 중이니, 내일 가지 말고 이것 계몽사에 갖다 주고 가는 것이 어떠냐 해 왔습니다. 그래 곧 그날 밤에 이원수 선생 집에 가서 자고, 이튿날은 오후 2시까지 걸려 이원수 선생이 원고를 다 읽으시는 것을 기다려 계몽사에 이원수 선생과 같이 갔습니다. 그래서 전에 맡긴 단편 원고들 중에서 다섯 편을 골라 장편과 함께 계몽사에 맡겨 두고, 나머지 단편 원고들은 도로 찾아 김종상 선생이 우선 맡아 놓도록 디즈니다방에 맡겨 놓고 그리고 이원수 선생님을 작별하고 왔습니다.

김종상 선생이 이튿날 디즈니에 맡겨 둔 원고를 찾아가게 되어 있는데, 그것은 계몽사에서 결정되는 것 봐서 따로 출판하든지 하려고 합니다.

계몽사에 맡긴 장편 동화는 거기서 또 내용을 검토한다고 합니다. 요새는 창작 동화집이 잘 안 팔린다고 하면서 난색을 보이고 있었는데, 이원수 선생님 대답은 "이 동화가 무슨 아기자기한 재미라거나 웃음을 주는 그런 것은 아니고 문학적인 가치가 있는 것"이라고 얘기해 주신 것 같습니다. 그리고 계몽사에서 나올 때 이원수 선생님은 별로 기대가 안 된다는 말씀을 하셨습니다.

이번에 보내신 선생님의 동화에 대해 이 선생님께서 직접 편지로 감상을 전하실지 모릅니다만, 저에게 들려주신 말씀을 솔직히 그대로 드리면, 얘기가 너무 단조롭게 되어 어떤 산봉우리(이것을 흔히 야마라고 하지요) 같은 데가 없는 것이 결함이라 하셨습니다. 그리고 주인공이 누군가 불분명한 느낌도 있다고 하셨습니다. 문장은 참 좋다고 하시더군요. 만일 계몽사에서 거절하면 할 수 없이 단편만 모아 세종문화사에 맡겨서 책이 되도록 해야겠습니다. 세종에서 내어 주도록 승낙했습니다. 단, 원고료 같은 것은 기대할 수 없습니다. 대신 책이나 좀 얻도록 하겠습니다. 그리고 장편은 어떻게 해야 할지 그때 가서 다시 의논하겠습니다.

제가 너무 힘이 없어 이렇습니다. 용서해 주시고 좀 더 기다려 주시기 바랍니다.

내일 아침엔 또 봉화로 출장 나갔다가 여기 돌아와야 할지 문경으

로 가야 할지, 곧 또 대구에도 가야 할 일이 있어 바쁘고 어수선한
며칠을 보내야 할 것 같습니다.

가서 얘기드리지 못해 미안합니다. 부디 몸조심하시기 빕니다.

1974년 1월 17일

이오덕

우선 급한 대로 양식과 연탄 같은 것 확보하십시오

권 선생님

편지 감사합니다. 얼마나 수고가 많으십니까. 선생님의 어려운 형
편을 생각하지도 않고 지내온 것이 죄스럽습니다.

우편환으로 7천 원 부쳐 드립니다. 또 어려우시면 편지 주십시오.
제가 직접 가지 못해 안됐습니다. 3월 중순까지는 틈이 안 날 것 같
습니다. 우선 급한 대로 양식과 연탄 같은 것 확보하십시오. 신문값
같은 것은 차차 내도록 합시다.

저는 아마 올해도 여기 있게 될 것 같습니다. 대신 문경 있는 가족
이 여기로 오도록 했습니다. 예정대로 3월 초에 이사를 하게 되면
학년 처음의 계획 세워 두고, 그다음은 좀 틈이 날 것 같습니다.

안동 문협에서 아주 착실한 사업 계획을 알려 왔는데, 저도 그런
데 별로 참가 못 하고 협조도 안 될 듯합니다. 산골에서 글이나 쓸까
싶어요.

동화집 관계는 그저께 편지드린 것과 같이 좀 더 기다려 주시기

바랍니다. 요즘 출판 사정이 극히 악화된 것 같은데, 그래도 어찌해
서라도 책이 나오도록 하겠습니다.

오래 누워 계셨다니 참 안됐습니다. 부디 과로를 조심해 주십시오.
곧 또 소식 전하고 싶습니다.

1974년 2월 13일

이오덕

이 편지 써 두고 인편을 기다리다가 안 되어 오늘 전신환으로 돈
을 부쳤습니다.

2월 15일

제가 가장 곤고할 때, 선생님은 찾아와 주셨습니다

이오덕 선생님

급하게 보내 주신 것 잘 받았습니다.

어제는 누워서 원고를 세 장 쓰고, 오늘은 일어나 지금 막 빨래를
하고 났습니다. 날씨가 포근해서 좋군요.

동화집 출판, 너무 애쓰지 마시기 바랍니다. 저는 가만히 앉아서
너무 호강스런 걱정을 하고 있는 것만 같습니다.

모레 월요일은 안동에 갑니다. 선생님이 부쳐 주신 것으로 약도
구입해야 되겠습니다. 제가 가장 곤고할 때, 선생님은 찾아와 주셨
습니다. 결코 죽는 날까지 갚아 드릴 수 없을 것입니다만 잊지는 않

겠습니다.

이영호 선생님의 동화 거의 읽었습니다. 선생님은 어떠신지, 저는 무척 감동 깊게 읽었습니다.

얼마 전 신문을 읽고 막 통곡이라도 하고 싶었는데, 이젠 좀 안정이 되었습니다.

안녕히 계십시오.

1974년 2월 15일

권정생 드림

선생님, 5천 원만 보내 주세요

선생님

이번 겨울은 계속 추웠었지요?

저는 한 보름 동안 계속 누워 지냈습니다. 지나치게 과로한 모양입니다. 이제 조금 낫습니다.

어쩌다 보니 겨울 동안 많은 낭비를 한 것 같습니다. 무연탄도 전보다 꼭 갑절을 소비시켰으니까요. 신문 대금도 밀려 버렸습니다. 5천 원만 보내 주세요. 선생님께 빚진 것 아무래도 갚을 수는 없을 것 같습니다.

창주문학 작품을 보내지 못했습니다. 못 한 것이 아니라 보내지 않았습니다. 작품은 다른 데 지면이 있으면 보내겠습니다.

선생님도 그러시리라 생각합니다만, 참으로 요즘은 마음이 더욱 답답합니다. 속 시원히 얘기할 곳도 없군요.

　문협 안동지부에서, 거창한 계획을 알려 왔지만 모두 저와는 아무런 상관도 없는 것들이었습니다.

　선생님, 드릴 말씀 너무 많은데도 한 가지도 적을 수 없습니다. 안녕히!

　1974년 2월 16일

　권정생 드림

원고료 만 원 부칩니다

권 선생님

　겨울 동안 얼마나 고생이 많았습니까?

　저 지금 상경하는 길에 우체국에 잠깐 들렀습니다. 서울 가면 선생님 동화집 내도록 해 놓고 오겠습니다. 주로 그 때문에 갑니다.

　서울서 원고료 온 것이 있기에 만 원 부칩니다. 보태어 쓰시기 바랍니다.

　급해서 더 쓰지 못하고 이만 펜을 놓습니다.

　부디 몸조심하시기 빕니다.

　서울서 내려오면 소식 전하겠습니다.

　1974년 4월 3일 아침

　봉화 우체국에서

　이오덕

그간 무사하십니까?

지금 청량리에서 기차를 타고 내려가는 중입니다.

4월 3일 밤에 서울에 도착해서 이튿날 계몽사에 가니, 전에 맡겨 놓은 장편 동화를 아직 검토도 못 했다면서 미안해합디다. 아동들 읽는 책이 통 안 나가서 일체 출판을 못 하고 있다는 말이어서 곧 원고를 도로 인수했습니다. 그리고 세종문화사 사장 이종기 씨를 전화로 연락했더니 고향 상주로 가서 4일이나 5일에 온다고 해서 다른 볼일 보면서 기다렸지요. 김종상 선생은 또 4일에 고향 가고 6일에 돌아온다고 해서 이종기 씨를 기다리는 수밖에 없었습니다. 그런데 4일에도 안 오고 5일에도 안 오고 6일, 어제 저녁때에 세종문화사 직원이 말하기를, 사장님이 대구에서 전화를 걸어 온 것을 권정생 선생 동화집 관계로 기다리는 사람이 있다고 했더니, 원고 다시 가져온 것 있으면 받아 놓으라고 하더랍니다.

이종기 씨는 상주서 돌아오면서 너무 여러 날 되어 대구서 전화를 건 모양이지요. 그래서 저는 아무래도 일요일 아침, 오늘은 하경해야 되겠기에, 어제 마침 돌아온 김종상 선생한테 원고를 맡기고 모든 것을 부탁해 놓고 왔습니다. 김종상 선생 말도 이종기 씨가 책을 내어 주겠다고 확실히 말했다면서 결정해 놓은 것으로 여기고 있습니다. 저도 지난해 가을, 혹시 계몽사 일이 잘 안 되면 맡아 달라고 했더니 그리하겠다고 승낙하는 것을 들었으니까요. 조건은, 저자에 부담이 가지 않고, 다소라도 경제적으로 도움이 되도록 해야겠다고 했더니 수긍했습니다. 다만 그때와 지금과 출판 사정이 아주 달라져서 어찌 될지 모르지만 선생님께 책을 팔아 달라든지 하는 일은 없을 것입니다.

원고는 그러니까 단편을 모두 세종에 넘겨 놓은 셈인데, 양이 많으면 그중 몇 편을 빼어 버리도록, 이것도 그전 원고를 다시 제가 못봐서 김종상 선생이 좀 수고해 주시도록 부탁해 놓았습니다.

장편은 제가 도로 가지고 내려왔습니다. 어디 맡겨 놓을 데도 없고, 다시 어디 편지로 교섭해서 연재라도 할 수 있도록 힘써 보겠습니다. 그리고 세종의 이종기 씨한테는 다시 편지로 잘 부탁해 두겠습니다.

〈여성동아〉에서 선생님 동화 한 편 15일까지 보내 달라고 말하는데, 길이를 몇 장 얘기하는 것 적어 두었는데 안 보이는군요. 전에 '새해 아기'인가 하는 것 실으셨으니 그만한 것일 것입니다. 15일까지 안 되면 그 뒤에라도 좋답니다. 주소는 동아일보사 여성동아부 귀중이라고 하든지, 조성숙 선생 앞으로 해도 좋습니다. 조 선생은 직접 문예 담당하신 분은 아니지만 그분을 통해 부탁받았고, 문예 담당한 사람 이름을 적어 오지 못했기 때문입니다.

〈소년조선〉에 가서 선생님 동화 연재를 부탁했더니 8월쯤 가서 다시 얘기해 봅시다, 했습니다. 알고 보니 거기는 저희들 아는 사람들끼리 지면을 나눠 싣는 모양인데, 거의 가능성이 없습니다. 단편은 싣지도 않고 어쩌다가 실어도 원고료가 한심할 정도로 적은 모양 같습니다.

서울에 여러 날 있어도 이현주 선생도 못 만났습니다.

5월 초순엔가 김성도 씨 회갑 날에 이원수 박홍근 두 분이 대구로 내려올 예정이랍니다. 그때 두 분이 봉화 삼동까지 오시고 싶어 하는데, 대구서 봉화 가는 길에 혹시 선생님 찾아가게 될지 모르겠습니다. 저 혼자만의 생각입니다.

세종에 연락해 두고 기별 오는 대로 편지하겠습니다. 차체가 흔들려 글씨가 이 모양입니다. 내내 몸조심하시기 바랍니다.

1974년 4월 7일

중앙선 열차 중에서 이오덕

제가 쓰는 낙서 한 장까지도
선생님께 맡겨 드리고 싶습니다

이오덕 선생님

지난 4일 등기 편지와 오늘 보내신 편지, 둘 다 받았습니다. 이토록 괴롬을 끼쳐 드려 죄송합니다.

날씨가 풀려 지내기가 나아졌습니다. 그러나 전보다 누워 있는 시간이 더 길어졌습니다. 어쩔 수 없는 일이지요. 무엇보다 글을 쓸 수 없는 것이 더할 수 없이 괴롭습니다.

장편 하나 꼭 쓰고 싶은데, 아마 못 쓰고 말지도 모르겠습니다. 지금 제 마음은 갈피를 못 잡겠어요. 몸을 돌봐서, 요양을 좀 더 해 보느냐, 아니면 쓰다가 쓰러지는 한이 있어도 무리를 해 보느냐, 망설이고 있습니다.

물론 여태까지 살아온 것이 똑같이 반복되는 생활이었습니다만, 언제나 앞의 일은 어렵기만 합니다. 계획한 대로 되어지기가 힘들다는 것은 경험했으니, 하루하루 성실하게 살아가겠습니다.

〈여성동아〉의 황정자 선생으로부터 엽서를 받았습니다. 4월 15일까지 원고를 꼭 보내 달라고 하는군요. 18장~20장. 구상했던 동화 서너 편 있으니, 힘닿는 데까지 써 보겠습니다.

선생님이 애쓰시고 계시는 동화집은 어차피 출판이 되는 것으로 알고, 기왕이면 정성을 다해 보고 싶습니다.

창주아동문학상에 응모해 보려던 두 편의 동화 '둘째 아들', '남쇠와 파란 눈의 아이'를 함께 수록하면 어떨까요? 〈매일신문〉 신춘 동화 '아기 양의 그림자 딸랑이'도 정리해 두었습니다. 〈현대아동문학〉의 '갑돌이와 갑순이'도 '별똥별'로 개제(改題)해서 한데 묶으면 싶군요.

이현주 선생님이 소개해서 〈새생명〉(월간지)에 게재했던 '복사꽃집'도 빠지게 된 것이 아쉽습니다. 두 번 다시 기회가 없을 것 같아서 그런 거니까 선생님이 알아서 해 주세요. 서문 여섯 장을 써 놓았습니다. 선생님이 읽어 보시고 실어서 좋다면 싣도록 하시기 바랍니다.

선생님, 너무 염려하시지 말아 주세요. 물론 저는 선생님만은 믿고 의지해야겠다는 마음을 가지고 있습니다. 믿을 수 있는 선생님을 알게 된 것만으로 더할 수 없이 기쁩니다. 앞으로도 역시 제가 쓰고 있는 낙서 한 장까지도 선생님께 맡겨 드리고 싶습니다. 2백여 편의 시와 동화도 정리하는 대로 선생님께 보낼 계획입니다. 시는

단 한 편도 생전에는 발표하고 싶지 않습니다.

그럼, 다음에 천천히 또 쓰겠습니다.

선생님의 건강과 건필을 빕니다.

안녕히!

1974년 4월 9일

권정생 드림

편지 써 놓고 부칠 수 없어 오늘까지 지연되었습니다. 서문 써 놓은 것 보냅니다. 읽어 보시고 안 된다면 새로 또 쓰겠습니다.

동화집 제목은 '금복이네 자두나무'가 어떨까요?

1974년 4월 13일

종이값이 비싸기도 하지만 구하기조차 힘든답니다

권 선생님

지금 두 통의 편지 받고 곧 회답 씁니다. 선생님의 건강이 더욱 악화된 듯하여 무엇보다도 걱정이 됩니다.

며칠 동안 청탁 원고 몇 편 쓰느라고 바쁘게 지내다가 오늘 세종문화사와 김종상 선생한테 부탁 편지 부쳤습니다. 세종문화사에는 삽화를 좀 잘 그리는 사람에게 부탁하도록, 그리고 책 서문이나 발문 같은 것도 걱정해 주었는데, 지금 선생님 서문 왔으니 이걸 내도록 곧 부치겠습니다. 그리고 더 넣고 싶은 다른 작품 있는 대로 보여 주십시오. 제가 서울로 보내도록 하겠습니다. 뭣하면 5월 중에 또 상경해도 좋습니다. 서울서 편지 회답 오는 것 봐서 경과도 알려 드리겠습니다.

책 서문, 글이 참 좋습니다.

이번 서울 갔던 얘기 못다 한 것 더 쓰겠습니다. 〈여성동아〉에서 선생님 얘기를 했더니, 그러지 말고 〈조선일보〉에 기사를 내어 보면 어떤가, 그러면 세상 사람들이 알게 되어 도움이 될지 모르고, 또 동화집이 나오더라도 잘 팔릴 것 아닌가 하는 것이 조성숙 선생의 의견이었습니다. 저는 선생님이 그런 기사 나는 것을 반갑게 생각하지 않을 것 같고, 문학 하는 사람으로서 신문에 이용되는 수가 있다 싶어 마음이 내키지 않았는데, 조 선생이 하도 권하고 전화를 걸어 유경환 문화부장한테 소개까지 해 주겠다 해서 할 수 없이 가 보기나 한다고 갔습니다.

조선일보 문화부장 유경환 씨 만나니 그런 기사는 지방 주재 기자가 취재해서 올려 보내야 된다 하면서 〈소년조선〉에 작품이나 실도록 해 보라 했습니다. 그래 또 유 선생 소개로 〈소년조선〉에 가서 정재도란 사람 만나 얘기했더니 요즘은 〈소년조선〉에 단편 동화는 안 싣는답니다. 싣더라도 한 편 겨우 2천 원의 고료라고 합니다. 그리고 장편은 지금 이주훈 씨 것을 연재하고 있는데, 8월에 끝날 것이니 그때 가서 다시 의논해 봅시다, 했습니다. 그래 그곳을 나와서 다른 사람들 만나 그 얘기했더니, 요즘 아이들 보는 신문의 원고료는 형편없는 상태고 〈소년조선〉은 저희들 아는 사람끼리 실어 주고 하는 곳이라 별로 희망이 없을 것이라고 했습니다.

세종문화사 일은 지난가을에 이종기 사장이 제게 한 말이 있고, 또 김종상 선생에게도 동화집 내어 주겠다고 했으니 일이 될 것입니다. 그런데 남들 얘기 들으니 박경종 씨가 동화집 한 권, 동시집 한 권, 이렇게 내는데 지형까지 떠서(자기 밑천으로) 인쇄와 제본만 세종문화사에 부탁하고, 책 나오면 또 얼마쯤 팔아 준다는 조건으로 지난가을부터 부탁해서 내어 주기로 했는데, 아직도 일을 착수 안 했답니다. 그러니 참 어렵잖겠는가, 하는 말이었지요. 그러나 박경종 씨 작품 같은 것이야 선생님의 작품에 비할 수 없을 것입니다.

또 6일 서울에 있으면서 이종기 씨 기다릴 때, 대구에서 장거리전화가 왔더라면서 사장님이 권정생 씨 원고 가져왔으면 받아 놓으라고 사원에게 말하더랍니다. 김종상 선생한테 한 말도 있고 하니 틀림없이 될 것입니다. 어떻게 해서라도 되도록 해 드리겠습니다.

종이값이 비싸기도 하지만 구하기조차 힘들답니다. 캐나다 같은 나라에서 원료 수출을 제한하기 때문이라고도 합니다. 그래서 책 출판 사업은 어려움이 많은 모양입니다.

선생님의 장편은 제가 하도 바빠서 아직 읽어 보지도 못했습니다. 5월 초에 김성도 씨 회갑이 있는 모양인데, 다른 볼일 겸해 대구 가면 〈매일신문〉에 연재할 수 있는가 알아보겠습니다. 〈영남일보〉도 알아보겠습니다. 선생님 작품이 신문 연재에 적당한지 모르겠습니다만, 웬만하면 될 것입니다.

김성도 씨 회갑 때 이원수, 박홍근 두 선생님이 대구 내려오실라 했어요. 그리고 내려오신 길에 제가 있는 여기 봉화 삼동까지 오실라고 말은 있었습니다. 만일 그렇게 되면 봉화 오는 길에 권 선생님 한번 찾아가겠습니다. 선생님께 위로나 되실까 싶어서 생각하고 있습니다.

원고 무리하게 쓰시느라 더 몸이 나빠지신 것도 같습니다. 가서 얘기드리지 못해 안됐습니다. 부디 무리하지 마시기 부탁합니다.

1974년 4월 15일

이오덕

난필이어서 미안합니다.

백번 죽었다 살아난대도
가난하게 살면서 가난한 아이들 곁에 있고 싶습니다

이오덕 선생님

오늘도 종일 누웠다가 이제 일어났습니다. 하루 이틀 무리하고 나면 사흘쯤은 열에 시달려야 됩니다. 열이 오르면 음식 맛이 하나도 없어져요. 먹어야 살기 때문에 굶어서는 안 되지요. 아랫마을 가게에 가서 새끼 명태 백 원어치 사 왔습니다. 밥이든, 죽이든 넘어가는 데까지 삼키고 나면 '이젠 살았다' 싶습니다.

지독하게도 살아왔다고 생각됩니다. 절대 남 보는 데서는 울지 않습니다. 아픈 척도 않습니다. 아픈 척, 슬픈 척, 해 봤댔자 알아주는 이 없으니까요. 도리어 업신여김받기가 십상이랍니다. 행복한 척 사는 사람들은 모두가 그런 사람들이니까요.

병든 사람은 병든 사람만이 위로해 줄 수 있고, 가난한 사람은 가난한 사람만이 도와줄 수 있답니다. 신 김치일망정, 쓴 된장일망정, 진정 사랑하는 마음으로 저를 찾아오는 가난한 이웃들을 저는 저버릴 수 없습니다.

제가 돈이 생기게 되면, 건강해진다면, 사회가 알아주는 그런 훌륭한 사람이 되어진다면 더할 나위 없이 좋을 것입니다. 그러나 저는 많은 것을 잃을 것입니다. 저는 그것이 싫답니다.

각혈을 해 가면서도 공부해 보려고 안간힘을 쓰고 있는 그 아이도, 저를 떠나가 버릴 것입니다. 가발공장 가 있는 그 애도, 방직공장 가서 나를 위해 새벽마다 교회를 찾아가 기도하고 있다는 그 애도, 아침저녁 찾아와서 보채는 이 많은 제 친구들은 나를 마다하고 떠나가 버릴 것입니다. 선생님, 백번 죽었다 살아난대도, 저는 역시 가난하게 살면서 가난한 아이들 곁에 있고 싶습니다. 이대로 죽으라면 죽겠습니다.

신문 지상에 어쩌고저쩌고 하신 것, 저를 괜히 슬프게만 한답니다. 제가 그런 마음이 있어 누구에게 말한다 해도 선생님께서 적극 말려 주셔야 됩니다. 거지 노릇 해도 남에게 속아 살아서는 안 되지 않겠습니까.

동화집 문제도 너무 복잡하게 생각하지 말아 주세요. 삽화 같은 것도 차라리 제 동화는 없는 것이 어울릴 것입니다. 표지 그림도 없어도 무방할 거예요. 왜냐고 하면, 독자가 어린이보다 어른들이 더 많을 것 같아서입니다. 아직도 독자들이 보내오는 편지 중엔 남녀 대학생들이 제일 많아요.

달포 전에는 문치우라는 신인 영화감독이(고려대 영문과를 나와 여태 조감독을 하다가) '무명 저고리와 엄마'를 영화화하도록 허락해 달라고 해서 좋은 대로 하라고 회답해 줬습니다. 하도 편지 내용이 성실하기에, 좋은지 나쁜지 모르고 허락해 준 거지요. 선생님께 먼저 여쭈어 보지 않아서 좀 찌뿌둥합니다만, 괜찮겠지요? 선생님이 오시면 그분의 편지를 보여 드리겠습니다. 절대 상품 같은 저속한 영화로 만들진 않을 것 같아요.

장편 소년소설은 좀 두고 보면 어떨까요? 때가 되면 빛을 볼 수 있을 테니까요. 선생님께서 더 헤아리실 것입니다. 동화 몇 편을 며칠 뒤에 보내겠습니다. '남쇠와 파란 눈의 아이', '아기 양의 그림자 딸랑이', '둘째 아들' 이렇게 세 편만 보내겠어요. 다른 건 힘이 들어 베낄 수가 없어요. 〈여성동아〉에 동화 한 편 써 보냈지만, 엉망일 것 같습니다. 보내지 말까 하다가 원고료 받으려는 욕심에서 보냈어요. 그러고 보니 저도 그만큼 타락해 있는 게 분명하지요.

조금 아까, 시장에서 구둣방 하는 태수가 와서 "부자들이 가난한 사람들 돈을 별별 수단을 써서 다 긁어 간다"고 하면서 한참 동안 투덜거리다 갔습니다. 봄이 되니까 몸이 바짝바짝 자꾸 마른대요.

선생님, 편지 써 놓고 읽어 보니 제가 좀 흥분한 것 같습니다. 병 때문에도 그렇지만, 저는 항시 가슴이 울렁거리니까요.

안녕히 계셔요.

1974년 4월 22일

권정생 드림

출판 관계 일, 천천히 하셔도 됩니다

선생님, 또 편지가 늦어졌습니다.

원고 두 편만 보냅니다. '둘째 아들'은 〈안동문학〉 3집에 줘 버렸습니다. 어제오늘 날씨가 흡사 겨울 같아졌습니다.

천천히 하셔도 됩니다. 출판 관계 일 말입니다. 그토록 어려운 것을 괜히 선생님께 부담만 끼쳐 죄송해 죽겠습니다.

'아기 양의 그림자' 대신 '얌얌이의 무덤'을 빼 버리세요. 다음 기회에 나머지, 혹시 정리될 수 있을지도 모르지 않겠어요.

그럼, 안녕히 계세요.

1974년 4월 27일

권정생 드림

젊은이들이 읽어 주는 것이
기쁘고 보람 있는 것이지요

권 선생님

서울서 도로 가지고 온 '겨울 망아지들'을 어제는 새벽부터 읽고 있는데, 낮에 선생님의 편지와 소포를 또 받았습니다. 그래서 오늘은 보내 주신 동화 두 편까지 읽었습니다.

'겨울 망아지'는 그만하면 좋은 작품으로 얼마든지 세상 사람들에게 자랑하고 권하고 싶다는 생각이 들었습니다. 대구 가서 〈매일신문)이나 〈영남일보〉에 연재 교섭을 해 보고 안 되면 서울에 몇 군데 편지를 내어 단행본으로 출판이 되도록 힘써 보겠습니다.

이번에 보내신 두 편도 재미있게 읽었습니다. 모두 역작이라 생각됩니다. 곧 세종문화사에 보내겠습니다. 이걸 어디 한번 발표하고 난 다음 책에 넣었으면 좋겠는데, 이만한 길이의 본격적인 작품을 실어 줄 만한 잡지나 신문이 없을 것 같습니다.

세종문화사에서는 여러 날 전에, 사장이 아니고 편집 책임자가 회답을 보내왔는데, 6월 중에 책이 나오도록 해 보겠다는 말이었습니다. 사장한테 편지를 썼는데, 직접 회답이 없는 것이 미심쩍게 여겨집니다. 또 저는 저대로 출판사와 저자 사이에 어떤 계약을 성문(成文)으로 하지 못하고 일을 시작하게 된 것이 마음이 안 놓이기도 합니다. 서울 갔을 때 사장을 못 만났던 것이 무엇보다도 탈이었지만 워낙 출판 사정이 어려운 요즘이라서 계약이고 뭐고 책을 내어 준다는 말만 들어도 고맙다는 생각이 들기도 했던 것입니다. 아무튼 머지않아 경과 봐서 다시 상경할까 합니다.

선생님의 작품을 영화로 만들어 보겠다는 분이 있다니 다행한 일입니다. 책이 나오면 상당한 부수가 나갈 것 같습니다만, 대중들의 유행 취미물이 아니어서 크게 팔리지는 않으리라 봅니다. 그러나 동화란 것을 심심풀이 오락물로 읽는 백만 명의 독자보다 단 백 명의 가난한, 그러나 슬기로운 어린이들과 진실한 삶을 찾는 젊은이들이 읽어 주는 것이 더욱 기쁘고 보람 있는 것이지요.

부디 몸조심하시고, 글 너무 쓰지 마시고 쉬시도록 바랍니다. 선생님은 좀 더 오래 사셔야 합니다.

1974년 4월 30일

이오덕

선생님 책에 발문을 써 보았습니다

권 선생님

그저께 드린 편지 받으셨으리라 생각합니다. 그런데 선생님의 동화 작품 두 편과 제가 쓴 발문을 오늘 세종문화사에 부치려고 지금 봉화 출장 나온 길에 가지고 나왔는데, 회의 마치면 곧 우편으로 부치게 될 것입니다. 발문은 선생님께 미리 보여 드려야 하는데, 그저께 편지 부칠 때 깜박 잊었습니다. 저자의 요청도 없는데 남이 멋대로 이런 것을 쓴다는 것은 상식에 어긋나는 일입니다만, 부디 용서해 주시고 나중에 교정 때 보여 드릴 수 있고 또 빼어 버릴 수도 있습니다. 잘 쓰지도 못했지만 선생님의 작품을 조금은 이해할 수 있다는 생각에서 남들에게 하고 싶은 말을 써 본 것입니다.

돈 5천 원 우편환으로 부칩니다. 받으신 후 간단히 회답 주십시오. 요즘 우편물 사고가 자주 난다 해서 염려되어서입니다.

부디 무리하지 마시기 바랍니다.

1974년 5월 3일

이오덕

장편소설은 새벗문고에 단행본 출판 교섭을 편지로 하고 있습니다.

선생님 글이라면 믿을 수 있습니다

이오덕 선생님

지난달 이맘때 보내 주신 5천 원 소액환 두 장과 오늘 보내신 5천 원 한 장, 모두 잘 받았습니다.

지금 제 마음은 어떻다고 표현할 수 없는 마음입니다.

동화집에 선생님의 발문을 넣으시겠다니 더없이 감사한 일입니다. 제가 읽어 보지 않아도 선생님의 글이라면 믿을 수 있습니다. 남들이 흔히 쓰고 있는 거짓말투성이 서문이나 후기가 아닐 것이기 때문입니다. 부탁드리고 싶은 것은, 저의 신상에 대한 것은 얘기하지 마시기 바랍니다.

선생님은 저의 동화를 자꾸 좋게 보시려 하는데, 저는 아직 만족한 작품이 없다고 생각됩니다. 제 역량 가지고 지나친 욕심을 부리는 것 같지만, 어떻게 해서라도 일인(日人) 작가들의 작품을 능가할 수 있는 동화를 단 한 편이라도 쓰고 싶어요.

배우지 못한 것이 제일 슬프고 고통스럽습니다. 책 한 권을 읽는 데도 사전을 펼쳐 놓고 봐야 되니, 글 한 편 쓰는 데야 말할 나위 없지요. 그래도 자꾸 틀립니다. 어려운 말을 쓰는 것도 어렵지만, 쉬운 말로 쓰는 것은 더더욱 어려운 일이었습니다. 계속 글은 쓰겠습니다. 앉아서 배길 수 있는 힘만 있으면, 무엇이곤 쓰지 않고는 견디지 못하니까요. 아무와 얘기할 것이 없으니, 자연 책에 눈이 가고, 하고 싶은 말을 쓰지 않을 수 없지요.

세종문화사와는 공식적인 계약서가 없어도, 책만 팔리게 되면 적당히 생각할 테지요. 제 생각에도 그다지 기대는 못 한다는 것을 알고 있습니다. 독자들의 편지를 읽어 봐도 영 제 생각과는 엉뚱한 서신을 받을 때는 오히려 실망할 지경이니까요. 그토록 많은 편지 가운데, 단 몇 장이나 진짜 편지가 있을지? 가려내 보면 한심할 거예요.

선생님, 그럼 다음에 또 뵙겠습니다.

안녕히 계시기 바랍니다.

1974년 5월 6일

권정생 드림

원고 한 장 백 원씩 쳐서 7만 원으로 사자고 했습니다

권 선생님

지금 청량리에서 아침 차를 탔습니다. 동화집 편집 관계도 있고 해서 갑자기 틈을 내어 상경했다가 지금 내려가는 길입니다.

동화 삽화는 김종상 선생이 있는 유석 학교 어느 선생에게 맡겼다 해서 찾아가 보니 서너 편이 안 되어 있고 다 그려 놓아 있었습니다. 그림이 마음에 안 들었지만 그렇게 보기 싫을 정도는 아니다 싶었습니다. 그래 안 그린 것은 그대로 두어 다 그려 달라 하고 원고와 삽화 그린 것을 김종상 선생한테서 받아 이종기 사장한테 가서 넘겨주는데, 계약서를 쓰자 했더니 이종기 씨 말이 원고 한 장에 백 원씩 쳐서 7만 원으로 사자고 했습니다(모두 천 장 정도 되는데 여러 편 빼고 책 한 권 알맞을 정도로 하자니 730장 정도 되었어요).

저자 형편을 생각해 주는 것처럼 얘기하면서 그런 말을 했습니다. 할 수 없다 싶어 그렇게 해 달라고 해 놓고 그날 저녁에 이원수 선생님 만나 그런 얘기 했더니 원고 한 장 백 원이라니 너무하다 하시면서 다시 교섭해 보라는 말씀이었습니다. 그래 일요일 지나 월요일 다시 이종기 만나 매당 2백 원은 돼야 하지 않을까 하니 지금 출판 사정이 그럴 수 없다는 것입니다. 그래서 꼭 그러면 책을 50권 저자에게 더 주도록 해 달라 하니 그것은 응낙했습니다. 그래서 이 일은 저자에게 연락해서 승낙을 받아야 되니 내가 내려가서 곧 연락을 해서 기별할 터이니 내 편지 가거든 조판에 착수하라고 했습니다.

그러니 이 글 받으시고 그런 조건으로라도 희망하시면 간단히 기별해 주십시오. 다시 말씀드리면 원고를 아주 팔아 버리는 것이니 판권은 출판사로 넘어가게 되는 것입니다. 이원수 선생 말씀도 옳지만 출판 형편이 우리 나라의 지금 현실은 이렇게 작가들이 희생을 당하도록 되어 있습니다. 선생님이 조금이라도 불쾌하시다면 달리 다른 방도를 모색하겠습니다. 7만 원은 책이 나올 때 반액을 내어주고, 그로부터 3개월 후에 남은 반액을 지불한다는 말입니다. 참 어이없는 일이지만, 지금 책을 내려면 이런 모양으로 안 하면 좀 어려울 것 같습니다.

그리고 새벗문고에 장편 교섭을 한 결과 원고를 보내 달라고 해서 집에 가면 곧 부쳐 줄 예정입니다. 거기서는 인세로 하는데 1할을 준답니다. 그런데 새벗문고 경영이 어려워 금년에는 한 권도 못 내고 있고 이원수, 박홍근 두 분의 원고도 오래전에 받아 놓은 것 있는데, 아직 손을 못 댔다는 것이 편집 책임자 말이었습니다. 선생님의

책이 나온다면 특별 대우가 되겠는데, 얘기를 잘해 놓았으니 어찌
될 것 같습니다. 마침 이현주 씨도 만나 그 얘기를 부탁해 놓았습니
다. 이현주 씨는 크리스찬 아카데미란 곳에 근무하는데, 새벗문고
편집장과 잘 아는 사이랍니다.

　이 편지 받으시면 즉시 회답 주십시오. 솔직한 생각 말해 주시기
바랍니다.

　차가 흔들려 글씨가 이렇습니다.

　1974년 5월 28일

　중앙선 차중에서

　이오덕 드림

'강아지 똥'이 겪은 설움을 생각하니
측은한 생각이 듭니다

　이오덕 선생님, 편지 방금 받았습니다.

　동화집 때문에 제가 너무 선생님을 고생하게 하는 것 같습니다.
무슨 절차나 형식 같은 것은 너무 소홀이 생각하는 제 성격 때문에
선생님의 부담이 더 하시게 되었다고 봅니다. 동화 배열은 그대로
좋겠습니다.

　제목은 '강아지 똥'이 제 마음에 가장 드는 이름입니다. 출판사에
서는 어떻게 생각하는지 허락한다면 그게 좋겠어요. 제 동화 가운
데 '니나와 아기 별', '코스모스와 사마귀' 같은 가냘픈 제목이 있는

데 아주 제 마음에도 안 드는 제목입니다. 만약 '강아지 똥'이 안 되거든 '금복이네 자두나무'로 하면 좋겠어요.

이 외의 모든 것은 선생님께서 약속하신 대로 따르겠습니다. 그만큼만 되어도 감사한 일이라고 여겨집니다.

김종상 선생님께는 아직 편지 한 장 드리지 못해 본 사이입니다. 이다음에 책이 나오거든 염려를 끼친 분들에게 한 권씩이라도 보답하는 마음으로 드리고 싶습니다.

미야자와 겐지의 맨 처음 동화집 제목이 '주문이 많은 요리점'이라 했더니, 부인들이 요리책인 줄 알고 사 가기도 하고, 아이들은 통사 가질 않았다더군요. 그때도 출판 사정이 좋지 못해 자비 출판이었다고 했어요.

저의 동화 '강아지 똥'을 기독교교육 현상 모집에 응모했을 때도, 제목 때문에 아예 읽어 보지도 않고 밀어 뒀다가, 나중에야 마지못해 읽어 본 것이 뜻밖에도 내용이 좋았다고 했어요. 어느 분이 자기의 작품은 곧 자기 자식과 같다고 했듯이, 저의 '강아지 똥'이 겪은 설움을 생각하니 측은한 생각이 듭니다.

모두 그걸 싫어하는 이유가 어디 있는지요? 우리 아동문학 풍토가 기름지게 되자면 이런 것도 시정되어야 할 거예요. 각자가 자기 자신을 돌아보라고 해 보세요. '강아지 똥'만큼 한 가치라도 지니고 있는지요?

그리스도는 한 알의 밀알이 되라고 설교했지만, 저는 한 덩어리의 오물(거름)이 되라고 가르치고 싶어요. 선생님께서는 이 제목을 싫어하지 않으시리라고 믿고 있습니다.

장편 '겨울 망아지들'을 새벗문고에서 받아 주신다니 다행으로 생각합니다. 그러나 한편은 선생님께 과분한 부담을 끼쳐 마음이 무겁지 않을 수 없습니다. 아무튼 앞으로는 허락되는 대로 창작에만 몰두하고 싶습니다.

요사이는 건강이 조금 나아진 것 같습니다. 원고지 다섯 장 정도는 쓸 수 있으니까요. 그럼 이만 씁니다.

지난번 대구 다녀오셔서 보내 주신 편지도 받아 보았습니다.

안녕히 계십시오.

1974년 5월 30일

권정생 드림

편지 다 써서 봉해 놓고 다시 엽서 씁니다.

동화집 제목을 '강아지 똥'이 안 되거든 '깜둥 바가지 아줌마'로 하세요. '무명 저고리와 엄마'는 아무래도 전체 동화집 제목으로는 마땅치 못하다고 여겨집니다.

선생님께서도 많이 생각해 보세요.

'토끼 나라'는 강소천 동화 가운데 같은 제목이 있어 안 됩니다.

1974년 5월 30일

원고료가 하만 올까 싶어 기다리던 중입니다

이오덕 선생님

〈여성동아〉에서 원고료가 하만 하만 올까 싶어 기다리던 중입니다. 책은 벌써 5월 초에 왔는데, 왜 고료는 아직 소식이 없을까요?

작년 이맘때 〈새가정〉, 〈여름성경교본〉에도 게재된 잡지만 보내 주고 고료는 없었습니다. 〈현대아동문학〉도 약서(約書)까지 써 줘 놓고 소식이 없으니, 이젠 원고료 타 쓰는 것도 단념해야 되겠습니다.

월여 전부터 약을 먹지 않고 있습니다. 이젠 시달리기도 했지만, 자연요법이 차라리 마음 편할 것 같아서입니다. 약을 끊고 한 보름 동안은 열이 오르고 소변 불통까지 일으켜 고생했습니다만, 이젠 가까스로 고비를 넘겼습니다. 아무것도 아닌 것으로 생각하고, 이대로 계속 버텨 가겠습니다.

마음은 한결 편합니다.

생활 대책도 달리 생각해 보겠습니다.

그렇게 쉽게 죽을 것 같지는 않으니까, 선생님도 너무 걱정하시지 마세요.

보내 주신 소액환 5천 원 유용히 쓰겠습니다. 볼펜을 마을 구멍가게에서 샀더니, 잉크가 나오지 않아 더 못 쓰겠습니다.

여름철에 지나친 과로를 피해 주시고 언제나 건강해 주시길 빕니다.

1974년 7월 5일

권정생 드림

동화집 이름은 '강아지 똥'으로 해 놓아서
마음을 놓았습니다

권 선생님

서울서 그저께 토요일 내려왔습니다. 동화집 이름은 '강아지 똥' 으로 해 놓아서 마음을 놓았습니다. 삽화가 좋지 않지만 할 수 없 다 생각되었습니다. 이달 말이나 8월 상순이라야 나오게 되겠는데, 원고료는 그때 제가 상경해서 책도 인수하고 받아 올 생각입니다. 책이 나올 때 준다는 약속이어서 그렇습니다.

책 50부 받으면 어떻게 처리하실 것인지 이 편지 받고 곧 회답해 주십시오. 청송 어느 교회에 30부 보낸다고 하셨는데 주소를 알려 주셔야겠습니다. 서울서 직접 부치는 것이 편하기 때문입니다. 나머 지는 모두 제가 가져가 드리겠습니다. 서울에 기증할 곳은 이원수 선생, 김종상 선생 이렇게 몇 권 드리고 청송 지소 교회인가, 거기에 20부쯤 부치고 나머지 또 어디 좀 팔 곳이 있었으면 좋겠습니다.

우리 협회에서 총회나 이사회가 열리면 한 권씩 나눠 돈을 받아 낼 생각이었는데, 박홍근 씨 얘기 들으니 회의를 열 예정이 없다고 합니다. 몇 권쯤은 제가 이곳 가져와서 팔 수도 있습니다.

그리고 〈새가정〉에 가서 원고료 말했더니 사무 처리가 잘못되었 다고 사과하면서 곧 책과 함께 본인 앞으로 부쳐 주겠다고 했습니 다. 주소를 써 주었습니다. 받았으면 연락해 주십시오. 그리고 〈여성 동아〉에서는 제가 돈을 직접 받아 왔습니다. 4천6백 원입니다. 여기 서도 깜빡 잊었답니다. 토요일 오느라고 이것을 우송해 드리지 못

했습니다. 방학이 25일인데 그전에 나가는 인편이 있으면 부쳐 드리겠고, 그렇지 못하면 월말 전후 다시 상경할 때 부쳐 드리거나 제가 직접 갖다 드리겠습니다.

부디 과로 마시기 바랍니다.

1974년 7월 22일

이오덕

전쟁이 가져다준 슬픈 이야기를
써 볼 생각입니다

이오덕 선생님

오늘 편지 받았습니다. 서울 가실 때는 기차 시간이 늦지 않았는지 무척 걱정을 했습니다. 많은 고생을 하셨을 것을 알고 있습니다.

어저께 〈새가정〉에서 원고료 3천 원을 보내온 것을 받아 놓았습니다. 책이 출판되면 또 상경하셔야만 되는지요? 시간과 비용을 줄일 수 있는 길이 있으면 좋겠습니다.

책은 이원수, 이현주, 김종상, 제 선생님들께 한 권씩 드리고 싶고, 교계의 목사님께 몇 권 드리겠습니다. 청송 지소에는 제가 한번 더 연락을 해 본 다음 책을 보내겠습니다. 제 생각에도 열 권쯤만 기증하고 나머지는 팔아 볼 계획입니다.

선생님 만나 뵈었을 때도 말씀드렸지만, 이젠 동화 쓰는 것에 자신을 잃었습니다. 장편소설을 가을부터 시작해서 쓰겠습니다. 전쟁

이 가져다준 슬픈 이야기를, 한 소년을 주인공으로 심리적 변화 과
정을 꼼꼼하게 써 볼 생각입니다.

몇 가지 제목을 만들었지만, '천사(天使)'로 거의 굳어지고 있습니
다. 작품의 시작이 되는 바닷가 마을의 구석구석을 한번 보고 싶지
만, 할 수 없다고 여깁니다.

선생님, 저는 무엇이나 적당하게 일을 처리하지 못하는 성격 때
문에, 이토록 지독하게도 고생하는지 모르겠습니다. 안녕히 계십
시오.

1974년 7월 24일

권정생 드림

우리 아이들만 우리 이름으로 고치는 것이
좋을 듯합니다

권 선생님

동화집 '강아지 똥'은 세종의 사정으로 8월 중순이 지나야 나올 듯
합니다. 사정이란 것은 교회 여름학교 교본으로 납본하기에는 때가
이미 늦었고, 그래 기왕 늦어 버렸으니 다른 일 해 가면서 천천히 내
자는 계산인 듯합니다. 지금 표지가 다 돼 있고 본문 지형 다 돼 있
는데, 인쇄와 제본만 하면 되도록 돼 있습니다. 할 수 없이 기다려야
겠어요. 8월 20일 이전에 나오도록 해 달라고 부탁해 두었습니다.
표지 된 것 한 장 참고로 부쳐 드립니다. '강아지 똥'이란 글씨가 맘

에 안 들고, 또 너무 작아졌습니다.

그리고 새벗문고에 부탁한 장편은 어제 편집 책임자를 만났더니, 자기가 반쯤 읽어 보았다면서 출판에 난색을 보이고 있었습니다. 그것은 아무리 일본에 가서 살면서 실제 이름이 그렇게 되어 있었다 하더라도 일본 이름 그대로 돼서는 곤란하다는 것입니다. 지금 동화 번역 같은 것은 외국의 것 다 하고 있지만 일본 것만은 조심히 여기고 있는데, 우리 작가의 작품에 우리 나라 아이 이름을 일본 이름으로 된 것을 책으로 내기는 곤란하다는 것이지요. 저도 그 소리 듣고 일리가 있다고 생각했습니다. 어른들이 읽을 것이 아니고 비판 의식이 없는 아이들이 잘못 받아들일 염려가 있기 때문입니다. 그래서 다른 작품 있으면 달라고 하는데, 다른 장편이 없으면 단편이라도 세종에서 낸 것 말고 다 모으면 한 권쯤 안 될지 모르겠어요. 그게 안 되면 이 작품을 고쳐 주시기 바랍니다. 일본 아이들은 그대로 두고, 우리 아이들만 우리 이름으로 고치는 것이 작품 읽는 데도 쉽고 좋을 듯합니다. 작품 고쳐서 8월 15일까지 대한기독교서회 편집부 마상조 선생 앞으로 부쳐 주십시오. 그러면 8월 16일~20일 사이에 세종의 동화책도 받고 상경한 길에 다시 제가 가서 거듭 부탁하도록 하겠습니다. 이 원고는 다른 짐도 있고 해서 여기서 우송했습니다. 저는 어제 내려가려다가 오늘 하루 더 있다가 내려가기로 했습니다.

우리 회지 〈아동문학과 서민성〉이 다 돼서 회원들 앞으로 부쳤다는데, 받으셨겠지요. 책값과 회비는 통지가 오더라도 내지 마십시오. 이재숙 씨한테 말해 두었으니 걱정 없습니다. 회비 미납은 저도 올해 것 반밖에 못 내고 있고, 그 밖에 다른 사람들 거의 모두 안 내고 있으니까요. 비용은 어떻게 해 나가겠지요. 선생님이 그런 것 걱정 너무하시면 회원에서 제명해 달라고 제가 부탁하고 싶습니다.

원고 수정하는 것은 아까 말한 때까지 못 해도 좋습니다. 몸에 무리가 되지 않도록 부탁합니다.

참, 이건 저번에 부탁받은 것을 잊었습니다. 〈여성동아〉에서 동화 한 편 10월 초까지 보내 달라고 합디다. 장편은 워낙 힘이 드는 것이니 단편 쓰시는 것이 어떨까 생각합니다. 미발표 원고 있으면 저에게 보내 주시면 상경 길에 어디라도 싣게 되도록 하겠습니다.

그럼 다음 또 편지드리겠습니다.

1974년 8월 2일

서울에서 이오덕

작품의 사실성을 강조하기 위해 그렇게 했습니다

이오덕 선생님

지난번 보내신 편지, 그리고 오늘 보내오신 편지 모두 받았습니다. 〈여성동아〉의 원고료 4천6백 원도 받았습니다.

'겨울 망아지'의 주인공들 이름 가운데 한국 아이는 준이, 화야, 용이 그리고 화야의 동생 금식, 순아, 준이의 형 걸이, 남이 모두 이렇게 한국 이름으로 되어 있습니다.

단지 노리코의 아버지가 스즈키란 일본 성으로 되어 있어 못마땅

했는지요? 그래서 스즈키를 정(鄭) 씨로 고치고, 그의 수양딸이 된 노리코를 꽃님으로 이름을 바꿨습니다. 화야라는 이름도 분이로 고치기로 했습니다.

일본 동요곡을 어엿이 표절해다 아이들에게 가르치면서, 문학작품에 나오는 주인공들 이름이 피치 못할 사정으로 일본 이름으로 등장되었다 해서 어려워한다니, 조금 이해가 가지 않습니다.

스즈키라는 분을 한국인이면서, 일본 성을 쓰게 한 것은 고의로 그렇게 한 것입니다. 그의 나쁜 일면을 돋보이게 하려고 말입니다. 그 외에 일본 아이들이 호칭될 때 '짱'이라는 일본식 조사가 붙는데, 이것을 놓고, 저도 무척 고심하다가 최후로 작품의 사실성을 강조하기 위해 그렇게 했습니다. 이것을 전부 지우기로 하겠습니다. 그 이상은 고칠 것이 없겠지요.

'겨울 망아지들'은 전쟁 속에 살아가는 어린이들의 애처로운 생활을 비교적 많은 등장인물들이 나와 뚜렷한 주인공이 없습니다. 그리고 시작과 끝이 모호한, 줄거리도 없습니다. 이것이 흠이라 할 수도 있겠지만, 줄거리만 줄줄 써 놓은 작품에서 높은 문학성은 찾을 수 없을 것입니다. 어쨌든 다시 한번 새벗문고에 보내 봐서 받아 주지 않으면 제가 보관해 두겠습니다. 언젠가는 때가 오면 빛을 볼 수 있을 테니까요.

청송에서 편지가 왔습니다. 동화책 한 권에 4백~5백 원 정도 될 것이라 알렸더니, 30부에 만5천 원 선금으로 보낼 테니 꼭 책을 보내 달라고 합니다. 아직 책값이 얼만지 정확히 몰라서 책을 미리 보낼 테니, 돈은 나중에 보내라고 답장을 보냈습니다.

선생님이 서울 가시거든 직접 30부 보내 주시면 고맙겠습니다.

주소는 경북 청송군 안덕면 지소동 지소 교회, 임만기 전도사.

책이 나온다는 것을 알고 있는 분들이 몇 번 서점에 가도 구하지 못했다고 저에게 물어 옵니다. 안동 시내 협신사 서점에는 세종문화사에서 권정생 동화가 곧 출판된다는 기별이 왔는데, 책이 아직 도착 안 되고 있다고 합니다.

저의 부탁은 제발 이번 약속, 20일 전에는 꼭 나오도록 해 주셨으면 합니다.

무더위에 건강에 유의해 주세요.

1974년 8월 6일

권정생 드림

장마가 개이더니 고운 하늘이 쳐다보입니다

권 선생님

편지 회답이 늦었습니다. 서울서 소식이 올까 하고 기다렸더니 오늘 김종상 선생한테서 편지가 왔는데 방학 전에는 안 되고 9월에라야 책이 될 것 같다는 소식입니다. 9월이라 했으니 초순이 될지 하순이 될지 그것도 모르지요. 장사하는 사람들이란 자기 본위로 일을 하게 되는 것이라 약속이고 뭐고 다 소용이 없습니다. 그래 오늘 당장 편지를 써서 출판사의 형편이 어째서 그리되었는지 모르지만, 아무래도 9월이 되어야 책이 만들어진다면 늦어도 중순을 넘기지는 말아 달라고 부탁을 해 놓았습니다. 그리고 저자의 희망도 얘기해 두었습니다. 우리가 피해자의 입장에서 있으면서 이렇게 자꾸부탁하는 수밖에 도리 없습니다. 이런 것으로 법에 호소할 수도 없으니까요.

제가 옳게 주선을 못해 드려서 죄송합니다. 좀 더 기다려 주시기바랍니다.

오랜 장마가 개이더니 그저께부터 비로소 고운 하늘이 쳐다보입니다. 그런데 올해는 어쩐 일로 풀벌레 소리도 드물게 들립니다. 농약으로 벌레들도 죽은 것이 틀림없습니다. 배추밭에는 벌레를 찾아오던 새들도 오지 않게 되었습니다. 참 서글픈 세월이 된 것 같습니다.

이 학교 직원 중에 부친이 돌아가신 사람이 있어 상주까지 문상을갔다가 어제 왔습니다. 한번 가 뵙지 못해 죄송합니다. 부디 몸조심하시기 바랍니다.

1974년 8월 19일

이오덕

선생님은 찾아오시지도 않아도
항상 제 곁에 계신답니다

이오덕 선생님

여기는 벌써 20일간 비 한 방울 내리지 않아 논밭이 타들어 가고 있습니다. 교회당의 단풍나무도 낙엽이 되어 떨어집니다. 구름이 잠시 동안 덮이는 듯싶다가 이내 활짝 개어 버리는, 항상 청청 하늘입니다.

지금 쓰르라미가 신나게 울고 있습니다. 밤이면 베짱이, 여치, 귀뚜라미가 다투어 울어 줍니다. 비가 내린다면, 벌레들이 더 극성스러울 것 같아요.

저희 어머니가 그러셨지만, 저도 아직 모기약, 모기장을 사용해 보지 못했어요.

건넛집 사택 권사님이 벌(땡삐)집에 불을 지르자 하시는 것을 간신히 말려 놓았습니다. 벌레 한 마리라도 없어서는 세상이 참 쓸쓸할 것입니다.

이 근처엔 아직도 제가 좋아하는 친구들이 고루고루 살고 있어요. 요사이도 아직 소쩍이가 가끔 울어 주고 있고요, 밤엔 부엉이도 있고, 교회당 지붕엔 박쥐 부부도 살고 있습니다. 해만 지면 제 세상 만난 듯이 훨훨 날아다닙니다.

동화집 출판 문제는 잊어버리시고 느긋하게 계셔요. 그것보다 단 한 편의 작품이라도 더 쓰는 것이 중요하다고 봅니다.

가을이 어서 되었으면 하고 기다렸는데, 벌써 가을이 들이닥친 것 같아 덜컥 겁이 납니다. 기다리지 않아도 올 것은 오고 마니까 사람들은 바보입니다. 하루도 기다리지 않고는 못 배기니까요.

선생님은 찾아오시지 않아도 항상 제 곁에 계신답니다.

1974년 8월 23일

권정생 드림

새벽종을 제가 치고 있습니다

이오덕 선생님

23일 저녁부터 24일 저녁까지 하루 동안 비가 내렸습니다.

오늘 오후부터 가을 채소를 가느라고 농민들은 부산합니다.

"전기를 헤프게 쓰지 말자" 그래서 교회당 내에 등 네 개 달았던 것을 두 개 떼어 내고, 교회 직원들이 좀 부산했습니다.

우리 방 안에 전기 넣지 않았던 것, 참 다행이라 생각했습니다.

밤바람이 무척 시려졌습니다. 그 대신 하늘이 높아지고 별빛이 카랑카랑 뚜렷해졌습니다.

종을 쳐 주시던 김삼례 집사님이 출타하셔서 새벽종을 제가 치고 있습니다.

이 편지 내일은 장날이어서 꼭 부치게 될 것입니다.

안녕히 계십시오.

1974년 8월 25일

권정생 드림

권 선생님

많이 기다리셨겠지요.

며칠 전에 서울 갔다가 어제 왔습니다.

지난달 김종상 선생한테서 편지가 와서 세종에서 동시집을 여러 사람 것(김종상, 이석현, 김원기…… 그 밖에 또 많이 있는데 잊었습니다)을 내고 있는데 생각이 있으면 같이 내도록 합시다고 해 와서 기회가 괜찮다 싶어 세종에 편지를 내고 김 선생한테도 회답을 해 두었습니다. 그래 동시집 원고를 엮어 두고, 세종에서 선생님 동화집 소식이 오면 그 볼일도 함께 볼 수 있도록 상경할 기회를 기다렸는데, 세종의 편집 실무자한테서 편지가 오기를 권 선생님 동화집이 9월 중순에 내기 어렵게 되었는데 사장님 시키는 대로 하는 일이라 자기는 어쩔 수 없다는 것입니다. 그리고 동시집 출판은 지금 다른 사람들 것 조판을 하고 있으니 일을 같이 할 수 있도록 급히 원고를 우송해 달라는 것입니다. 그래서 원고를 우송하려다가 선생님 일도 직접 가서 알아봐야겠다고 상경했던 것입니다.

이종기 사장을 만나 얘기했더니 이것저것 핑계를 대면서 너무 늦지 않도록 곧 인쇄에 들어갈 터이니 염려 말고 이번만 양해해 달라고 합디다. 그래서 또 신신부탁을 해 두는 수밖에 없었습니다.

지형이 다 돼 있는 것을 제가 직접 보았으니까 조만간 인쇄를 할 터이지만 자기들 형편 유리한 시기에 책을 만들고자 하는 것이 분명합니다. 모든 것이 제가 일 처리를 잘하지 못해서 그러니 용서해 주시기 바랍니다.

새벗문고에 맡긴 장편소설은 이제 착수한 모양입니다. 원고를 화가에게 맡겨 그림을 그리도록 부탁했다고 합니다. 새벗문고에서는 선생님 것과 이원수 선생님 것, 그리고 동화가 아닌 다른 책, 이렇게 세 권을 올해 들어 처음으로 착수했다고 합니다. 그리고 선생님 것은 10월 말, 아니면 11월 초에 책이 나올 것이라 했습니다. 새벗문고의 약속은 아마 틀림없을 것 같습니다.

생활에 어려움이 많으시겠지요?

저의 동시집은 국판 130페이지 정도(다른 사람 것도 같습니다)입니다. 저자가 12만 원 출판비를 내는 대신에 책 3백 부를 받는다는 계약 조건입니다. 시집 종류는 이렇게 해서라도 내는 수밖에 없는 형편입니다.

세종의 일 너무 지연되어서 거듭 죄송합니다. 가서 상세한 얘기 드릴 것인데, 운동회 기타 행사로 바빠 이만 몇 줄 드립니다.

1974년 9월 14일

이오덕

편지 또 드리겠습니다. 안녕!

철 아닌 소쩍새가 밤마다 울고 있습니다.

이곳 어린이들도 운동회 준비 때문에 일요일도 없는가 봅니다.

지난번 시집《별밤에》의 시인인 신승박 씨가 작고하여 문상에 다녀왔습니다.

셋방엔 홀어머니 혼자서만 남아 계셨습니다.

가을이어서 그런지 한층 쓸쓸하기만 합니다.

누구나, 앞으로 그렇게 죽을 수밖에 없는 인생이니까요.

편지 또 드리겠습니다. 안녕!

1974년 9월 18일

권정생

밥벌이를 해 보려고 안동 시내를 들락거렸습니다

이오덕 선생님

사흘 동안 열에 시달려 누워 있었습니다. 오늘은 조금 나은 걸 보니, 또 죽지는 않을 것 같습니다.

선생님께서는 그동안 건강히 지내셨는지요? 밥벌이를 해 보려고 안동 시내를 들락거렸습니다.

성경고등학교에서 기독교 교육, 동화 교육을 몇 시간 맡아 했더니, 죽을 지경이었습니다. 그래서 내년부터 전임으로 수고해 달라고 하는데, 대답을 못 했습니다. 무엇보다 살자면 약을 또 먹어야겠어요. 약값이 좀 비싼 걸로 먹어야 되는데, 이건 계획이 없이는 섣불리 못 먹는다고 합니다.

동화책이 늦어도 12월 초에는 나왔으면 좋겠어요. 청송 지소 교회 30부 구입하겠다던 것도 기회를 놓쳐 안 된다고 합니다. 책 나와도 그쪽으로 보내지 마시고 제게 보내 주세요.

시간 있으시면 한번 뵙고 싶습니다. 제가 찾아가 뵈올까요? 박운택 선생님께서 지난번 한번 오라고 하시는 걸 못 갔습니다.

아프고 났더니 글씨 쓰기가 어렵습니다.

추위에 몸조심해 주세요.

참 궁금합니다.

1974년 11월 3일

권정생 드림

이제 동화집 제본이 다 되어 간답니다

권 선생님

얼마나 오래 기다리셨습니까?

세종에서 어제 편지가 왔는데 이제 동화집 제본이 다 되어 간답니다. 수일 내로 완성된다고 합니다. 저의 동시집도 교정본을 보내왔습니다. 이번 주일에는 못 가겠고 다음 주일 초에 상경해서 제 교정도 다시 보고, 선생님 동화집을 인수해서 오려고 합니다. 물론 고료도 받아 오겠습니다.

오랫동안 소식도 못 듣고 저도 편지드리지 못해 걱정이 되고, 미안스럽기 말할 수 없었습니다. 이것저것 일이 좀 있기도 했지만 성의가 없어서 그렇습니다. 최근에는 안식구가 병으로 눕게 되어 또 더 신변이 복잡하고 바빴습니다. 아무튼 서울 갔다 와서 상세한 얘기드리겠습니다.

선생님 건강이 몹시 걱정입니다.

1974년 11월 5일

이오덕

서울 가면 전에 부탁받은 대로 청송 지소 교회로 동화집 30권을 부쳐 놓겠습니다.

지금 막 우체부한테 편지를 내주고 있는데
권 선생님 편지를 받게 되었습니다

권 선생님

지금 막 우체부한테 편지를 내주고 있는데 권 선생님 편지를 받게 되었습니다. 우체부 보낸 뒤에 펴 보고는 곧 몇 자 씁니다.

청송에는 안 보내겠습니다. 그 정도는 어디에라도 팔 곳이 있을 것입니다. 될 수 있는 대로 속히 서울 다녀올까 합니다.

강의를 맡아 하신다니 안 될 일입니다. 그런 무리한 일 절대 하지 마십시오. 조금만 기다리시면 동화책 두 권의 고료와 인세가 나올 터이니 어려운 대로 살아가시기 바랍니다.

1974년 11월 5일

이오덕

이곳 오지 마십시오. 걸어올 수 없는 곳입니다.

동화집은 꼭 남이 쓴 것처럼
새 기분으로 읽을 수 있었습니다

이오덕 선생님

비가 내리는데, 보내 드리고 나니 괜히 마음이 자꾸 좋지 못했습니다.

사모님 병환은 어떠신지, 잊을 수가 없습니다. 하루속히 완쾌되시길 빌겠습니다.

동화집은 꼭 남이 쓴 것처럼 새 기분으로 읽을 수 있었습니다. '장대 끝에서 웃는 아이'가 제일 좋았습니다.

선생님의 후기는 또 읽고 또 읽고 몇 번 읽었는지 모릅니다. 앞으로 읽다 보면 완전히 외울 것 같아요.

한 어머니 몸에서 태어난 남매끼리도 제 마음을 모르는데…….

이원수 선생님께서 편지 보내 주셨고, 김종상 선생님이 축전 보내 오셨습니다.

이번에 선생님께 드릴 말씀이 있었는데, 바쁘게 가셨어요.

아직 저는 서울을 못 가 봤습니다. 한번 가 보고 싶지만, 몸이 너무 무리하지 않을까 싶어요. 이원수 선생님도 만나고 싶다 하셨습니다.

선생님께서 책을 내시느라 얼마나 고생하신 것을 저는 다 모릅니다.

이만 줄입니다.

1974년 11월 21일

권정생 드림

이런 훌륭한 작가가 있다는 것을
세상에 알리고 싶습니다

권 선생님

편지 잘 받았습니다. 제가 쓴 발문이 잘되지 못해서 염려했는데, 그렇게 잘 봐주시니 다행입니다만, 뭐 볼 것 없는 것이니 더 읽지 말아 주시기 바랍니다. 김종상 선생은 마지막에 써 놓은 것이 본인의 마음을 상하게 하지 않을까, 하고 염려해서 저는 몹시 걱정되었습니다.

서울 가 보고 싶은 마음 이해하겠습니다. 다음 연말이나 아니면 1월 중에 서울서 합동 출판기념회가 있답니다. 그때 저하고 같이 가도록 합시다. 제가 연락해서 같이 기차로 가면 될 것입니다.

작품을 책으로 된 것으로 읽으니 또 새로운 느낌이 들지요? 아마 선생님의 동화집에 대해서는 평이 모두 좋을 것입니다. 사실 동화를 제대로 쓰고 있는 사람이 드물거든요. 이원수 선생을 제쳐 두면 권 선생님 외에 손춘익 씨와 이현주 씨 정도일 것입니다. 그런데 이현주는 문장이 선명하고 작가 정신이 좋은데 아이들이 어느 정도 좋아할지 의문이라 좀 방향을 달리 잡아야 될 듯하고, 손춘익은 시적인 분위기를 만들어 놓거나 고답적(高踏的) 관념에서 완전히 탈피하지 못한 것 같습니다. 그 밖의 작가들은 내가 아는 한 모두 수준 이하라 문장 수업부터 다시 해야 하지 않을까 봅니다.

저는 지금 계속 동화를 보고 있는데, 두어 편 더 평문을 써 놓고 다음에 동화 평론을 쓰려고 합니다. 동화는 그래도 몇 사람쯤 쓰는 사람이 있는데 동시는 정말 무인지경이라 할까요, 참 엉망입니다. 요즘 저는 아동문학에서 아주 철저하고 과감한 태도로 평을 쓰고 논리를 세워 가야겠다고 생각합니다. 선배, 동배, 후진 할 것 없이 친소를 막론하고 쓰고 싶은 것을 써야겠습니다. 그래야만 안일 무사주의와 문단 출세주의로 흐리멍덩하게 되어 있는 우리 아동문학을 일깨워 전진시킬 수 있다고 봅니다. 이렇게 하면 나를 미워하고 적으로 삼을 사람이 많이 나올 것입니다만, 그런 것 다 각오해야지요. 애당초 문단 출세주의와는 상관이 없는 나로서는 되지 못한 것들이 욕하고 떠든다고 손해 볼 일은 없습니다. 진실을 위한 싸움에서는 아동문학 작가들보다 일반 문단의 작가, 시인, 평론가들이 더 많이 성원해 줄 것이라고 믿고 있습니다.

선생님 동화집 아직 가지고 있는데, 이웃 학교에 동화 공부하는 사람이 더러 있어 나눠 주고 싶습니다. 그리고 서울에도 보낼 곳이 있습니다. 이런 훌륭한 작가가 있다는 것을 세상에 알리기 위해서 필요하면 다음 서울 가서 세종문화사에 원가로 몇 권 사서 적당한 곳에 보내겠습니다. 세종문화사 사장이란 사람이 인색하고 인품이 좀 모자란 데가 있어서 당연히 기증할 만한 곳에도 책을 주지 않습니다. 선생님 가지고 계시는 책은 될 수 있는 대로 모두 파십시오. 절대로 함부로 책을 공짜로 주지 마십시오. 그냥 준다고 좋은 것 아닙니다. 피땀 흘려 쓰고 만든 책인 것을 아는 사람이 드뭅니다.

참 김종상 선생이 동시집 한 권 선생님께 드려 달라고 준 것을 깜박 잊고 그대로 가져왔습니다. 우송해 드리겠습니다.

〈여성동아〉의 동화 원고료 받으셨습니까? 못 받으셨으면 연락해 주십시오.

풍천면에 있는 신창호 씨가 교회 청년회에서 만든 프린트 책과 편지를 보내왔는데, 권 선생님 얘기를 했습디다. 이 사람 동화 한 편이 프린트 책에 실려 있어 읽어 보니 곧잘 썼더군요. 격려의 회답을 써 보냈습니다.

안식구의 병은 이제 눈에 띄게 좋아졌습니다. 모레 월요일부터는 완쾌는 안 되지만 출근을 할 듯합니다. 염려해 주셔서 고맙습니다.

대구에 있을 아동문학 세미나는 24일을 12월 1일로 연기한다는 소식이 왔습니다. 별로 볼 것 없을 것입니다. 마음이 안 내키지만 갔다 와야겠어요.

오늘 여기 오후엔 눈이 내려 제법 산천이 허옇게 덮였습니다. 겨울 동안 무사히 지나셔야겠는데, 늘 선생님 건강이 염려됩니다. 도와 드리지 못하는 제가 죄송스럽기만 합니다.

부디 몸조심하시기 바랍니다.

1974년 11월 23일 저녁

이오덕 드림

책 보냈더니, 우표 백 장을 보내왔습니다

이오덕 선생님

김종상 동시집 잘 받았습니다.

사모님께서 출근하시게 되었다니 반갑습니다만, 무리하셔서는 안 되지 않을까요? 완쾌하실 때까지 가능하시면 쉬시도록 해 주세요.

지난번 편지에 제가 참 정신없는 말씀을 드렸어요. 서울 가고 싶다 한 것 취소합니다. 이렇게 종종 저는 자신을 잊어버리고, 엉뚱하게 환상에 취해 버릴 때가 있습니다. 이유는 그럴 시간이 없다는 것뿐입니다.

책이 몇 권 남아 있습니다. 선생님께 다섯 권 보냅니다. 꼭 보내시고 싶은 곳에 저 대신 보내 주세요. 이석현, 이주연, 마상조 제씨들껜 보냈습니다.

선생님께서 말씀하신 대로, 어떻게 해서라도 살 수 있는 데까지 지혜롭게 살아가겠습니다. 겉으로는 미친 척, 아주 연기도 썩 잘해야만 될 것 같아요. 여태까지 참말 너무 많이 거짓말도, 거짓 웃음도 웃어 왔습니다.

신창호 선생님이 동화 두 편 가져오셨어요. 선생님께 보이고 싶다

86

기에 제가 보냅니다. 박운택 선생님은 책 보냈더니, 우표 백 장을 보내왔습니다. 책 장사 잘했다고 생각했습니다. 〈여성동아〉 원고료는 10월 말께 6천3백 원 보내왔습니다. 고료가 3백 원으로 올랐더군요.

이 세상에서는 어떤 일이 일어나도 제겐 기쁨이 되는 게 없을 것 같습니다. 선생님의 수필 '왼손잡이'처럼, 왼손잡이는 왼손 쓰는 것이 정상인데, 세상 사람들은 멋대로 법을 만들어 놓고 오른손을 쓰라니까 기가 막히고 답답할 뿐입니다. 다음까지 안녕히!

1974년 12월 2일

권정생 드림

봄이나 여름쯤 선생님이 희망하시면
서울 한번 가 보십시다

권 선생님

책과 편지 잘 받았습니다. 책은 지난번 제가 편지했을 때 필요하면 세종문화사에 가서 원가로 사서 몇 군데 기증하겠다는 말을 해서 그래 보내셨는가 싶은데, 제가 공연히 생각 없이 그런 말 한 것이 후회됩니다. 선생님이 귀하게 선물하거나 파실 것인데…… 아무튼 제 손에 들어왔으니 적당히 처리하겠습니다.

문협 안동지부에서 12월 20일께 선생님의 출판기념회가 있다는 연락이 왔는데, 확실한지, 그날 틀림없다면 웬만하면 저도 가 보고 싶은데 학교 형편이 어찌 될지 모르겠습니다. 그때는 방학이지만 안식구가 서울에 출장을 가게 되어 아이들하고 집을 지키고 있어야 할지 어떨지 아직 모르겠습니다.

서울 가고 싶다 하시다가 다시 못 가신다고 하셨는데, 꼭 못 가신다면 모르지만 웬만하면 가시는 것이 어떨까 생각합니다. 하기야 출판기념회라고 별다른 것 얻는 것도 없습니다.

옛날의 동화 작가 서덕출 씨는 불구의 몸으로 울산의 제집 밖을 나가 보지 않았다고 하고, 철학자 칸트도 평생 고향 밖을 나가 보지 않았다고 듣고 있습니다. 여행을 한다는 것이 반드시 훌륭한 사상이나 예술을 창조하는 데 있어서 필수한 조건이 되는 것은 아닌 것 같습니다. 단지 제가 마음 아픈 것은 선생님이 늘 그곳에만 계시어 얼마나 답답해하실까, 하는 것입니다. 겨울에는 날씨도 춥고 해서 출입이 힘들다면 다음 해 봄이나 여름쯤 선생님이 희망하시면 서울 한번 가 보십시다.

합동 출판기념회는 12월 20일에서 25일 사이에 있을 것 같습니다. 세종의 일이 어느 정도 진행되었는지, 만일 그때까지 예정했던 여러 사람의 작품집이 다 간행되지 않으면 출판기념회는 다시 연기되는 수밖에 없겠습니다.

춘양학교 선생님들 세 분에게 동화집 나눠 주었더니 책값을 직접 부쳐 드리든지 하겠답니다. 보내 주면 마음 쓰실 것 없이 받아 두시기 바랍니다.

오늘은 저희 학교 젊은 선생 몇 사람이 저의 집에 땔나무가 없다고 해 준다기에 오후에는 같이 산에 갔습니다. 낮으로 삭정이를 해서 칡넝쿨로 묶어서 어깨에 메고 왔지요. 이런 산골이 아니면 맛볼 수 없는 생활이라 느꼈습니다.

　신창호 선생의 동화 잘 받아 읽었습니다. 며칠 전에 동시를 여러 편 보내오기도 했습니다. 동시보다는 동화가 나은 것 같습니다. 대화를 좀 잘 생각해서 써야겠다는 느낌이 들었습니다. 그 밖에는 요즘 좀 바빠서 급히 읽어 그런지 잘 생각이 안 나는데, 다시 읽어 보고 본인에게 직접 편지 써 보내겠습니다.

　곧 또 연락드리기로 하고 이만 씁니다.

　1974년 12월 8일

　이오덕 드림

　참, 11월 30일 대구 아동문학 세미나 다녀왔습니다. 아무것도 들을 것 없는 모임이었습니다. 〈매일신문〉에 나온 기사 보니 내가 한 말이 중간에 잘못되어 나왔더군요. 자세한 얘기 다음에 알려 드리겠습니다.

서울은 몸이 나아지면 가겠습니다

　이오덕 선생님

　안동 문협지부에서 출판기념회를 하겠다는 통지가 왔기에, 제가 곧 지부장님께 취소해 달라는 편지를 보내었습니다.

　30일 월례회 때 못 갔기 때문에 사전에 못 하게 할 수 없었습니다. 어제 지부장의 답장이 왔는데, 조촐하게나마 기어코 한다고 부디 나와 달라고 합니다. 더 이상 어쩔 수 없으니 그대로 따라야겠습니다. 춘양 석천문학회 회원들도 온답니다. 선생님을 꼭 오시라고 말씀드릴 수 없지만, 지난번에도 잠깐밖에 못 뵈어 다시 한번 만나 뵙고 싶습니다.

서울은 몸이 조금 나아지면 가겠습니다. 건강이 무리할 것 같아서 그렇습니다. 꼭 가야 할 일이라면 가지만, 아직은 그만두는 것이 좋을 것 같습니다. 이제는 갑갑한 것도 길들여져서 잘 견딥니다.

오늘 저녁부터 꼬마들이 모입니다. 성탄 축하 준비로, 며칠간 연습을 하니까요. 먼 곳에서 들으면 꿈나라처럼 즐거워 보이지만, 참으로 고달프지요. 찾아오는 어린이들을 막을 수는 없고, 시골엔 사람도 귀하니까, 저 같은 찌꺼기가 남아서 이런 일을 하게 된 거지요. 겨울학교 강사로 두 곳 교회서 초청해 왔지만 한 군데도 못 갈 것 같습니다.

오늘은 이만 줄입니다. 안녕히!

1974년 12월 12일

권정생 드림

권정생이 이오덕에게 보낸 연하장

너무 반가워 급히 알려 드립니다

권 선생님

반가운 소식 전하겠습니다. 어제 이원수 선생님 편지 보내왔는데, 한국아동문학상 제1회 수상자를 선생님으로 내정해 놓았답니다. 아직 자료 조사를 더 해서 공표를 할 예정이랍니다. 상금은 얼마 되지 않습니다만(10만 원) 첫 번째이고, 또 다른 아동문학상보다 순수하고 권위 있는 것으로 하려고 한 것입니다.

이 상은 우리 한국아동문학가협회에서 벌써부터 제정하자고 말이 있었는데, 기금이 없어서 지난번 서울에 갔을 때는 상금 없이 시작하자는 말까지 나왔습니다만, 이번에 어떻게 해서 이렇게 급히 진전이 된 모양입니다. 시상식은 1월 중에 있을 모양입니다. 출판기념회도 아직 날짜를 정할 수 없는 형편에서 아마 문학상 시상식과 때를 같이하게 될 것 같습니다.

저는 지금 급한 볼일로 상경하려고 아침에 바쁘게 준비하고 있습니다. 서울 가면 더 자세한 소식 듣겠고, 1월 3일쯤 돌아올 것 같습니다.

시상식 때 같이 또 서울 가도록 하겠습니다.

이원수 선생으로부터 직접 소식이 갔는지 모르겠습니다만, 우선 너무 반가워 급히 알려 드립니다.

부디 몸조심하시고 기다리시기 바랍니다.

1974년 12월 27일

이오덕

선생님께서 저를 아끼시고 계시는 것을 알기 때문에
상을 타겠습니다

이오덕 선생님

세 번 보내신 편지 모두 잘 받았습니다. 문학상을 받게 된다는 것은 꿈에도 생각지 않았습니다. 제가 진정 받을 만한 자격이 있는지 자꾸 의심이 갑니다. 1월 2일, 이원수 선생님께 수상 소감과 사진을 보내면서도 기쁘기보다 괴로웠습니다.

우리 한국에서 문학상이란, 그렇고 그렇게, 돌림식으로 수상되고 있다는 비난을 자주 들어 왔기 때문입니다. 그러나 어디까지나 선생님을 저는 믿고 있습니다. 만약 다른 곳에서 제게 문학상이 돌아왔다면 저는 수상을 못 할 것 같습니다. 선생님께서 저를 더 아끼시고 계시는 것을 알기 때문에 상을 타겠습니다.

어제 보내신 전보에 10일 상경하도록 준비해서 기다리라 하셨는데, 선생님께서 이곳까지 오시지 마시기 바랍니다. 안동에서 아침 9시 35분 출발하는 기차로 제가 영주까지 가겠습니다. 저는 완행으로 계속 서울까지 가도 됩니다. 기차는 별로 차멀미가 나지 않으니까요. 그러나 선생님께서 어떠신지, 영주에서 12시에 특급이 있는 모양이니 그것으로 함께 가면 되겠습니다. 영주에서 10일 오전 11시에서 12시까지 함께 만나도록 해 주시면 되겠습니다. 만나 뵙고, 얘기 또 드리겠습니다. 안녕히 계십시오.

1975년 1월 5일

권정생 드림

상 타 온 것을 보여 주었더니
교인들이 모두 울고 말았습니다

선생님, 무사히 귀가하셨는지요?

이현주 씨와 함께 일직에 왔었지요. 방이 추웠습니다. 그동안 연
탄을 넣지 않았기 때문입니다.

윗마을 교우들 가정에 다니며 식사를 했습니다. 하룻밤 자고 이
선생은 돌아갔습니다. 아버지 추도식이라니 붙잡지 못했습니다.

며칠 동안 웅성거렸다가 이제야 가까스로 마음을 진정시킬 수 있
었습니다. 좀 피곤하지만 괜찮을 것입니다. 선생님께 항시 염려를
끼쳐 드려 죄송하기 그지없습니다.

박경종 선생님으로부터 양복이 도착되었습니다.

상 타 온 것을 보여 주었더니 교인들이 모두 울고 말았습니다. 참으
로 착한 사람들이라 저도 눈시울이 더워졌습니다.

자세한 편지 다시 드리겠습니다.

1975년 1월 20일

권정생 드림

빈센트 반 고흐 그림이 좋다고 하시던 것이
어쩌면 선생님의 숙명처럼 느껴집니다

이오덕 선생님

세종에서 책 60권이 도착하였습니다.

21일, 은행에 가서 5만 원 6개월 정기예금시키고, 2만 원은 보통예금을 했습니다. 많이 생각해 보고 나서 그렇게 했습니다.

연탄 2백 장, 쌀 두 말, 라면 한 박스, 책 몇 권.

하나님께 감사 연보 드리고, 지금 수중에 꼭 만5천 원이 있습니다. 예금한 것은 될 수 있는 한 찾아 쓰지 않겠습니다.

박경종 선생님이 보내오신 양복을 걸어 둘 곳이 없군요. 골덴 바지에 고무신이 제일 편합니다. 양복 입고 나서자면 또 갖춰야 할 것 있어야 되고, 생각해 주신 분의 성의를 무시하는 것 같지만, 좀처럼 입을 수 없을 것 같습니다.

이현주 선생님과 하룻밤 지내면서 얼마나 웃었는지, 아직도 생각나면 입이 벙실거려집니다. 말이 없어 보이면서도 좀 짓궂은 것 같아요. 그게 좋았습니다. 선생님 얘기도 했습니다.

이번 서울 다녀와서부터 왠지 선생님 생각하게 되면 이상하게 서글퍼집니다. 빈센트 반 고흐를, 그리고 그의 그림이 좋다고 몇 번 말씀하시던 것이, 어쩌면 선생님의 숙명처럼 느껴집니다.

선생님이 원하시는 길을, 저흰들 어찌 만류할 수 있겠습니까만, 가슴 아프지 않을 수 없습니다. 오직 한길밖에 없고, 단 한 번뿐인 인생이지 않습니까.

선생님의 그 괴로움으로 말미암아, 수많은 한국의 어린이들과 그리고 선생님을 존경하는 많은 제자들이 평안을 가지고 살고 있다는 것만은 확실한 일입니다.

이번 여름에, 아니면 더 빠른 시일에 현주하고 봉화 가기로 약속해 두었으니 기다려 주세요. 저도 거기까지 갈 수 있도록 훈련하겠습니다.

부디 건강해 주시고, 선생님의 글을 기다리고 있는 독자들의 기대를 저버리지 말아 주시기 바랍니다.

1975년 1월 23일

권정생 드림

가까이 있었으면
얼마나 좋을까 생각하기는 합니다만

권 선생님, 두 차례의 편지 다 잘 받았습니다. 요즘 학교 일이 어수선하고 바쁘다 보니 회답도 못 했습니다.

이번 여행에서 너무 시달리게 해 드린 것 같아 미안스럽습니다. 선생님으로 봐서는 한꺼번에 정신을 자극하는 것이 많아서 가뜩이나 불편한 몸에 모든 것을 이겨 내시느라 얼마나 괴로웠을까, 싶습니다. 더구나 하경 전날 아침에 병원을 찾아가던 일을 생각하면 땀이 날 지경입니다. 그만했으니 다행이라고도 여겨지지만 선생님은 그때 병원까지 가서 의사를 앞에 두고서도 믿지 못하시고, 절망하시던 일이 생각납니다. 그런 선생님의 심경을 어느 정도는 알 것 같습니다.

이현주 씨, 참 좋은 사람이라 생각합니다. 이런 젊은이가 우리들 가까이 있다는 것은 참으로 반가운 일이 아닐 수 없습니다.

세종에 돈 내는 일도 있고 해서 월말이나 2월 초에 상경하려고 예정했다가 못 가게 될 것 같습니다. 학교 일이 바빠지고 더구나 졸업식이 2월 초로 앞당겨졌습니다. 그래서 할 수 없이 2월 중순경에 상경할까 합니다. 그때 가면 새벗문고도 나와 있을 것 같습니다.

선생님, 너무 초조히 생각하지 마시고, 조금 더 여유 있는 태도로 꾸준히 써 주십시오. 물론 과로는 안 되도록 조심하셔야 합니다. 동화집 한 권 더 낼 수 있도록 준비도 하시는 것이 좋겠습니다.

참, 상금에 세금이 나오지 않았는가 염려되는데, 지난번 이원수 선생 때는 상금 2백만 원에 세금이 40만 원이나 되었거든요. 누가 와서 상금 10만 원 묻거든 적당히 대답해 두십시오. 원고료로 받은 것(이라면 괜찮거든요)이라든지, 아직 받지는 않았다든지 하면 그만일 것입니다. 사실 이번 상금은 선생님의 형편을 위해 여러 사람이 도움이 되시도록 모든 노력을 하신 것이니, 그런 점을 생각해 주셔야 합니다. 받아서 써 버리고 없다고 할 수도 있지요. 사실 병들고 가난하게 겨우 목숨을 이어 가는 작가에게 국가에서 밥 한 그릇 먹여 주지 않으면서 세금은 또 무슨 세금이겠습니까. 그런 것 못 내겠다, 낼 돈 없다고 거부하고 말 수도 있는 것입니다. 다른 사람은 모르지만 선생님만은 그럴 수 있습니다.

이현주 씨와 이곳 한번 오실 생각 내신 것, 참 고마운 생각이지만 길이 험하고 오르막 잿길이라 오시라고 할 수 없습니다. 여기 금년만 있다가 내년에는 다른 곳으로 옮길까 합니다. 가까이 있었으면 얼마나 좋을까 생각하기는 합니다만.

오늘은 추위가 대단합니다. 연탄 아끼지 마시고 겨울 무사히 나시도록 바랍니다.

1975년 1월 29일

이오덕 드림

생각이란 것이 인간관계를 이어 주는 모양입니다

이오덕 선생님

동화책《꽃님과 아기 양들》받았습니다. 읽어 보니 마음에 안 드는 문장, 내용이 꽤나 많았습니다. 아직도 공부하자면 까마득하다고 생각했습니다. 이현주 씨에겐 책이 오면 제가 부치겠습니다.

소변에 섞여 나오는 농(膿)의 분량이 더 많아진 것 같습니다. 인세가 나오면 약을 또 사서 먹겠습니다.

서울서 사 온 고무호스가 너무 가늘어서, 소변이 자꾸 새어나와 이곳 보건소에 가서 알아봤더니, 약국에 가 보면 혹시 팔지도 모른다 해서 장춘당 약방에 가 봤더니 있었습니다. 서울서 개당 천3백 원 하던 것이 여기선 220원에 살 수 있었습니다. 병원이 그렇다는 것을 저는 대략 압니다. 병원도 사람의 생명보다 돈이 더 중요하게 되어 있으니까요.

신창호 선생님이 원고를 보내왔군요. 읽어 보고 선생님께 보내 달랍니다. 열심히 쓰고는 있는데, 아직 동화라는 것을 잘 모르고 있어요. 이곳 신 선생이나 장 선생도 모두 마음만은 좋은데, 만나 보면 대화가 막혀 버립니다. 역시 생각(思想)이란 것이 인간관계를 이어 주는 모양입니다.

신 선생님이 삼동에 함께 가자고 했는데, 아직은 갈 수 없겠습니다. 눈이 내리더니 다시 추워졌습니다.

몸조심해 주시고, 계속 연락 주시기 바랍니다.

1975년 2월 20일

권정생 드림

안동이나 어디 가서 문학 얘기라도 나눌까 싶습니다

편지와 신창호 씨 작품 잘 받았습니다. 무엇보다도 건강이 더 나빠지신 것 같아 걱정됩니다. 소변에 섞여 나오는 것이 농이 확실하다면 약을 복용하셔야겠습니다. 새벗문고에서 아직 돈을 안 보내온 것 같은데, 그런 출판사의 일이란 약속한 날짜를 어기는 것이 예사인 것 같습니다. 조금 기다려 보고 제가 다시 편지하든지 하겠습니다.

신창호 씨는 일전에 봉화서 만났습니다. 안동시에서 무슨 교회의 모임이 있어 나왔다가 온 길이라면서, 그 이튿날이 주일이라고 저녁차로 안동으로 다시 갔습니다. 그래 작품 얘기도 아직 읽어 보질 않아 해 주지 못했습니다. 봄에 한번 찾아오겠다 했습니다.

2월 26일 대구서 김성도 씨를 만났더니 선생님 동화집 보고 싶다면서 아직 남은 것이 있으면 보내 주시도록 편지해 달라 합디다. 남은 것이 있으면 부쳐 주십시오. 그리고 또 더 있으면 두 권을 저한테 보내 주십시오. 학교에서 사도록 하겠습니다.

오늘은 시업식이고 이제부터 당분간 학교 일이 바쁘게 되었습니다. 좀 조용하면 이웃에 있는 사람들 모두 의논해서 안동이나 어디 가서 문학 얘기라도 나눌까 싶습니다. 선생님 참석하실 수 있도록 하겠습니다.

내내 평안하심을 빕니다.

1975년 3월 3일

이오덕

아주머니들이 갖다 준 김치가 냄비, 밥통, 바가지 등
못 다 담아 두겠어요

이오덕 선생님

보내 주신 편지 거듭 받았습니다.

건강 상태는 저 자신도 잘 모르겠습니다. 소변에 섞여 나오는 것은 분명히 농인데 심하면 피까지 보입니다. 너무 염려 마시기 바랍니다. 제가 짐작해서 요령껏 해 나가겠습니다.

이제는 생활에 대한 걱정이 없으니 살 것 같습니다. 여태까지도 살았으니까 문제없어요. 원고도 부지런히 쓰겠습니다. 제2동화집, 출판사의 허락만 있으면 언제라도 원고는 드리겠습니다. 기독교서회에서 장편 낸 것 열 권을 보내왔습니다. 고료는 조금 더 기다리라고, 이현주 씨가 편지로 알려 왔으니 선생님께서 편지 안 하셔도 됩니다.

김성도 선생님께 동화집 보내겠습니다. 그리고 선생님에게도 두 권 보냅니다. 아직 30여 권 남아 있지만 제가 보관해 두고 꼭 필요한 데 쓰기로 했습니다.

참, 박연구 선생님이 수필집 《바보네 가게》를 보내왔더군요. 참 고마웠습니다. 혹시 서울 가시거든 대신 인사드려 주세요.

신 선생, 장 선생 모두 함께 모여 보고 싶다니 언제 자리를 만드는 것, 저도 찬성입니다. 되도록 여름이 오기 전에 모였으면 좋겠습니다.

송재찬 선생님께 창주문학상에 응모해 보도록 권해 주세요. 송 선생님이 그래도 가장 유망한 신인이 될 것 같아요. 박택종 씨가 영양에 계시는 모양인데, 그분도 성실한 분 같아요. 한번 만나 보고 싶더군요.

해마다 요즘이 되면 김칫독 비울 때여서 아주머니들이 갖다 준 김치가 냄비, 밥통, 바가지 등등 못 다 담아 두겠어요. 고춧가루 못 먹기 때문에 물에다 깨끗이 씻어 버리고 찌개를 끓여 먹고 있습니다.

날씨가 따뜻하니, 산에도 가끔 올라갑니다. 안녕히 계십시오.

(만년필 글씨 잘 안 되네요.)

1975년 3월 6일

권정생 드림

책값 보내지 마세요.

이오덕 선생님께

이젠 방 안에서는 손 시리지 않습니다. 새 학기에 무척 바쁘시겠지요. 3월 말께 서울에 가게 되었습니다. 어제 이양구 목사라는 분이 편지로 알려 왔습니다. 지난번 다방에서 만났던 크리스챤 신문사의 강정규 씨와 그리고 이준직 원장(병원장인 듯)과 상의했다고 하시면서, 제 병 치료를 주선해 주겠다는 것입니다.

하루 동안 생각해 보았습니다.

선생님도 아시다시피, 제 신체가 어느 정도 건강을 되찾을지 짐작하시겠지요? 다만, 이 두근거리는 맥박이 정상으로 돌아오고, 열이 내리고, 소변이 깨끗이 나오면 되겠어요.

선생님은 서울에 용무가 없으신지요?

치료를 받자면 좀 시일이 걸릴 것 같습니다. 몸의 일부분이 불구가 되어도 자유로이 활동만 할 수 있다면 좋겠습니다. 서울 가서 자세한 것 다시 알리겠습니다.

박운택, 송재찬 선생 보시거든 전해 주시고, 봄에 찾아오시겠다는 것 그만두라고 하세요. 서울 가 봐서 제가 각자 연락하겠습니다.

다시 뵈올 때까지 안녕히 계시기 바랍니다.

1975년 3월 19일

권정생 올림

참 고마운 분들입니다

권 선생님

편지 잘 받았습니다. 서울에서 그런 소식이 왔다니 여간 반갑지 않습니다. 참 고마운 분들입니다. 3월 말일께 상경 준비를 해 주십시오. 저도 상경할 일이 있고 해서 같이 가도록 했으면 좋겠는데, 그때 어찌 될는지 모르겠습니다. 이곳 교육장이 바뀌어서 새로 온 사람이 학교를 순시할 것도 같고, 또 4월 초에 교장 회의가 있다고 하는 말도 있고 해서 학교 비워 두고 가기가 곤란합니다. 이곳 형편 봐서 제가 날짜를 정해서 기별할 터이니 그때 갈 수 있도록 준비해 주시는 것이 어떨까요? 그리되면 4월 중순이 될지도 모르고…… 혹은 다음 주말경이면 가능할지도 모르고. 제 형편은 영 날짜를 미리 정할 수 없는 것이 현재의 사정입니다. 어쨌든 다시 곧 또 연락할 터이니 준비나 해 주시기 바랍니다.

요즘 학교 일도 있고 급히 써야 할 원고도 있고 해서 좀 바쁩니다. 그럼 다음 기별드리겠습니다.

1975년 3월 22일

이오덕

믿음이 없다면 저는 하루도 살아갈 수 없답니다

이오덕 선생님께

보내 주신 편지 받았습니다. 서울엔 부활주일 다음 날(3월 31일) 간다고 편지했습니다. 선생님이 함께 가시면 좋겠지만 바쁘시거든 두세요. 막상 떠나려니 마음이 이상합니다. 몇 개월 후에라야 돌아올 수 있을 테니까요. 완전한 건강을 회복할 수 없다는 것을 압니다.

어떻게 되든지, 저는 하나님을 믿는 사람이기 때문에, 그분이 인도하시는 대로 따를 뿐입니다. 흥하게 하시든지, 망하게 하시든지, 저는 모르니까요. 다만 기도하고 있는 것은 제가 알고 있는 어떤 이야기를 꼭 세상에 써서 남겨 놓고 죽게 해 달라고 하고 있습니다.

제 건강을 걱정하시는 이양구 목사님이나 이준직 원장님이나 모두가 그리스도의 사랑으로 연결되어 있으니까 걱정할 건 없습니다.

여태까지 제가 죽지 않고, 과연 기적적으로 살아 있는 것도 모두가 하나님의 섭리였습니다. 저는 그렇게 믿고 있습니다. 이 믿음이 없다면 저는 하루도 살아갈 수 없답니다. 서울 가면 현주가 있으니까 그다지 외롭지 않을 것입니다.

건강해지거든, 선생님 곁에 가서 살겠습니다.

서울 가서 자주 연락하겠습니다. 부디 안녕하세요.

1975년 3월 25일

권정생 드림

혹시, 31일 같이 가시게 되거든 전보로 알려 주세요.

명년에 저 있는 곳에 계시도록
할 수 있을 것 같습니다

권 선생님

4월 1일에 돌아오셨다는 엽서 잘 받았습니다. 서울 일이 뜻밖에 잘 안 되어 얼마나 상심하셨습니까. 부디 용기를 내어 주십시오.

올 때 생각하니 이양구 목사님을 만날 것을 잘못했다는 생각 들었습니다. 고맙게 그런 주선까지 해 주셨는데, 인사라도 하는 것이 옳았다고 느껴집니다.

서울로 옮기는 일은 어떻게 하시고 오셨습니까? 권 선생님 서울가 있고 싶어 한다고 했더니 이원수, 박홍근 두 선생님들 모두 반가워하십디다. 권 선생이 일본 작품의 번역을 하실 것이니 그런 일도 출판사와 교섭해서 하실 수 있도록 주선해야겠다는 등 걱정을 하시는 것을 들었습니다.

그런데 수원이나 또 이현주 씨 사는 동네에는 방세가 비싸지요? 여기 와서 집사람과 얘기했는데, 김포 고촌리 같은 데 월세 2, 3천 원 주면 아는 집에 방을 빌릴 수 있다고 아내가 말하고 있습니다. 서울서 아스팔트 길을 계속 가니까 버스라도 크게 멀미는 나지 않을지 모릅니다. 버스를 두 코스 타는데 한 번 가는 데 모두 75원, 왕복은 그러니까 150원. 한 시간이면 서울 종로까지 나올 수 있는 곳입니다.

웬만하면 여기 내가 사는 곳에 오시는 것이 제일 좋겠는데, 여긴 길이 험해 내왕이 너무 어렵고, 집도 없어 방 구하기도 여의치 못합니다. 선생님들도 네 사람이 한 방에 하숙하고 있습니다. 명년쯤 내가 어디 전근이 되면 여기보단 괜찮을 테니까 명년에 저 있는 곳에 계시도록 할 수 있을 것 같습니다. 혹 또 춘양쯤 와 계실 수 있을까 싶은데, 춘양서는 방세가 어떤지 아는 사람이 있지만 춘양서 계신다 해도 제가 자주 가 볼 수 없으니 오히려 걱정스럽고, 거기서 방세 2, 3천 원 줄 바에야 차라리 서울 가 계시는 것이 좋지 않을까도 생각됩니다. 좌우간 선생님 서울서 현주 씨하고 의논한 결과를 듣고 싶습니다.

방세쯤 목돈이 아니면 제가 걱정해 드리고 싶기도 합니다.

몸 건강을 생각하시고 모든 처리를 하시기 바랍니다.

1975년 4월 6일

이오덕

이제야 친구가 어떤 것인가 조금 알게 되었습니다

이오덕 선생님

오늘, 보내신 편지 받았습니다.

서울서 현주와 별다른 약속도 없었습니다. 꿈과 현실은 그토록 멀기만 하니까요. 31일 날 돌아오려니 청량리까지 따라 나와 기어코 붙잡았습니다. 역 근처에 여관을 정해 하룻밤 더 함께 지낸 다음 돌아오느라 늦었습니다. 형! 형! 부르면서 따라다니는 것이 도리어 측은해 보였습니다. 사람 많은 서울에서도 현주는 무척 외로운 모양입니다. 덩달아 내 편에서도 떠나오기가 안되었습니다. 아직 친구를 가져 보지 못한 제가 이제야 친구가 어떤 것인가 조금 알게 되었습니다.

한 두어 달 만에라도 한번씩 만나 보자고 약속했지만 그게 어디 쉬운 것인가요. 5월쯤 안동에 오라고 말해 두었습니다. 가정과 직장 그리고 꼭 얽매인 몸이 쉬이 빠져나오기는 어렵겠지요. 저 역시 현주 같은 동생(?) 잃어버리고 싶지 않게 되었습니다. 그토록 숨김없이, 그러나 예의바른 사람 드물 것입니다. 내가 불쌍해서 동정하느라 그러는지는 모르지만 어느 만큼 그의 마음을 읽을 수 있었습니다.

건강이 좀 더 좋아질 때까지 여기 머물러 있겠습니다. 옮긴다는 것 쉬울 것 같지 않습니다. 묶어 뒀던 보따리 새로 풀어 놓았습니다. 계속 글을 써야겠다는 마음을 다져 가고 있습니다.

서울 근처에 가면, 글을 발표할 수 있는 여건은 좋아지겠지만, 손해 볼 것 같습니다. 우선 건강이 견뎌 내지 못할 테고, 그 분위기에서 글이 써질 것 같지 않습니다.

현주는 어쨌든 가까이 있고 싶어 하지만 막연히 가까이 있기만 해서 무엇합니까. 현주도 이달(4월) 안에 이사를 해야 된답니다. 집세가 밀렸답니다. 슬기 엄마는 5월에 또 애기 낳고, 한 짐 잔뜩 졌지 뭡니까?

오히려 제 편이 훨씬 낫습니다. 죽든지 살든지 자유로우니까요.

모두, 그렇고 그렇습니다.

선생님께 염려를 끼쳐 죄송합니다.

신창호 선생님이 4월 5일에 구담 오신다는 말 듣고 토요일, 일요일 연거푸 안동에 나가 봤습니다. 혹시 만나 뵐 수 있을까 해서요.
안 오셨던 게지요? 현주가 오면 삼동에 갈지 모르겠습니다. 책 몇
권 사다 놓고 읽고 있습니다.

추위가 완전히 가시었습니다. 그럼, 안녕히!

1975년 4월 9일

권정생 드림

'보리방아' 재미있게 읽었습니다

권정생 선생님

진달래도 다 지고 신록의 계절입니다. 요즘은 어떻게 지내시는지
요?

지난번 창주아동문학상 수상식에 송 선생과 같이 대구 가는 길에
일직을 잠깐 들렀다가 가자고 의논이 되었는데, 마침 아침에 비가
오고 저의 몸도 몹시 고달파서 그만 바로 가게 되었습니다. 이곳 돌
아온 후 송 선생이 우편으로 돈 2만 원을 보내왔습니다. 권 선생님
께 드려 달라면서 절대로 자기 이름을 말하지 말아 달라는 부탁이
었습니다. 그런데 이렇게 이름을 밝혀 드리기로 했으니 이해해 주
시고, 돈은 곧 우송하든지, 다음 제가 가서 드리든지 하겠습니다. 상
금의 일부인 것 같습니다.

내일쯤 급히 서울 갔다가 올지 모르겠습니다. 서울 가면 소년사
원고료 알아보겠습니다. '보리방아' 재미있게 읽었습니다.

올해 상반기 아동문학 총평 원고 청탁을 월간문학사에서 받고 써 두었습니다. 7월 호에 실릴 것 같은데, 권 선생님 얘기를 좀 더 많이 못 한 것이 섭섭했습니다.

곧 또 소식 드리고 싶습니다. 건필을 빕니다.

1975년 5월 16일 아침

이오덕

수영이네 어머니가 호랑이를 보았답니다

이오덕 선생님

두 번 보내 주신 편지 감사히 받았습니다. 그렇지 않아도 궁금해서 선생님께 편지 내려던 참이었는데, 무사히 계신다니 안심하겠습니다. 날씨가 좋아서 잘 지내고 있습니다. 좀 더 있으면 더워지겠지요.

송재찬 선생님은 〈기독교교육〉에도 동화가 당선되었어요. 작품 읽어 보았는데, 아직 기성작가의 때를 완전히 씻지 못한 것 같아 아쉬웠습니다. 그러나 아주 착실하고 자질 있는 분이어서 앞으로 기대할 수 있을 것입니다.

저를 위해 송금해 왔다는 돈은 선생님께서 보관해 두세요. 소년사의 원고료도. 아직 필요 없으니까요.

서울 가셔서 현주 못 만나셨나요? 그동안 머리가 엉망진창이었을 텐데 걱정입니다. 지하철 레일 위에 뛰어들고 싶다는 생각이 순간순간마다 일어난다는 말을 전에 들어서 그래요. 충분히 그럴 만한 소질(?)을 가진 사람입니다. 싯다르타 왕자님처럼 돌(石)이 되는 게 제일 편할 것 같습니다.

안동 오실 때 박운택, 송재찬 씨를 데리고 오세요. 안동시까지 오시면 제가 거기까지 나가겠습니다.

작품은 좀 썼지만 이젠 발표보다 차근차근 모아 두고 싶어요.

시골엔 산이 있고, 나무가 있고, 하늘이 맑아서 그래도 마음을 가다듬을 수 있습니다. 수영이네 어머니가 고사리 뜯으러 갔다가 호랑이를 보았답니다. 늑대가 앞산에까지 내려오고, 재락이네는 마당에 들어온 꿩을 손으로 꼭 붙잡았다고 합니다. 산짐승들이 사람을 그리워해서 나타나는 것 같아 저 혼자서 흐뭇했습니다.

어떤 슬픈 일이 닥쳐도 참고 기다려 보겠습니다.

안녕히!

1975년 5월 22일

권정생 드림

이윤복 일기책의 문학적 재평가도 하고 싶고요

권 선생님

요즘 날씨가 덥기도 하고, 흐리고 비가 자꾸 오기도 해서 건강이 더 나빠지시지는 않았는지 염려됩니다. 참, 너무 오래 소식도 못 전해서 미안합니다. 선생님 편지도 오랫동안 얻지 못해서, 혹시 누워 계시고 일어나지도 못 하시는 건 아닌가 걱정도 됩니다.

방학이 되면 여기 송 선생하고 한번 가겠습니다. 그리고 8월 상순에 춘양에서 이곳 봉화 군내 글짓기 지도 교사들 모아서 연수회 같은 것 열어 보려고 합니다. 글짓기 교육에다 아동문학을 겸한 것이지요. 서울서도 몇 분 오도록 생각하고 있습니다. 안동서 여기는 버스 길이 험해서, 날씨가 덥기도 하고, 권 선생님은 오시기 어려울 것 같습니다. 우리가 한번 그쪽으로 갈 터이니 기다려 주십시오.

본래 여기 연수회는 춘양이 아니고 저가 있는 학교에서 해 볼까 했는데, 절도 여관도 없이 숙식이 매우 곤란하다 싶어 장소를 바꾼 것입니다. 아직 확정은 된 것이 아닙니다. 서울에서는 아마 아동문학가협회에서 세미나를 한번 열 계획을 하고 있는 것 같습니다. 장소가 어디 될지 모르지만.

권 선생님한테 이윤복 지음 《저 하늘에도 슬픔이》란 책이 있습니까? 다름 아니고 도교육청에서 이 책을 자료로 해서 훈화 사례문을 하나 써내라고 해서 대구에 연락해서 이 책을 겨우 한 권 구해 와서 원고를 써 놓았습니다. 그런데 여러 해 전에 한 번 읽었던 이 책이, 이번에 다시 읽어 보니 감동이 더욱 크게 느껴졌습니다. 그래서 이 책에 대해 당국의 요청으로 써낸 원고와는 달리, 또 하나 평론을 쓰고 싶어졌습니다. 그런데 요즘 제가 바빠서 하루 이틀 사이에 쓸 수 없고, 또 대구서 빌려 온 그 책은 어떤 사정이 있어 곧 돌려주어야 하기 때문에 권 선생님 가지신 것 있으면 한두 달 빌려 보고 싶습니다. 또 일본의 야스모토 스에코(安本末子)가 쓴 일기 문집이 있지요? 그것도 가진 것이 있으면 좀 얻어 보고 싶습니다. 곧 보내 주시지 않아도 됩니다.

저한테 〈월간문학〉 7월 호와 〈창작과 비평〉 여름 호가 각각 두 권이나 있어 권 선생님 사시지 않으셨으면 편지해 주십시오. 남아 있는 것이니 한 권씩 부쳐 드리겠습니다.

요전에 서울 가서 이현주 만났습니다. 이사를 해서 잘 있답니다. 주소를 적으려고 하니, 주소 번지를 모르고 있으니 다음 연락해 주겠다 했습니다. 그러면서 아직 소식 없습니다.

저는 그동안 '아동문학 작가의 아동 기피'란 평문(評文, 160매)을 하나 썼습니다만 발표할 자리가 없어 가지고 있습니다. 이것은 이○○이란 사람이 〈문학사상〉지에 아주 되지도 못한 글을 발표했기에 그것을 비평한 것인데, 다음 단행본이라도 내면 수록할까 합니다. 다음은 '동심론'이란 것을 써 볼까 해서 준비하고 있습니다. 이윤복의 일기책의 문학적 재평가도 하고 싶고요.

참고 말씀 좀 보내 주시면 감사하겠습니다. 그리고 거기서 조금만 더 참고 기다려 주십시오. 제가 보관 중인 돈도 언제든지 부쳐 드릴 수 있습니다.

평안을 비오며.

1975년 6월 28일

이오덕

시골 어린이들 중에 동화책 한 권 못 읽는 것이
90퍼센트도 넘을 것 같아요

이오덕 선생님

반갑게 선생님의 편지를 읽었습니다.

몸에서 못 견딜 만큼 열이 나서 약을 먹기도 했습니다. 월 3천6백 원이니 그다지 비싸지도 않았습니다. 열이 좀 내리고 소변도 깨끗해 가고 있습니다. 종합 진찰을 받고 약을 먹어야 하는데, 진찰비가 엄청나게 들기 때문에 그냥 보건소에서 지시해 준 약을 약방에서 사다 먹고 있습니다.

수기가 될지 자서전이 될지 한 2백 장 써 보았는데(천 매 예산) 도저히 남에게 보일 수 없을 것 같아 쓰다가 그만두었습니다.

박홍근 선생님께 동화 한 편 보냈고, 〈기독교교육〉에 세 매짜리 짧은 동화 여섯 편을 썼습니다. 왜 그런지, 저 자신이 동화에 대한 회의가 생깁니다. 시골 어린이들 중에 동화책 한 권 못 읽는 것이 90퍼센트도 넘을 것 같아요. 대체 누구를 위해 아동문학을 하고 있는지, 목적 없는 뜀박질을 하고 있는 우리가 아닌지요.

이윤복 어린이의 《저 하늘에도 슬픔이》란 책이 얼마 전에 안동 스쿨서점에 있는 것을 봐서 어저께 사러 갔더니 팔리고 없었습니다. 신태양사에서 재판을 냈기 때문에 서울에선 구할 수 있을 것입니다. 야스모토 스에코의 《니안짱》은 제게 원서가 있기에 보냅니다. 송재찬 선생님께 국역본이 있지만 번역이 좋지 못합니다. 읽으시고 언제라도 되돌려 주세요. 윤복이의 일기집은 담임교사가 많이 손질

한 흔적이 보이지만, 야스모토 스에코의 일기는 그렇지 않아요.

8월에 춘양서 모임이 있다니 웬만하면 저도 가겠습니다. 날짜가 정해지거든 알려 주시기 바랍니다.

그럼 다음에 또 편지 쓰겠습니다.

더위에 몸조심해 주시기 바랍니다.

1975년 7월 4일

권정생 드림

〈월간문학〉, 〈창작과 비평〉 구입하지 않았습니다.

삼동의 밤하늘 별이 그리워집니다

선생님

삼동의 밤하늘 별이 금방 그리워집니다.

일직만 해도, 그다지 별빛이 아름답지 못합니다. 정말 눈이 황홀했어요. 가을에 꼭 한번 더 가고 싶습니다. 저도 건강하다면 그런 곳에 꼭 살고 싶습니다. 일직에도 벌써 자동차 공해가 심해요. 먼지가 많아졌으니까요.

진작 편지드리지 못해 죄송합니다. 그날, 봉화까지 와서는 계속 기차로 일직까지 왔습니다.

일본 형님께 《강아지 똥》 동화책을 보냈더니, 부탁도 안 했는데 세계 명작집 여섯 권을 보내왔어요. 소학관(小學館)에서 낸 전(全) 55권

중에 여섯 권이었는데, 너무도 호화판이어서 선뜻 정이 가지 않습니다. 권당 값은 750엔으로 질에 비해서 책값이 너무 헐합니다. 고단샤(講談社)에서 나온 장편 소년소설《天使で天地はいっぱいだ(세상에는 천사가 가득하다)》한 권도 받았습니다.

우리 아동문학은 여러 가지로 초라하기 이를 데 없군요. 원망스럽습니다. 누구를 원망하는 것이 아니라 자신이 슬프도록 원망스러워집니다.

여름이 지나간다 싶으니, 또 추운 겨울 걱정이 앞섭니다. 시원한 방과 따뜻한 방이 있으면 작품을 좀 더 열심히 쓸 수 있었을 것 같은 생각이 납니다.

사모님껜 며칠 뒤 따로 편지드리겠어요.

우리 아동문학은 지금부터 시작해야 되겠습니다. 선생님의 기탄없는 논문 계속 써 주실 것도 간절히 부탁드립니다.

부디 몸 건강하기 빕니다.

1975년 8월 14일

권정생 드림

옳은 일을 하자면 고난이 따르는 것입니다*

권 선생님

편지도 여러 번 받고 걱정 많이 하셨겠습니다. 송을 배후에서 조종하는 김○○이 〈한국일보〉를 잡고 허무맹랑한 선전과 악랄 무도한 수단으로 양심적 발언을 하는 사람을 해치려고 하고 있습니다. 그러나 이제 우리는 당당하게 대처해 나가고 있으니, 설령 법정에 서더라도 그놈들 선전같이 불리하게 되지는 않을 것입니다. 너무 염려하지 마셔요. 세상에 참 별일 다 보겠습니다만, 옳은 일을 하자면 고난이 반드시 따르는 것입니다.

권 선생님께 한 가지 부탁해 볼 것은, 그 문제된 송의 동시란 것을 권 선생님 나름으로 논평한 글을 하나 써 주실 수 없을까 하는 것입니다. 이런 일을 몇 사람에게 부탁했는데, 이렇게 문단에서 작품을 논의하게 되면 자연 법정 문제는 해소되고 사건이 유리하게 종결될 것 같기 때문입니다. 이원수 선생도 이런 일을 몇 사람에게 부탁해 보도록 하라고 합니다. 모작(模作)이란 어떤 남의 것을 보고 의식적으로 모방하는 경우는 오히려 극히 드물고 무의식적으로 모작이 되어 버리는 경우가 예사인데, 송의 작품은 물론 이렇게 무의식으로 닮아 버린 예인 것 같고, 또 최계락의 작품보다 한인현의 작품 '시골 정거장'과 더욱 유사합니다.

* 이오덕은 한국아동문학가협회에서 펴낸 《동시, 그 시론과 문제성》에 실은 '표절 동시론'에서 송명호가 모방작을 썼다고 했다. 그 일로 송명호가 명예훼손으로 고소했는데, 이 사건이 〈조선일보〉, 〈한국일보〉에 보도되었다. 이 사건은 9월 20일에 회장 이원수가 해명서를 신문에 내고, 이오덕이 사과하여 마무리되었다.

시골 정거장(한인현)

해 저물어 지나는 시골 정거장
내리는 손님은 한 분도 없고
마나님 한 분이 타셨습니다.

고요히 잠드는 시골 정거장
울안에 곱게 핀 코스모스가
떠나는 손님 보고 손짓합니다.

　한인현도 고인이고 이 작품의 창작 연대를 알 수 없습니다. 어쨌든 이런 따위 모조품이 많은데, 지난번 상경했다가 만해문학상 수상 시인 신경림 씨를 만났더니 그도 송의 작품을 모작이라 단정적으로 말하고 있었습니다.
　그러나 일반적으로 문단의 소설가나 시인들은 소위 대가라고 하는 사람들까지 아동문학 작품을 잘못 보는 경향이 있으니, 이 기회에 우리들 스스로 이 문제에 대해 발언을 할 필요가 있다고 생각합니다. 할 수 있으면 써 주세요. 그러나 무리하지는 마십시오. 길게 쓰지 않으셔도 됩니다. 쓰시면 저한테 보내 주시든지 이원수 선생께 부치셔도 좋습니다. 여러 가지 얘기드릴 것이 많습니다만, 훗날 만나서 드리겠습니다. 과히 걱정하지 마시기 바랍니다.
　1975년 9월 12일
　이오덕

30년 만에 일본에 계신 형님과 통화를 했습니다

이오덕 선생님

아직 추위가 닥치지 않아 생활에 어려움이 없습니다.

주신 편지는 반가이 받았습니다. 몇 번 서신 드린다고 마음먹었다가 이렇게 늦었습니다.

지난 11월 4일 저녁에 국제전화로 30년 만에 일본에 계신 형님과 통화를 했습니다. 조총련 고국 방문과 함께, 좀 관심을 가진 모양입니다. 형님은 한국에 대한 건 아무것도 모른다고 합니다. 내년에 내한하시겠다고 말씀하십니다. 그리고 저를 일본에 초청하겠다고도 했습니다.

안동에 계신 큰누님과 함께 전화로 이야기를 하면서 잠시, 30년 전 옛날 어린 시절로 돌아갈 수 있었습니다. 제가 원하기만 하면 일본에 이주해 갈 수도 있을 것 같아요.

그런데 전화를 마치고 집에 돌아와 생각해 보니, 모든 것이 헛된 것임을 알았습니다. 아무리 혈육이라지만 30년이란 공백 기간을 무엇으로 메꾸겠습니까? 차라리 만나지 않는 것이 더욱 현명하지 않겠습니까. 만나서 현실을 서로 알게 되면 더욱 비참해질 것이 뻔합니다.

미야자와 겐지(宮沢賢治) 전집, 니이미 난키치(新美南吉) 전집을 보내 줘서 읽고 있습니다. 역시 제가 필요한 것만 얻겠습니다. 이것도 또 얼마만큼 기대해야 될지 두고 보는 거지요.

표절 시비 이후, 아동 문단의 표정은 어떻습니까? 세상은 묘하다고 생각하다가도 구약성서의 솔로몬의 전도서가 생각났습니다.

"사람이 해 아래서 수고하는 모든 수고가 자기에게 무엇이 유익한고."

모든 것이 헛되고, 헛되다고 말하고 있는 그것이야 말로 명언 중에도 명언입니다. 선생님도 가끔씩 성경을 읽어 보세요. 좋은 글귀가 너무도 많습니다.

삼동에 한번 갈지 모르겠습니다. 건강을 봐서 찾아뵙고 말씀 자세히 드리고 싶습니다.

〈창작과 비평〉 구독 영수증 잘 받았습니다. 고맙습니다.

안녕히 계십시오.

1975년 11월 15일

권정생 드림

부디 이 겨울만 견디어 주셨으면 합니다

권 선생님

지금 막 봉화 출장 갔다 와서 편지 받아 보고 몇 자 씁니다.

선생님의 몸이 더한층 악화되신 것 같은데, 좀 자세히 알려 주실 수 없습니까? 제가 도와 드릴 수 있는 데까지 힘을 다하겠습니다. 혹 경제적인 사정은 아닌지, 좀 솔직히 얘기해 주세요. 몹시 걱정입니다.

학교 일이 바빠 지금 가 볼 수 없는 것이 안타깝습니다. 날짜를 확정할 수 없지만 연말경에 가겠습니다. 27일은 회의니까, 그 전에는 안 될 것 같습니다. 29, 30 양일간 여교사 연수회가 있어 서울 가 있는 안식구를 오라고 해야 하겠는데, 그리되면 어쩌면 신년 초에라야 상경이 될 듯도 하고…… 좌우간 즉시 회답 주셨으면 합니다.

올해는 저도 여러 가지 액운이(큰 것은 아니지만) 겹치는 것 같습니다. 표절 동시론 사건을 잊어버릴 때쯤 되니 또 다른 일이 하나 생겨나서 지금껏 마음을 태우고 있는 중입니다. 자세한 것은 만나서 얘기하지요.

명년 3월에 어디 전근 가게 되면 권 선생을 내가 있는 곳에 오시도록 해서 같이 있고 싶습니다. 그때 사정이 예상과 전혀 뜻밖의 어떤 장애에 부딪히지 않는 한 그렇게 꼭 해 드리고 싶습니다. 부디 이 겨울만 견디어 주셨으면 합니다.

그럼 부디 여러 가지 조심하시길 빕니다.

1975년 12월 23일 저녁

이오덕 배(拜)

가슴에 맺힌 것,
실컷 풀어 볼 수 있는 작품 쓰고 싶습니다

이오덕 선생님

크리스마스 날 현주가 다녀갔습니다.

제가 선생님께 무슨 말씀을 드렸는지 잘 모르겠어요. 한창 울적한 기분에서 편지를 썼기 때문에, 선생님께 염려를 끼치게 된 것 같습니다.

추우니까 일직에 오시지 마세요. 연탄, 쌀, 다 사 놓고 아직 현금 2만 원쯤 남아 있습니다. 앞으로도 잡지사에서 원고료 조금씩 얻을 수 있으니까 경제엔 곤란하지 않습니다.

현주하고 밤새껏 얘기 좀 하고 나니 가슴이 시원한 것 같습니다. 새해에도 또 참고 견디겠습니다. 서울 가시거든 이원수 선생님께 안부 전해 주시고, 너무 무관심하게 지낸 것 용서해 달라고 대신 말씀드려 주세요. 송 선생님, 박 선생님께도 편지 못 해 미안해 죽겠습니다. 또 다른 모든 사람에게도 마찬가지입니다. 선생님께서 일직에 꼭이 오신다면 서울 다녀오셔서, 천천히 와 주세요.

앞으로는 제 동화도, 그리고 행동도 좀 달라질지 모르겠습니다. 가슴에 맺힌 것, 실컷 풀어 볼 수 있는 작품 쓰고 싶습니다. 선생님, 부디 염려 마세요. 언젠가 모든 오해가 풀릴 날이 오겠지요. 선생님이 지금 걱정하시는 사건도 조금 짐작이 갑니다만, 저는 별로 걱정 않고 있습니다.

그럼, 이만 씁니다. 안녕히!

1975년 12월 29일

권정생 올림

1976년~1981년

이발을 꼭 한 달 반 만에 한 것 같습니다. 싹싹 깎아 버리고 살았으면 좋겠습니다. 옷도, 속옷 겉옷 필요 없이 자루처럼 하나만 입고 음식도 하루 세 끼는 너무 많아요. 한 끼만으로 살 수 있게, 그리고는 잠들지 말고 눈을 감은 채 오래오래 앉아 있고 싶습니다. •권정생

거기 일직교회는 햇볕이 앉을 곳도 없었던 것 같은데 얼마나 추울까요. 약을 계속해서 잡수셔야 할 터인데 걱정입니다. 어디 돈을 빌려서라도 약을 잡수시면 제가 가서 갚겠습니다. 그렇게 쇠약하신데도 책을 읽고 싶어 하시니, 저 자신이 한없이 부끄럽게 반성됩니다. •이오덕

제 나이 마흔 살이라니, 참으로 한심스럽습니다

이오덕 선생님

보내 주신 편지와 동화책 잘 받았습니다.

《호수 속의 오두막집》은 반가량 읽었습니다만, 섣불리 독후감을 쓸 수 없어 다음에 천천히 말씀드리겠습니다.

지금 감기 때문에 누워 지냅니다. 니이미 난키치 동화집은 일본 조카한테 며칠 전에 편지해 두었으니, 한 달쯤 기다려 보세요.

그리고 2월 28일경 상경하실 때, 함께 갈 수 없을 것 같습니다. 별로 볼일 없이 가기 싫습니다. 3월에 인상파 그림전이 있으면, 가 보고 싶은데, 그것도 그때 가 봐서 생각이 달라질지 모르겠습니다.

새해에 들어서고부터 이상하게 마음이 초조해지는 것 같습니다. 제 나이 마흔 살이라니, 참으로 한심스럽습니다. 그러나 한 10년 늦게 태어난 것으로 알고, 열심히 살아 보겠습니다. 마음에 있는 일은,

하나도 안 되고 뜻하지 않는 일은 생겨서 괴로우니 세상에서는 기쁨이 참으로 없는 것이 맞는 말입니다.

조금 아까 고등학교 입학 등록금 때문에 학생 하나가 실컷 걱정을 늘어놓다가 돌아갔습니다. 아직도 가난 때문에 배움을 포기해야 하는 아이들을 볼 때 가슴이 가장 아픕니다.

선생님, 감기 조심하세요. 굉장한 감기입니다. 요즘 이곳 일직엔 집집마다 앓고 있습니다.

부디, 건강해 주시기만 바랍니다.

1976년 2월 11일

권정생 드림

편지 써 놓고 진작 부치지 못했습니다. 오늘 우체국에 나갑니다. 비가 내려 줘서 고맙습니다.

이발을 꼭 한 달 반 만에 한 것 같습니다. 싹싹 깎아 버리고 살았으면 가장 좋겠습니다. 옷도, 속옷 겉옷 필요 없이 자루처럼 하나만 입고 음식도 하루 세끼는 너무 많아요.

한 끼만으로 살 수 있게, 그리고는 잠들지 말고 눈을 감은 채 오래오래 앉아 있고 싶습니다.

1976년 2월 11일

상을 받는다는 것,
분에 넘치는 일이 아닌가 싶습니다

권 선생님

겨울 날씨가 꽤 온화하다 싶더니 이제야 눈이 자꾸 오고 추위가 시작될 것 같습니다. 여러 가지 괴로움이 많으실 줄 압니다. 여기는 졸업식을 마쳤지만 25일경까지는 여러 가지 사무로 바쁠 것 같습니다.

며칠 전 서울서 올해 한국아동문학상 수상자로 조대현 씨와 나, 두 사람을 결정했다는 소식이 왔습니다. 조 씨는 물론 동화고, 나는 평론이겠는데, 상 같은 것과는 도무지 인연이 없는 저로서는 좀 이상한 느낌마저 듭니다. 그러나 보다 유능한 젊은이들과 함께 상을 받는다는 것, 더구나 1회 수상의 권 선생님을 생각할 때 저 같은 사람은 분에 넘치는 일이 아닌가 싶습니다. 젊은 사람에 지지 않고 열심히 좋은 글 많이 쓰라는 격려의 뜻인 줄 압니다. 28일경에 총회도 있고 수상식도 겸해 있을 것 같습니다.

그리고 우리들 전근 내신은 안식구를 대구로, 저는 안동 의성 지방으로 해 두었는데, 저의 경우는 상당히 어려운 것같이 듣고 있습니다. 아무튼 식구가 대구로 나갈 것 같아 대구에 집을 한 칸 사도록 계획하고 있습니다. 그런 일도 있고 해서 25, 26일경에 대구로 해서 상경하려고 합니다.

권 선생님, 혹시 상경하실 뜻이 계시면 그때 저와 같이 대구로 나가든지, 아니면 송 선생과 연락해서(송 선생도 서울 갈 것 같으니) 안동서 기차로 함께 상경하시든지 하도록 바랍니다.

우리들 전근 발표는 아마 26, 27일경에 신문에 발표될 것 같습니다.

그럼 머지않아 만나고 싶은 마음 간절합니다. 평안하심을 빕니다.

1976년 2월 16일

이오덕

시상식엔 저도 꼭 참석하겠습니다

이오덕 선생님

수상 소식 기쁘면서 한편 죄송한 마음 금치 못하겠습니다.

이렇게 되어 버린 걸 어쩔 수 없지만, 작년 1회 때 선생님이 받으셔야 했던 상입니다. 선생님께서 기꺼이 받으신다면 저로서는 그보다 더 큰 영광이 없겠습니다. 저는 선생님께선 좀 더 큰 상을 받으셔야 한다는 생각을 하고 있었기 때문에 염두에 두지도 않았습니다. 선생님이 받으시면, 한국 아동문학은 더욱 빛날 것입니다.

시상식엔 저도 꼭 참석하겠습니다. 송 선생님께 연락해서 27일 상경하기로 하겠습니다. 창비 서평도 되도록 쓰겠습니다. 쓰게 되면 원고는 상경 시에 가지고 가겠습니다.

그럼, 그때 만나 뵙겠습니다.

안녕히!

1976년 2월 19일

권정생 올림

이만큼 기운이 있으니, 걸어 다녀 보겠어요

선생님

그날 안동에서 갑자기 소변 구멍이 막혀 바쁘게 헤어져 왔습니다. 무척 고통스러웠습니다만, 집에 와서 고무줄 갈아 끼우고 밤을 지내고 나니 열이 내렸습니다.

거리가 불편해서 자주 나오실 수 없겠지요? 여름방학 때 한번 다시 찾아가 뵙겠습니다.

이만큼 기운이 있으니, 걸어 다녀 보겠어요.

1976년 3월 9일

권정생 올림

저가 여기 있는 동안이라도
같이 와서 살았으면 합니다

편지 잘 받았습니다. 이곳 와서 그 먼 길을 또 급히 나가시도록 해서 미안스럽고 죄송하기 말할 수 없었습니다. 얼마나 피로하고 고통을 받으셨는지, 모두가 저 때문입니다.

교통이 불편하지만 이곳에 또 몇 해 있는 수밖에 없이 되었습니다. 번거로운 곳에 있는 것보다 마음 편한 점도 있으니 어쩌면 잘된 것으로 생각됩니다. 거기다 산수가 좋아 위안이 더 됩니다.

권 선생님, 잘 생각해 보시고 이곳에 와 있을 수 있다면 결심을 해 주세요. 어제도 여기서 또 2킬로미터나 강물을 거슬러 올라가 지례 2동이란 곳에 가 보았습니다만 마을과 집들의 자리가 참 마음에 듭니다. 길을 닦아 가을부터는 버스가 드나든다고 하니, 이런 곳에 집이라도 지어 살고 싶은 생각조차 듭니다. 도시에 가 봐야 무엇 볼 것이 있습니까. 저가 여기 있는 동안이라도 같이 와서 살았으면 합니다. 방은 마을에서 충분히 구할 수 있습니다. 잘 생각해 봐 주세요. 병원 볼일이 있어 어려우시면 할 수 없겠지만, 그러면 버스가 들어오는 후라야 되겠지요.

저에게 부담이 될 것을 염려해서 이곳 오실 것을 주저하시지는 않는지 모르겠습니다. 선생님 생활비 얼마나 들겠습니까. 저도 역시 그런 생활입니다. 단지 교회가 없어 안 된다면 어찌할 수 없겠습니다. 그리고 연탄이 아니고 나무를 때고, 하지만 전기가 있으니 편리한 점도 있지요.

그곳 계시더라도 안동서나 일직에서 전보다는 자주 만나고 싶습니다. 부디 평안하시고, 계속 좋은 글 써 주시기를 빕니다.

1976년 3월 15일

이오덕 드림

선생님, 편지 고맙습니다.

저도 지난번에 가 보고 나서, 그곳 산수가 좋다고 생각했습니다.

이곳 일직은 저 자신도 더 있고 싶지가 않은 곳입니다. 고향이라는 곳은 정다우면서도 한편은 냉정한 곳입니다.

더욱이 저희 부모님들이 가난하게 살던 곳이기 때문에 얼마나 많은 괴로움을 받았다는 것, 대강은 짐작하실 겝니다. 그러면서도 역시 떠날 수 없는 것은 정이 든 곳이기 때문입니다.

부모님들의 묘소도 있고 그리고 한 가지는 소식 모르는 맏형님이 연락할 곳은 이 안동 일직뿐이기 때문입니다. 만약 제가 여기 없다면 그 형님의 소식은 영영 끊겨 버리고 말 것입니다. 기다려 보는 데까지 기다리고 싶습니다. 선생님의 말씀은 너무도 감사하지만 저의 마음은 이러하니 헤아려 주시기 바랍니다.

한 가지 여쭐 것은 '무명 저고리와 엄마'를 삼영필름이라는 영화사에서 저의 허락도 없이 영화화할 것을 기획하고, 신문에 기사화되기까지 한 모양입니다. 원작자인 제가 허락하지 않는 한 촬영은 못 하니까 갑자기 제게 양해를 구해 왔습니다만, 저는 작년에 만났던 문치우란 신인 감독과의 신의를 저버릴 수 없습니다. 문 감독은 10년이 걸려도 자기가 영화를 만들겠다고 호소하고 있습니다. 저역시 가난한 사람으로, 문 감독의 그 정성을 짓밟아 버릴 수가 도저히 없습니다. 좀 말썽스러우면 제가 1차 상경해 봐야겠어요.

선생님께서 주말에 대구 가시는지요? 20일(토) 오후 2시~3시경에 안동 시외버스 정류소 그 다방(?)에서 기다려 보겠습니다. 나오시거든 찾아 주세요.

안녕히!

1976년 3월 18일

권정생 올림

선생님과 자주 만나 공부하고 싶지만, 거리가 너무 멉니다

선생님, 그동안 안녕하셨습니까?

조대현 씨 동화집 서평을 다시 쓰려고 하니 도저히 되지 않습니다. 그대로 발표한다는 것은 더욱 안되겠습니다. 선생님께서 곧 상경하실 테니 창비에 가서서 말씀 잘 전해 주시기 바랍니다.

동화에 대한 '교육성'이란 어떤 것인지 다시 생각해 보겠습니다. 앞으로는 굳이 동화라는 이름을 의식하지 않고 글을 쓸지도 모르겠습니다. 자신이 왜 이렇게 부끄러워지는지 모르겠습니다. 제가 못 배운 것도, 그리고 가난한 것도, 병든 것도 제 잘못이라면 너무도 억울합니다. 그런데도 역시, 책임은 제게 있는 것 같아 부끄럽습니다.

되도록 선생님과 자주 만나 공부하고 싶지만, 거리가 너무 멉니다. 여름에 동행이 있으면 가겠습니다. 선생님의 건강을 빕니다.

1976년 4월 26일

권정생 드림

소쩍새 소리 들으면서
인생과 역사와 문학을 생각했습니다

권 선생님

방금 편지 받았습니다. 조대현 씨 작품집의 서평 쓰신 것 그대로 창비에 보내 주십시오. 창비에도 제가 권 선생님 서평 곧 보낼 것이라 연락해 두었습니다. 쓰신 것 아주 잘되었습니다. 작품을 올바로 보셨고, 보신 대로 소신을 썼으니 조금도 주저하실 것 없습니다. 그리고 이원수 선생 작품집에 대한 서평도 빨리 발표하셔야지요. 꼭 부탁합니다.

여기는 한 이틀 정전이 되어서 좀 불편했습니다. 어둔 밤에 누워 소쩍새 소리 들으면서 인생과 역사와 문학을 생각했습니다.

동화 '무명 저고리와 엄마' 중에 역사적 사실에 관해 얘기가 좀 잘못되어 나오는 것을 고쳐서 완벽한 작품으로 완성해 보실 생각은 없는지요? 이 작품은 아무래도 우리 아동문학사에 길이 남겨 두어야 할 것이기 때문입니다. 이달 하순에서 다음 달 초순까지 걸쳐 며칠 동안 대구, 서울을 급히 다녀와야 할 것 같은데 틈이 날지 모르겠습니다.

부디 안녕하시기 빕니다.

1976년 4월 27일

이오덕 드림

꼭 영원히 남을 수 있는 동화를 쓰겠습니다

선생님

편지 받던 날, 서울 염무웅 씨로부터 전보도 받았습니다. 아마, 선생님께서 상경하셔서 말씀드린 것으로 압니다. 할 수 없이 원고 그대로 보내었습니다.

지금쯤 길산에 돌아오셨겠지요. 작년보다 선생님 건강이 많이 나빠진 것 같아 자꾸 염려가 됩니다.

니이미 난키치는 열여섯 살 때 벌써 독서와 창작에 대단한 열의를 가지고 있었던 것 같아요. 열여섯 살 때, 1년간 독서는 단행본 57권, 잡지 16권, 창작은 동시 122편, 시 33편, 동화 15편에다 일기를 꼬박 쓰고 있었어요. 중3년이었는데 학교 성적도 우등생이었고, 집안은 계모 밑에서 아버지가 하시는 다다미 만드는 가게에서 일을 거들며 얼마나 쉴 사이 없었기에 그때부터 병에 걸리고 만 것 같아요. 대표작의 하나인 'ごんぎつね(아기 여우 곤)'를 열일곱 살 때 썼고, '張紅倫(초코린)', '正坊とクロ(쇼보와 쿠로)'도 그 즈음에 쓴 거라 했어요.

현주가 요즘 글을 쓰지 않는 것 같아 걱정입니다.

일본 어린이들, 우리가 생각할 땐 모두 사치 풍조에 들떠 있는 것 같은데, 책을 얼마나 읽고 있다는 것을 짐작하겠어요. 저는 일본 사람들에게 뒤떨어지는 것 가장 억울하고 가슴이 아픕니다. 우리 한국인은 동화를 쓸 수 있는 기질을 가지지 못한 것인지도 모르겠습니다.

'무명 저고리와 엄마'는 사실적인 것이 많이 틀립니다. 지금 한 군데를 고친다고 하면, 또 다른 곳도 고쳐야 되고, 그러다 보면 원문에서 많은 부분이 수정되어야 합니다. 이 작품의 연대를 보면, 삼일절부터 월남 파병까지 거의 40, 50년간의 세월이 담겨 있습니다. 그런데 무돌이의 경우, 그의 연령도 40세가 넘는데, 이건 사실과는 너무도 많은 착오를 가져왔어요. 차돌이와 삼돌이의 얘기도 순서를 몇 번이고 바꿨더랬는데, 결국 마지막에 제 생각대로 배치해 버렸습니다.

역사소설을 쓰시는 박종화 씨도, 소설 구성을 완벽하게 하기 위해 어쩔 수 없이 사실을 뜯어 고치는 수가 많은데, 피치 못할 일이라고 기술한 것을 읽었습니다. 유주현 씨도, 현진건의 《무영탑》도 사실(야사이기도 하지만)과는 모두 틀려요.

선생님을 뵙고, 그리고 다른 분에게도 한번 의견을 들어 보겠습니다. 발표된 것으로 저는 만족하지 못합니다. 꼭 영원히 남을 수 있는 동화를 쓰겠습니다. 이것을 위해서는 더 살아야겠다고 생각합니다.

선생님, 식사를 좀 더 정성껏 해 주시기 바랍니다. 저는 최소한 먹을 수 있도록 노력하고 있어요. 밀가루와 기름이 쌀보다 만들기 쉽고 값도 헐하고 먹기도 좋은 것 같아요.

그럼, 안녕히!

1976년 5월 3일

권정생 드림

'무명 저고리와 엄마' 읽으니
감동이 새롭습니다

권 선생님

원고 잘 받았습니다. 참, 편지 받고도 회답 못 드렸지요?

'무명 저고리와 엄마' 읽으니 감동이 새롭습니다. 선생님은 원작의 감동을 어느 정도 죽이지는 않았는가 염려하시는데, 대조를 안해 봐서 전에 읽었던 것을 잊은 내용도 있고 해서 확실히 모르겠습니다만, 좀 마음에 걸리는 듯한 것이 없어져서 참 좋습니다. 창비 책에 내는 것도 이것으로 하도록 서울로 부치셨으면 합니다. 내일 나가는 길에 선생님 앞으로 반송해 드릴 테니 그리해 주십시오.

지금 우체부가 와서 갑자기 쓴다고 더 못 쓰겠습니다.

내일 대구 가서 월, 화 이틀은 출장이고 19일 여기 학교에 돌아옵니다. 26일 다시 대구로 가서 29일 지나서 아마 일요일(30일)까지 있게 될 것 같습니다.

한번 뵙고 싶군요.

1976년 5월 14일 낮

이오덕 드림

혹시 만나 뵐까 싶어
정류소에서 서성거려 보았습니다

22일 안동에서 혹시 만나 뵐까 싶어 버스 정류소에서 서성거려 보았습니다.

24일부터 꼬박 1주일간을 누워서 앓았습니다.

창작과비평사에서 고료 보내 주어 받았습니다. 서평을 읽어 보고, 좀 더 상세히 길게 썼더라면 하는 아쉬움이 듭니다. 제가 제시한 문제를 선생님이 조금이라도 이해하셨거든, 앞으로 동화 비평을 광범위하게 써 주시면 감사하겠습니다.

1976년 5월 31일

권정생 올림

도스토옙스키는
인간을 알고 있는 작가였습니다

선생님

거의 한 달 동안 정신이 몽롱한 상태입니다. 책을 읽어도 글자가 제멋대로 움직여 버려 정확하게 읽을 수가 없습니다. 아마 전부터 그랬었는지도 모르겠어요. 요즘 들어 그것을 의식하게 된 것 같습니다.

감정만 자꾸 예민해져서 잘 흥분하는 것도 같습니다. 한국 아동문학 이젠 진절머리가 납니다.

송 선생님으로부터 아버지의 편지 받았다는 소식이 왔어요. 그렇게 괴로워하면서 살아야 하는 이유가 무엇일까요? 그러면서도 용하게 인간은 망하지 않고 살아가는 것이 어처구니가 없습니다.

도스토옙스키의《카라마조프가의 형제들》을 제일 마지막 12장째 읽다가, 제 자신이 소설의 주인공처럼 느껴집니다. 도스토옙스키는 인간을 알고 있는 작가였습니다. 자신이 간질 환자였기에 지나치게 병적인 인간을 묘사하는 데만 치중한 것 같지만, 따지고 보면 병들지 않는 인간이 지금 세상에 어디 있답니까?

고골과 더불어 독일의 니체, 중국의 루쉰, 일본의 아쿠타가와 류노스케 등, 모두가 인간들의 구석구석을 벗겨 버린 천재 작가들이라 보입니다.

일본 형님께 세계사상전집을 사 달래서 지금 〈루소〉를 읽고 있습니다. "의사는 환자의 육체는 고칠 수 있지만 대신 정신병을 안겨 준다"고 했어요. 진작 제가 이 책을 읽었더라면, 저 자신이 구원을 받았을지도 모르겠어요.

이 세상 인간들은 전부 사기꾼입니다. 나 자신도 남을 속이고 이렇게 살아가고 있다고 생각합니다.

선생님, 정말 하늘이 푸른 빛깔일까요? 나뭇잎이 초록빛이 아닐 거라고, 나는 자꾸 부정하고 있습니다. 참 인간은 이런 빛깔 따위에 현혹되는지요?

지난밤부터 자꾸 비가 내리고 있는데, 마음은 자꾸자꾸 타들어 가고 있습니다.

선생님께서 언제 안동에 나오시는지 알려 주시면 제가 가서 기다리겠습니다. 지난번 대구 가셨을 때는 꼼짝 못 하고 앓고 있었습니다.

그럼, 이만 줄입니다.

1976년 6월 8일

권정생 드림

고독을 영광으로 아는 지혜를
우리도 가져야겠다고 생각합니다

권 선생님

그처럼 많이 편찮으셨다니 몹시 걱정이 됩니다. 책 읽는 것도 여간 피로하는 것이 아니니 당분간 독서도 쉬도록 하는 것이 좋을 듯합니다. 병원에 한번 가 봐야 하지 않겠습니까? 혼자 못 가실 테니 제게 좀 연락해서 대구에 같이 나가 보는 것이 좋을 듯합니다. 약을 복용하시는지요? 돈이 필요하면 편지로 말해 주십시오. 어떻게 해야 할지 모르겠습니다.

지금까지 교감 선생이 여러 날 동안 출장 중이라 저는 꼼짝 없이 학교에 있어야 했는데, 20일부터 26일까지는 저가 서울 가서 연수원에 들어가 교육을 받아야 합니다. 개인행동이 허용 안 되는 엄한 훈련입니다. 19일경에 상경해야 하고, 17일에는 안동에 출장 나가야 하니 계속 학교에는 못 있게 됩니다. 그때 일직에 잠시 갈 수 있을지, 형편이 안 될지, 확실한 사정은 그때 가 봐야 알겠습니다.

학교 일에 좀 시달리고, 다른 일도 있고 해서 글을 못 쓴 것이 괴롭습니다. 〈영남일보〉에 '아동문학의 현 단계'란 글을 약 80매 써 주기로 해 놓고 그것을 아직 착수 못 하고 있습니다. 또 며칠 동안 이원수 선생의 수필집 앞에 붙일 해설문을 쓰기 위해 이원수 선생의 수필 작품을 읽고 쓴다고 시달렸어요. 이것은 범우사의 문고판으로 낼 것인데, 한 사람의 작품 세계를 어느 정도라도 파악한다는 것이 쉬운 일이 아님을 새삼 깨닫겠습니다. 이원수 선생의 수필에 '영광스런 고독'이란 것이 있는데 참 좋은 작품이라 생각되었습니다.

아동문학에 몹시 실망하신 모양인데, 사실 지금 아동문학 한다고 동시니 동화니 하는 것을 쓰는 사람들, 그리고 잡지 같은 것, 동인지 같은 것 만들고 있는 사람들의 하고 있는 일이란 참으로 한심스럽지요. 그러나 때가 되면 이런 불순물이 다 씻겨 없어질 것입니다. 고독을 영광으로 아는 지혜를 우리도 가져야겠다고 생각합니다.

광주에선가 나오는 〈아동문예〉란 잡지, 그걸 계속 보내 줘서 고맙다고 인사를 안 할 수 없어 편지 써 보내면서 내 생각을 좀 얘기했더니, 비판하는 말을 쏙 빼 버리고 앞뒤의 인사말만 잡지에 실어 놓았더군요. 아주 사기적입니다.

이ㅇㅇ이가 내는 잡지는 어떻게 만들어져 나왔는지 보지 못했지만 그 사람 하는 행동이나 글 쓰는 꼴 봐서 책이 어느 정도인가 뻔합니다. 그런 곳에서 아무리 원고 청탁이 와도 써 주지 않으렵니다.

창비에서 아동문학 선집을 이원수 씨와 같이 이주홍, 마해송 두 사람도 각각 단권(單券)으로 내는 것이 어떤가 해 왔기에 그렇게 하

면 좋을 것이라 회답해 주었습니다. 다른 나머지 작품집도 한두 권
더 낼 생각인 모양입니다.

아무튼 근간에 만나고 싶은데 기회 봐서 찾아가도록 하겠습니다.
건강이 나아지기를 빌면서 이만 씁니다.

1976년 6월 15일

이오덕

반상회에 나올 동네 사람을 기다리면서
몇 자 썼습니다

권 선생님

서울 연수원에서 일주간을 지내고, 어제 여기 돌아왔습니다. 나갈
때도 못 가 보고, 돌아올 때도 못 찾았으니 무슨 말로 사과해야 할지
모르겠습니다.

서울 떠나기 전에 이원수 선생님도 만나고 박홍근 선생도 만났습
니다. 이영호, 윤부현, 이효성, 이재철 제씨들도 만났습니다. 이들은
모두 삼미집에서 만났지만, 일요일이라 연락할 길이 없어 이현주를
못 만난 것이 서운했습니다. 이재철 씨가 〈아동문학평론〉지에 글을
써 달라는 간곡한 청이 있어 써 주기로 약속했습니다. 아동문학 평
론 부문에서 근년에 문제되었던 점을 중심으로 견해를 써 볼까 합
니다. 창비에 낸 권 선생님의 서평은 참 잘 썼다고 이영호도 말했습
니다.

시문학사에서 아동문학 작품을 매월 한 편씩 싣기로 하여 쓸 만한 사람을 이영호 씨가 찾고 있었는데, 권 선생님께도 부탁하고 싶어 합디다. 동화나 소년소설 60매 정도를 요청한답니다. 적당한 것 있으면 보내 주십시오. 천천히 써 보내도 좋습니다. 전에 현주 씨 가지고 있었던 것 제가 가져온 것 있는데, 그것은 기독교 관계 잡지에 더 적당할 것 같아 오늘 연락이 온 〈월간목회〉지에 보내려고 하는데, 권 선생님 생각이 어떠하신지 알려 주십시오. 〈월간목회〉지는 박종구 씨가 발행자가 되어 새로 시작하는 잡지인데, 그리 허술하게 만들지는 않을 것 같습니다.

요즘 어떠하신지, 건강 상태를 알려 주십시오. 우리 아동문학가협회의 회비는 권 선생님 것을 제가 낸다고 상임이사 이준범 씨한테 말해 두었습니다. 생활을 어떻게 하시는지 걱정스럽습니다.

〈영남일보〉 '나의 문학 나의 인생'난에 소개해 준다고 사진을 보내라고 해서 그런 데 나오는 것 불쾌해서 그만 거절하려다가, 그러는 것이 또 부질없는 오만 같기도 해서 사진과 함께 약력 같은 것 써 부치고 나니 역시 씁쓸한 생각입니다. 아무래도 세속에 타협 안 할 수 없는 생활이 한심스럽습니다.

지금 밤 10시가 다 되었는데, 반상회에 나올 동네 사람을 기다리면서 몇 자 썼습니다. 선생님의 건강이 유지되도록 하느님께 두 손 모아 빌고 싶습니다.

1976년 6월 30일

이오덕

평론 쓰는 자세,
받아들이는 자세 같은 것도 생각해 보렵니다

권 선생님

편지 어제 반갑게 받았습니다. 가 보지 못해서 참으로 죄송합니다. 그 방이 여름철엔 몹시 덥지요? 작품 쓰는 것도 쉬고 조용히 안정해서 가을을 기다리시는 것이 좋을 것 같습니다. 선생님의 괴로움과 인내의 백분의 하나도 못 당하는 저가 너무나 부끄럽습니다.

이재철 씨의 평론지 원고를 거절했더니 또 써 달라는 요청이 왔군요. 이원수 선생으로부터도 재고해 달라는 편지가 오고, 그래서 아무거나 하나 쓰려고 합니다. 근년에 들어 아동문학에서 논쟁거리가 되었던 문제를 중심으로 누가 어떤 발언을 하였는가를 정리해 보려고 합니다. 평론 쓰는 자세, 받아들이는 자세 같은 것도 생각해 보렵니다. 참고되는 말씀 계시면 편지 주십시오.

이곳으로 전근해 온 후 아동문학 관계 글을 처음 쓰게 되는 것 같습니다. 선생님이 보내 주신 니이미 난키치 동화집도 못 읽고 빌려 온 시집도 보지 못하고 있습니다. 참 이러다가 큰일 나겠습니다. 정신 차려야겠어요.

마해송 씨 작품을 읽을 기회가 있어서, 앞으로 마해송론도 써 두고 싶은데, 그의 대표작으로 모두 알고 있는 '바위 나리와 아기 별'은 그의 초기 작품으로, 그 이후에는 작품 경향이 달라진 것 같고, 이 작품은 마 씨의 전작 작품에서 보면 아주 특수한 것으로 느껴집니다. 그리고 이 작품이 일본 작가의 영향으로 쓰인 것이 아닌가, 특히 오가와 미메이(小川未明)의 작품 세계를 모방한 것이 아닌가 싶은데 오가와의 작품을 좀 읽어서 비교해 보고 싶습니다. 선생님의 의견은 어떠한지 생각해 보신 일 있으시면 알려 주십시오. 강소천의 작품도 그 가장 성공했다고 하는 작품들이 오가와 미메이의 모작 세계가 아닌가 싶습니다.

송재찬 씨한테서 편지가 왔는데, 학교 일이 바빠서 권 선생님 찾아보지 못해 미안스럽다고 했습니다. 그리고 건강을 걱정해 왔습니다.

신창호 씨는 돈벌이에 회의를 느끼면서도 나날이 바쁘게 지내는데, 지난번 가니 동시 쓴 것을 많이 보여 줍디다. 요즘 빈말의 재주만 부리려고 하는 작품들에 비하면 쓰는 태도가 좋아서 동시집이라도 내는 것이 좋겠다고 격려해 주었지요. 사실 신문 잡지에 나오는 동시들, 뭣 때문에 그런 것 쓰는지 알 수 없는 것이 대부분입니다.

하순에 가서 방학이 되면 찾아가겠습니다. 부디 몸조심하시기 빕니다.

1976년 7월 9일

이오덕

오랜 시간을 두고 연구하시는 편이
좋을 것 같습니다

선생님
더위가 아직 심하지 않습니다.

보내 주신 편지 받고 필을 듭니다. 일본 작가의 작품을 우리 작가들이 무엇을 어떻게 받아들였나 하는 것이 중요하다고 봅니다. 일본 작품이라고 다 좋은 거는 아니지 않습니까?

〈아동문학평론〉지에 조유로 씨가 막연한 문제를 제시했는데, 그렇게 써서는 별로 가치성을 느끼지 못했습니다. 선생님께서도 이 문제를 언급하시려면 더 신중을 기해야 할 줄 압니다.

외국 작가의 영향을 받은 한국문학이 동화, 동시만이 아닐 것입니다. 문제는 내면적인 사려를 거친 다음, 장점만을 받아들였으면 그건 잘한 일입니다만, 그렇지 못한 것이 유감입니다.

마해송 동화 '앙 그리께'를 끝까지 읽고는 실망을 했습니다. 초기 작품이 어떤지 다 읽지 못해 잘 모르겠습니다만, 오가와 미메이의 깊은 사상과 철학, 인생관을 습득하지 못한 것 같습니다.

강소천 씨의 작품은 미메이보다 미야자와 겐지, 니이미 난키치를 많이 모방했습니다. '꽃신', '나는 겁쟁이다', '토끼 나라' 등 읽어 보시면 대번 알 수 있습니다.

제가 편지로는 일일이 말씀드릴 수 없고, 선생님도 좀 더 오랜 시간을 두고 연구하시는 편이 좋을 것 같습니다.

저의 건강은 많이 좋아졌습니다. 아무것도 안 하고 놀면 건강에는 훨씬 좋은 것을 저도 잘 압니다.

걱정을 끼쳐 드려 죄송하군요. 만나 뵐 때까지 안녕하시길 빕니다.

1976년 7월 12일

권정생 드림

벌초를 하려고 낫을 하나 사 왔습니다

이오덕 선생님

오늘 보내 주신 이원수 선생님의 수필집 반가이 받았습니다.

가을이어서 지내기가 무척 좋습니다. 아버지, 어머니 산소에 벌초를 하려고, 오늘 시장에 가서 낫을 하나 사 왔습니다. 산소는 여기서 얼마 안 되는 공동묘지에 있습니다.

일본 형님께서 송금하신 돈은 그저께 조흥은행 안동 지점에 가서 문의해 보니, 돈이 도착되어 있는데, 본점에서 통지서 낸 것이 아마 중간에서 없어진 모양이라고 합니다. 본점에 연락해서 통지서를 재발부 받아 오라고 합니다. 천천히 찾겠습니다.

형님 댁 생활이 넉넉지 못해 맘껏 도와주지 못하는 것이 안됐다고 하시는군요. 금년에 대학에 입학한 조카아이는 여름방학 동안 아르바이트 일자리를 구하려고 했는데 무척 힘들었다고 편지로 알려 왔습니다.

재일 동포 모국 방문이 이렇게 시끄러운데, 오시지 않는 이유를 짐작하겠습니다. 그 형님 성격이 무척 꼿꼿했다는 것을 조금은 알고 있습니다. 보내온 돈은 한 30만 원 가까운데, 제겐 너무 많은 금액입니다. 무엇에 쓸지 천천히 생각해 보겠습니다.

선생님, 이곳 일직을 떠나려니 정든 아이들과 사람들 때문에 아무래도 안 될 것 같습니다.

요즘 저는 식사에 대해 제 나름대로 정했습니다. 병원, 의사의 말도 믿을 수 없는 것이라 판단했습니다. 환자에게는 절대 육식이 해롭다는 것을 분명히 말할 수 있습니다. 쌀밥과 달걀도 좋지 않다고 생각합니다. 제가 여태까지 죽지 않았던 것은 쌀밥을 먹지 않고, 고기를 먹지 않았기 때문임을 깨달았습니다. 누구한테라도 채식을 적극 권해야겠어요. 잡념을 없애고, 깨끗한 머리를 가질 수 있고, 쉽게 피로하지 않게 하는 비결은 채식입니다.

이현주는 성서공회에 그대로 있다고 합니다. 주일날만 교회에 내려가는 모양입니다.

선생님, 편지에 쓸 수 없는 얘기 드리고 싶은데, 언제 한번 찾아뵙겠습니다. 오늘 〈소년〉지에 동화 한 편 싣고 원고료 보내왔습니다.

다음 뵐 때까지 안녕히 계십시오.

1976년 10월 1일

권정생 드림

어떻게 해서라도
적당한 곳으로 옮기시도록 해 드리겠습니다

　권 선생님

　편지 잘 받았습니다.《영광스런 고독》을 보내면서 편지도 함께 썼어야 할 것인데, 못 썼습니다. 그럭저럭 너무 오래 소식 없이 지내 참 미안합니다. 가을이 돼서 지내시기가 좋다니 무엇보다도 반갑습니다.

　지난번 그곳 다녀온 후로, 이곳에 알맞은 집이 있을까 두어 사람한테 물어보았더니 뜻밖에도 모두 팔지 않는다고 합니다. 더 잘 알아보면 그럴 만한 집이 있을 것 같은데, 워낙 교통이 불편해서 또 주저가 되기도 하여, 대구 저희 집에 가서 의논했더니, 우리 집 바로 뒷집에 빈방이 있어, 그 집 식구도 할머니와 딸 둘밖에 없다고 해서 알아보았더니 안 된다고 하더랍니다. 될 것 같아서 믿었던 것이 안 됩니다. 그 후로는 저도 딴 일에 매여 더 알아보지도 않고 지냈는데, 제가 어떻게 해서라도 적당한 곳으로 옮기시도록 해 드리겠습니다.

　요즘은 학교에서 운동회랑 그 밖의 일들이 많이 겹쳐서 몹시 바쁩니다. 오늘이 바로 운동회인데 새벽에 일어나 편지 씁니다. 한글날과 일요일, 이틀 휴가가 있으니 대구 나가는 길에 그곳에 찾아가도록 하겠습니다. 만일 못 가면 10월 11일에서 15일 사이에는 여기 학교에 있을 것이 거의 확실합니다만, 길이 먼데 오시기 어려우니 제가 다시 기회 봐서 찾아가도록 하겠습니다.

　〈아동문학평론〉 2호에 박ㅇㅇ이란 놈이 아주 나를 헐뜯고 비방하면서 못된 거짓말과 욕설을 함부로 해 놓은 글이 나와 있어, 서울에서도 물의가 많답니다. 박의 글을 그냥 둘 수 없는 내용이 있어 반박문을 약 180매 써 놓았습니다. 그리고 창비의 요청으로 '열등의식의 극복'이란 논문을 120매가량 초안해 놓았습니다. 이것 모두 완성해서 10월 15일까지 보내야 하는데, 그동안 바쁘면 20일 전후 상경하는 길이나 갔다 오는 길에 찾아가 만나고 싶기도 합니다.

〈소년〉지에 나온 작품 책을 받아 놓고 아직 읽지 못하고 있습니다. 이현주가 그대로 있다니 뜻밖이군요. 상경하면 만나겠습니다. 은행에서 돈을 찾을 수 있게 되셨다니 다행입니다. 드리고 싶은 얘기 많습니다만, 아무래도 곧 만나야 할 것 같아 이만 줄입니다.

1976년 10월 7일

이오덕

연탄아궁이도 고치고 연탄 2백 장 들여놓았습니다

선생님, 편지 잘 받았습니다.

저는 이대로 일직에 눌러 있기로 마음먹었습니다. 연탄아궁이도 새로 고치고 연탄 2백 장 들여놓았습니다.

〈아동문학평론〉 저도 읽었습니다. 아동문학인 자신들이 모두 여태껏 환상 속에서 글을 쓰지 않았나 하는 생각이 들었습니다. 앞으로 선생님의 평론이 좀 더 적극적으로 나가면 독자들이 어느 것이 정론인지 판단할 것입니다.

바쁘신데 일직까지 오시지 말기 바랍니다. 누가 동행이 있으면 제가 찾아뵙겠습니다.

〈소년〉지에 나온 동화는 벌써 선생님께서 원고를 읽으신 것입니다. 편집자가 묵은 원고 속에 있는 것을 찾아내어 실었다고 하더군요.

선생님, 언제나 건강하시기 빕니다.

1976년 10월 11일

권정생 드림

전쟁에 시달리던 당시를 회상하면
지금도 땀이 흐릅니다

선생님

편지 받았습니다. 아무에게도 편지 쓰지 않았더니, 보내오는 편지도 없었어요.

23일은 신 선생님 결혼식이 있었는데, 동구 밖까지 나갔다가 도로 들어왔습니다. 요즘 기침이 좀 나는군요. 왼쪽 폐가 많이 나빠진 것 같습니다. 죽음을 두려워 않는 용기를 도저히 저는 가질 수 없을 것 같습니다.

광주시 무등산 결핵 환자 자활원 사람들이, 쌀밥 한 그릇 먹고 싶다는 소식 듣고 인간은 역시 구제받지 못할 동물이라는 것을 느꼈습니다. 굶주린 이웃을 곁에 두고, 고독하다느니, 괴롭다느니 사치한 생각만 하는 제가 미워집니다.

서울에 한번 가 보고 싶어요. 아무 목적도 없이 다만, 움직여 보고 싶은 욕심 때문입니다. 병을 앓는 사람도 가만히 있는 것은 싫은 것입니다.

오늘 문득, 이런 생각을 했습니다. 나도 어릴 적부터 좋은 환경, 좋은 교육을 받았다면, 위대한 사람이 될 수도 있었을지 모른다고 말입니다.

어머니께서 어린 나를 안고 불러 주던 노래가 아직 기억에 남아 있습니다.

"이 애기 뉘집 애기 쓰레기통집 애기"

이래서 끝내 쓰레기 인간이 되고 말았나 봅니다.

정말 우리 집은 아버지께서 주워다 놓은 쓰레기(고물)가 뒤란 처마 밑에 꽉꽉 쌓여 있었습니다. 그 퀴퀴한 곰팡내는 아직도 내 코에서 사라지지 않습니다. 그 퀴퀴한 냄새 나는 집 안은 언제나 비어 있었습니다. 식구들 모두가 일터로 간 것이지요. 동경 거리를 쓰는 청소부 아버지, 열두 살짜리 누나도 공장에 나갔다고 했습니다. 아버지와 어머니는 자주 싸움을 했고, 그래서 몸서리쳐지도록 무섭고 지루하고 쓸쓸했던 나날이었습니다.

정말 빈민가의 골목은 망칙한 일들이 끊어지지 않았습니다. 초등학교 상급반(4학년 이상)만 되면 벌써 술이 취해 혀 꼬부라진 소리를 하고, 어른들의 못된 흉내를 내었습니다. 누더기를 입은 아이들, 이곳저곳 골목길에서 옷을 벗어 이를 잡는 아주머니들, 전쟁에 시달리던 당시를 회상하면 지금도 땀이 흐릅니다.

선생님, 제가 앞으로도 계속 동화를 쓸 수 있다면 아마 많이 달라질 것입니다. 솔직한 글 한번 쓰고 싶습니다.

몸 건강하세요.

1976년 11월 26일

권정생 올림

몇 해 동안 구상해 오던 동화의 서두가 열려서, 죽음을 무릅쓰고 써야겠습니다

선생님

편지 감사히 받았습니다.

크리스마스여서 아이들에게 무척 시달리고 있습니다. 시간 보내기는 좋습니다만 통 혼자만의 시간이 없어요.

27, 28일경에 상경하도록 알려 오셨는데, 1월 초까지는 외출을 못할 것 같습니다. 선생님 혼자 다녀오시고, 저는 다음에 기회 봐서 가도록 하겠습니다.

몇 해 동안 구상해 오던 동화의 서두가 열려서, 이젠 정말 죽음을 무릅쓰고 써야겠습니다.

사모님도 방학하셨는지요? 사모님께 묻고 싶은데, 송 선생님 결혼 빨리 서둘러 주실 수 없는지요? 송 선생님 편지 오는 것 보면 무척 초조해 보입니다.

이현주는 울진 죽변 감리교회로 이사했고, 월요일부터 토요일까지 성서공회에 출근하고 있답니다.

요즘 동심, 인간, 아동문학에 대해 생각하고 있습니다.

날씨가 푸근해서 지내기가 좋습니다. 며칠 뒤엔 나이가 또 한 살 가산되는 새해가 됩니다. 선생님, 식구들에게 좋은 새해가 되기를 빕니다.

그럼, 다음에 또 편지드리겠습니다. 고르지 못한 일기에 몸조심하세요.

1976년 12월 24일

권정생 드림

글을 씀으로써
모든 불순한 것들에 저항할 뿐이라고 생각합니다

권 선생님

아동문학 교직 작가 협회 결성 관계와 우리 협회 기관지 발행 추진 관계를 의논하기 위해 급히 상경했다가 어제 13일 저녁에 대구에 돌아와 보니 권 선생님 편지가 와 있군요.

여러 가지 바람직스럽지 못한 사태들이 문단에서 일어나고 있지만 우리는 그런 것을 두려워할 것 없고 다만 작가적 양심으로 글을 씀으로써 모든 불순한 것들에 저항할 뿐이라고 생각합니다. 권 선생님 편지 읽고 마음을 놓았습니다. 부디 좋은 동화를 계속 쓰시기 바랍니다.

22일에 총회와 세미나가 있답니다. 그러니 21일에는 상경해야 하고, 그러기 위해서 권 선생님 20일까지 대구로 오셔야 하겠는데, 혹 제가 일직 갈 수 없더라도 대구로 나와 주시면 다행이겠습니다. 오실 수 있을까요? 원대 주차장에 내리셔서 전화를 해 주세요. 전보 치고 오셔도 좋고. 전화는 우리 집이 6-9901 교환 87호, 신창호 씨 집이 22-2013입니다. 꼭 와 주세요. 여러 가지 얘기가 있습니다. 동인지 문제도 의논합시다. 여러 날 여행하실 준비를 하셔서 와 주시기 바랍니다. 작품 쓰신 것 있으시면 가지고 와 주세요. 〈소년〉에도 한 편 갖다 줍시다.

저는 17일 학교에 갑니다. 며칠 있다가 올지 가 봐야 알겠는데, 올 때 일직 가서 권 선생님 같이 오시도록 하고 싶지만 학교 사정으로 너무 늦어 급하면 바로 올지도 알 수 없습니다. 아무튼 꼭 나오실 준비를 해 주시기 바랍니다.

또 협회 총회 날짜가 다시 변경될지도 모르는데, 그리되면 그때 가서 다시 계획하는 수밖에 없겠습니다.

추위가 대단하니 몸조심하시기 바랍니다.

1977년 1월 14일

이오덕 드림

생활이 게을러진 것 같아 도로 들어가기로 했습니다

선생님, 좀 곤란한 일이 생겼습니다.

지금 있는 집*을 팔고, 다시 교회로 들어가기로 했습니다. 교회 전도사님이 딴 곳으로 옮겨 가고, 여기 오시는 분은 안동시에서 출퇴근을 하게 되어 어차피 교회 사찰이 있어야 된답니다. 그동안 이렇게 나와 보니 생활이 좀 게을러진 것 같아 생각 끝에 도로 들어가기로 했습니다. 옮기게 되면 선생님 한번 찾아뵙겠습니다.

〈창작과 비평〉에서 세 분의 동화집을 보내와서 읽어 보았습니다. 세 분 중에서 마해송 씨 것이 좀 떨어진다고 느꼈습니다. 재미있고 동심에 가까이 접근한 분은 이주홍 씨였고, 예술 작품으로 승화시킨 분은 역시 이원수 선생님이라 생각했습니다. 어쨌든 3대 작가의 대표작을 이렇게 비교해서 읽을 수 있어 아동문학도들에게도 관심을 모으게 될 것 같습니다.

염순규 씨가 세브란스 병원에 견습하러 가서 안동에는 1년 뒤에 돌아온답니다. 그리고 정석우 씨 소식 못 들었는지요?

안녕히 계세요.

1977년 3월 23일

권정생 드림

---

* 일직교회 문간방에서 살다가 1977년 1월 25일 동네에 조그만 집을 사서 이사해 살고 있었다.

갑자기 이사했습니다

선생님

27일 오후에 갑자기 이사했습니다. 집은 샀던 값 그대로 팔았습니다. 잘했으면 집 장사할 뻔했는데, 그렇게까지 하지는 못했습니다.

국민학교 4학년 때, 무지개 색깔이 일곱 색이 아니라 열네 가지도, 스물여덟 가지도 넘는다고 저 혼자 고집 쓰던 일이 생각납니다. 그때 제 주장을 이해해 주지 않던 선생님이 원망스럽고, 외롭고 안타깝던 심정처럼 지금도 꼭 같습니다.

일직교회에 새로 오신 전도사님이 좋은 분 같아서 반갑습니다. 사모님은 안동여고 교사이시고, 부친은 지방 신문 편집국장이셨다나요. 그래서 글도 조금 썼고, 책을 많이 읽고 있습니다.

집값 30만 원은 은행에 맡겨 두고, 9만 원은 제가 가지고 있습니다.

이현주가 옮긴 《천로역정》을 열심히 읽고 있습니다. 교회 사택이 비어 있어 출타하기가 힘들게 되었습니다. 선생님, 안동에 언제 나오시는지 알려 주시면 제가 시내까지 가겠습니다.

1977년 3월 31일

권정생 드림

권 선생님

너무 오래 편지도 못 했습니다. 한 달 반쯤 감기로 시달리다가 이제 겨우 회복되었습니다. 교회에 들어가신 후로 어려운 사정이 또 생겨나지나 않았는지 궁금합니다. 울진 현주 씨한테서도 두 번이나 편지 받고도 편지 안 쓰고 있다가 그저께 겨우 몇 자 써 보냈지요. 울진도 가 보고 싶고, 선생님한테도 가 봐야겠는데 학교 사정이 허락하지 않아 애가 탑니다.

어제는 〈소년〉지가 와서 첫머리에 있는 선생님의 작품을 읽고 반가웠습니다. 김병홍 씨의 '형제'도 괜찮고, 동시도 석우 씨의 '산에 오르면'이 나와, 오랜만에 이 잡지에서 시원스런 작품들을 대했습니다. 그 밖의 것은 아직 읽지 못했어요.

원고 써야 할 것은 산적해 있는데, 아무것도 손을 못 대다가 이제 겨우 하나 쓰고 있습니다. 선생님의 서평을 둘러싼 문제를 진단해 보려고 합니다.

창비에서 동시 선집을 내려고 해서 지금 자료를 모으는 중에 있는데, 7월 중순까지는 일단 원고를 모아서 상경할 예정입니다. 기성 문인이고 신인이고 등단하지 않은 사람이고, 일체 묻지 않고 작품 본위로 선정하려 합니다. 좋은 조언을 해 주시면 고맙겠습니다. 그리고 권 선생님의 작품, 전에 써 두신 것이 많았는데, 그중에서 몇 편을 골라 보내 주십시오. 꼭 부탁합니다.

정석우 씨가 강원도 어느 산골에 가더니 그곳이 아주 마음에 든다면서 영주(永住)하고 싶어 합니다. 그러더니, 며칠 전에는 안동 군내 어느 절을 맡아 보라는 교섭이 왔다면서 일단 허락은 해 놓았는데, 강원도 그곳에 있고 싶기도 하고, 어떻게 결정해야 할지 망설이고 있는 모양 같아요. 그러면서 강원도 그곳은 한 가지, 생활에 어려움이 많을 것이 마음이 좀 안 놓인다는 얘기를 하면서, 7월 상순까지 나를 꼭 한번 와 다녀가도록 말하고 있습니다. 내가 하도 한적한 산골이 좋다고, 그런 데 가서 살고 싶다고 했더니, 그곳에 와 보고 마음에 들면 생활의 기반을 닦아 놓도록 권유할 모양이 아닌가 싶습니다.

군 교육장이 학교에 나온다 나온다 하고, 아직 안 나오는데, 교육장이 곧 다녀가게 되면 석우 씨 있는 곳에도 가 보고, 선생님한테도, 그리고 울진에도 가 볼까 합니다.

그럼 동시 몇 편 꼭 보내 주시기를 다시 부탁하면서, 이만 난필을 놓습니다.

1977년 7월 1일 아침

이오덕 드림

저는 결코, 제가 겪어 보지 못한 꿈 같은 얘기는 쓸 수가 없습니다

선생님

오랫동안 편찮으셨다니, 무척 놀랐습니다. 언제나 선생님은 건강하시고 꿋꿋하신 것으로 생각하고 있었기 때문입니다. 모르고 지난 것 죄송합니다.

저는 별 탈 없이 지냈습니다. 사람 사는 곳엔 항상 문제가 있기 마련이고, 피곤하고 답답할 때가 여전하지요. 하루에도 몇 번씩 달아나고 싶은 생각이 납니다만 달아난들 어디 가겠습니까?

한 달쯤 전에 정석우 씨가 다녀갔습니다. 왜 이렇게 고독하게 살아야 되는가 생각하니 측은하기 그지없습니다.

생활에서 도피한다는 것, 저는 찬성하고 싶지 않습니다. 생활이 없이 어떻게 글을 씁니까? 제 동화가 무척 어둡다고들 직접 말해 오는 분이 있습니다만, 저는 결코, 제가 겪어 보지 못한 꿈 같은 얘기는 쓸 수가 없습니다. 쓰려고 노력하지도 않겠습니다.

팔 병신은 팔 병신답게 몸을 움직이고, 다리병신은 다리병신답게 절뚝거리는 것이 정상이라 봅니다. 잘못된 교육은 인간의 결함을 숨기려는 데서 비인간화시켜 버린다고 봅니다.

야마무라 보쵸(山村暮鳥) 시집을 보내 줘서 읽었습니다. 그가 목사에서 한 노동자로 전환해 가는 과정이 시 속에 잘 나타나 있었습니다. 초기에는 서정적인 부드러운 습작 시였다가 차츰 격렬해지면서 그의 번민이 절정에 달하더군요. 이토록 솔직한 시는 다쿠보쿠의

시 이상으로 깊이를 더하고 감동을 주었습니다.

결국 문학도 오래 살면서 계속 공부해야만 완숙해진다는 것을 알았습니다. 일본에 있는 조카가 이 책 말고도 십여 권을 보내 줘서 독서를 많이 했습니다. 책이 없다면 살아가기 더 힘들 것 같아요. 이렇게 책을 읽을 수 있는 것만도 얼마나 다행한지 모르겠습니다.

정석우 씨가 안동으로 오면 참 좋겠어요. 가까이 있으면 좀 의지할 수 있을 테니까요.

울진 현주는 일직에 오겠다더니 거의 한 달 동안 소식이 없습니다. 현주는 순진한 데가 있어서 제 마음을 숨기지 못해요. 정말 착한 사람들인데 사회는 너무도 잔인합니다.

동시를 보내 달라고 하셨는데, 찾아보니 그게 그렇고 그런 것뿐입니다. 읽어 보시고 한두 편 골라 보시든지, 아니면 그만두시기 바랍니다. 동화, 동시 다 쓸 수 없을 것 같습니다.

더운데 어떻게 여행하시겠습니까? 제게 너무 마음 쓰지 마시기 바랍니다. 여름에도 잘 지낼 것 같습니다.

까만 염소 두 마리를 사 먹이고 있는데, 가끔 가다가 어찌나 재롱을 떠는지 참 웃깁니다.

더운데 몸조심해 주세요.

1977년 7월 5일

권정생 드림

염소 때문에 좀처럼 집을 못 나갑니다

선생님

일직엔 비가 내리지 않아 모내기를 못 해 걱정을 하고 있습니다. 심어 놓은 논도 말라서 갈라지고 있거든요.

현주는 한 달 전에 일직에 와서 저와 함께 임동 선생님께 가기로 약속해 놓고 여태 소식이 없습니다. 아마 사정이 있는 모양입니다. 그냥 다니러 오는 것뿐입니다. 저도 그동안 기다리느라 편지도 못 했는데, 좀 궁금해집니다.

정석우 씨는 그 산속에서 혼자서 어떻게 지내는지 좀 무서운 사람입니다. 하기야 차라리 혼자 있는 편이 배짱이 생기고 대담해질 수도 있을 것입니다. 그러나 역시 견디기 어려울 것입니다. 혹시 선생님께서 가시게 되거든 형편을 잘 알아보시고 그 근처에 저도 갈 수 있을지 생각해 보시기 바랍니다. 아니면 안동에서 생활할 수 있도록 의논해 보셔도 좋겠습니다. 아직 그분에 대해서 아무것도 모르지만 아마 신경쇠약증이 있는 것 같습니다.

제 동시집은 앞으로 천천히 원고를 찾아 검토해 봐서 의논드리겠습니다. 더운 날이 계속되는데, 부디 몸조심하시고 충분히 휴식해 주시기 바랍니다. 염소 때문에 좀처럼 집을 못 나갑니다. 언젠가 속히 뵙고 싶어집니다.

안녕히!

1977년 7월 18일 밤

권정생 드림

동화, 동시 작품 꼭 찾아 두시기 바랍니다

권 선생님

서울 다녀왔습니다. 어제는 또 급히 볼일이 생겨 어딜 갔다 오느라고 편지가 늦었습니다.

동시 선집은 작품을 염 선생한테 맡겨 두고 왔는데, 많이 추려 내 버렸습니다. 선생님 동시는 특히 신경림 씨가 좋아하였고, '홍수 뒤'란 작품은 신 씨의 의견대로 제목을 '해바라기'로 고쳤습니다. 이원수 선생도 선생님 동시 보시고 반가워하셨습니다.

염무웅 씨는 이원수 선생의 '너를 부른다', '들불'을 아주 높이 평가하시면서, 동시 선집의 책 이름도 '너를 부른다'고 하면 되겠다 했습니다. 부제를 '어린이와 소년을 위한 시집'이라 해 놓으면 되겠지요.

소년사에 갔더니 구중서 씨가 없어 못 만나고, 그래도 선생님의 동시를 두 편쯤 베껴서 맡겨 놓았습니다.

그저께 오는 날 아침 김성영 씨를 만났더니 권 선생께 편지를 못해서 미안하다고 했습니다. 그래 저는 권 선생님의 동화집을 낼 만한 곳이 있으면 알아봐 달라고 했지요. 전에 낸 세종문화사 같은 데 말고, 좀 책을 잘 만들 수 있는 곳에서 인세를 받는 조건으로 할 수 있도록 부탁했습니다. 곧 알아보고 편지해 주기로 했습니다. 동시집도 부탁해 두었습니다. 아마 잘될 듯합니다.

방학 중에 제가 한 번 더 상경할 생각이니 동화 작품 좀 모아 두시기 바랍니다. 동시 작품도 꼭 찾아 두시기 바랍니다. 동화는 발표된 잡지가 있으면 다시 베껴 쓰시지 않아도 됩니다. 그 부분만 책장을 고이 뜯어내어 모으면 됩니다.

　석우 씨한테는 못 갔습니다. 서울서 강릉행 버스를 탈 수 없을 만큼 복잡해서요. 차표를 살 수 없습니다. 대구서 기차로 가는 것이 좋겠다 싶은데, 기회를 보고 갔다 오렵니다.

　더위가 여간 아닙니다. 부디 몸조심하시기 바라면서 몇 줄 전합니다. 원고 정리되시면 이곳 대구로 편지 주십시오.

　1977년 7월 30일

　이오덕

마음이 안정될 때까지 쉬고 싶습니다

　선생님

　방금까지 생각이 머리에 가득했던 것이 붓을 들면 한 줄도 쓰지 못 하고 전부 사라져 버립니다.

　동시집도, 동화집도 아직 좀 여유를 주세요. 마음이 안정될 때까지 쉬고 싶습니다.

　말 못 할 사정이 너무나 많은 저의 과거와 신체적 정신적 고통 때문에 좀처럼 마음을 가다듬을 수가 없습니다.

　시간이 흐르면 극복할 수 있을 것입니다.

　선생님, 죄송합니다.

　1977년 8월 15일

　권정생 드림

책은 천천히 내기로 합시다

권 선생님

방금 편지 받았습니다.

선생님 생각대로 해 주십시오. 서울은 토요일 갔더니 늦어서 김성영 씨도 못 만나고(대구로 편지 연락도 없었으니 별다른 교섭이 없었던가 생각됐습니다만), 일요일 지나고 또 15일 휴일 지나 16일까지 있을 수도 없고 해서 그만 부산을 다녀 어제 왔습니다. 선생님 생각도 그렇고 하니 책은 천천히 내기로 합시다.

〈창작과 비평〉 가을 호부터 1년분 책값을 주었으니 우편으로 부쳐 줄 것입니다. 1년분 신청했더니 지난여름 호를 서비스로 준다고 해서 받아 온 것을 〈대화〉지와 함께 우송합니다.

저의 생질서가 며칠 전에 동산병원에서 보일러 폭발 사고로 지금 빈사 지경에 있다기에 급히 가 보려고 하는 중입니다. 사람의 목숨이란 너무나 허무한 것이지요.

씨올의 소리사에 못 갔습니다. 책이 아직 안 왔으면 편지를 해 보시지요. 〈씨올의 소리〉 7월 호는 책방에 보입디다.

다음 또 서신 드리기로 하고 이만 씁니다.

1977년 8월 17일

이오덕

수수하게 만들어 값싸게 내어 주었으면 좋겠습니다

선생님

보내 주신 책과 편지 잘 받았습니다. 창비에서 가을 호 보내와서 받았습니다. 개학이 되어 바쁘시리라 생각됩니다.

동화집* 작품을 모아 보냅니다. 오래 망설이다가 가까스로 열여섯 편(7백 매)을 골랐습니다. 열한 편은 발표된 것이고, '해룡이', '패랭이꽃', '똬리골댁 할머니', '달래 아가씨', '공 아저씨' 다섯 편은 미발표 작품입니다. 매수가 많아 그동안 발표하지 못하고 있었던 것입니다.

1집에 비해 작품 소재는 달라졌습니다만 수준은 더 못한 것 같아 자신이 없습니다. 선생님께서 잘 검토해 보시고 좋지 못한 곳이 있으면 기탄없이 말씀해 주시기 바랍니다. 혹시 출판을 맡겠다는 곳에서 연락이 오면, 이번에도 제가 서문을 쓰겠습니다. 그리고 역시 수고스러우시지만 발문은 선생님이 써 주시기 바랍니다. 서문을 선생님께서 쓰셨으면 좋겠지만, 내용은 그저 그런데 유명인의 서문을 앞장에 장식하는 다른 사람들 흉내 내고 싶지 않기 때문입니다. 그런 대로 이렇게 정리해 놓고 보니 좀 숨구멍이 터지는 것 같습니다.

동화집 표제, 그리고 차례를 제 나름대로 적어 봤습니다만, 선생님께서 다시 한번 생각해 보시기 바랍니다.

이번에도 《강아지 똥》처럼 수수하게 만들어 값싸게 내어 주었으

• 1978년 《사과나무 밭 달님》으로 출판되었다.

면 좋겠습니다. 호화판 동화책, 값만 비싸고 내용이 따르지 못하면 그 이상 괴로울 데가 어디 있겠습니까.

앞으로는 가벼운 마음으로 소년소설에 힘을 좀 기울이고 싶습니다. 동시집은 천천히 작품 모으겠습니다.

이처럼 날씨가 앞당겨 선선해지니 제겐 퍽 다행입니다. 바쁘신데 정말 죄스럽기 한이 없습니다. 열심히 좋은 작품 써서 보답하겠습니다.

선생님의 건필을 아울러 빕니다.

1977년 8월 25일

권정생 드림

병원에서 다친 생질서 어떻게 되셨는지요? 많이 염려하셨겠어요.

글도 못 쓰고 여름을 보내니 괴롭기 말할 수 없습니다

권 선생님

방학 때도 못 가고 정말 죄송합니다.

방학이 시작될 무렵 대구 집 이사, 새로 땅을 사서 집을 짓는 일 등이 시작되어 그만 정신이 없었습니다. 서울에는 동아방송 녹음 때문에 한 번 급히 갔다가 부산 세미나 다녀온 후로는 글도 못 쓰고 여름을 보내니 괴롭기 말할 수 없습니다. 선생님은 어떻게 사시는지 걱정됩니다.

대구는 파동 집을 팔고 봉덕동 산기슭의 땅을 사서 지금 집을 짓고 있는 중입니다. 파동 집은 습기가 차서 어차피 수리를 해야겠기에 기왕이면 집을 바꾸는 것도 괜찮다 싶었는데, 그만 안식구에 끌려 집을 짓게 되고, 그것도 내가 바라지도 않는 큰 집을 빚을 내어 가면서 지어야 하니 이것저것 괴롭습니다. 그 집 다 짓더라도 난 대구에 가서 살지는 않을 생각입니다.

여기는 요즘 버스가 하루 두 번씩 들어옵니다. 저녁 6시에 안동 출발하는 버스는 두어 달 전부터 정기로 운행하고, 낮 12시경에(안동발은 아마 11시) 들어오는 차는 임시로 운행해 보고 승객이 계속 있으면 정기 운행한답니다.

9월 21일경 이 학교 운동회가 있고 23일쯤엔 서울 있는 사람들이 여기 놀러 온답니다. 문덕우 씨 일행인데, 한국문학연구회인가 하는 단체에서 안동지부를 두어 김원길 씨가 지부장이 되게 해 놓고 모임을 그때 여기 지례에서 갖는다는데, 저는 별로 관심이 없지만, 모두 인사는 하고 지내는 사이라 같이 어울려 주는 수밖에 없이 되었습니다. 그때 물론 문협 안동지부 회원들도 오게 되겠지만 버스도 있고 하니 건강이 허락하시면 와 주세요. 그러나 무리는 마시기 바랍니다.

대구에 두었던 책을 모두 가져왔습니다. 이제 명년 봄에 어디 전근되더라도 그곳에 책만은 가져갈 생각입니다. 일본 책 소년 시집을 돌려 드릴 것인데 자꾸 잊어버리고 합니다.

이 가을에는 청년사에서 요청한 아이들 작품집(산문)을 내어야 할 텐데, 자꾸 이것저것 딴 일이 생겨 야단났습니다.

하도 오래 소식 전하지 못해 몇 자 썼습니다. 소식 간단히라도 알려 주십시오.

1977년 9월 2일

이오덕

제가 보는 기독교와
그분들이 보는 기독교는 다른 것 같아요

선생님

더위는 완전히 가신 것 같습니다.

우리 염소 하루 종일 풀을 뜯어 먹고도 배가 터지는 줄 모르게 자꾸 먹으려 듭니다.

어제 크리스챤 신문사의 강정규 씨로부터 편지가 왔습니다. 성바오로출판사에서 동화 원고를 보았으면 한답니다. 강정규 씨가 이번에 그 출판사에서 동화집을 내게 되어 제 이야기를 했더니 한 5백~6백 매 정도로 책을 만들겠다는데, 작품이 기독교적이어야 하는 모양입니다.

선생님께 보낸 이번 저의 작품은 순수한 문예 작품이 더 많아 될까 싶습니다. 다른 출판사에서 내기 힘드시거든 일단 원고를 보내 보면 어떨까요? '작품 한 편마다 하나의 메시지(복음)가 들어 있으면 된다'는 조건이니 보내 봐도 어려울 것 같습니다. 제가 보는 기독교와 그분들이 보는 기독교는 다른 것 같아요.

이현주 목사가 서울 가는 길에 일직에 와서 하루 묵어갔습니다. 시골 사람 다 되었습니다. 안쓰럽다는 생각이 들었습니다. 작업복 바지에 고무신이고, 얼굴이 새까맣게 그을렸습니다.

선생님 이야기, 아동문학 이야기, 기독교 얘기, 해도 해도 끝이 없이 그냥 돌아갔습니다. 3년 만에 처음 동화 한 편 썼다고 대견해 하더군요. 이번 겨울에 장편을 꼭 쓰겠답니다.

그럼, 선생님께서 동화집 출판에 대한 것, 생각해 보시고 곧 회답해 주세요. 강정규 씨에게 가부를 알려 드려야 할 테니까요.

기다리겠습니다.

1977년 9월 16일

권정생 드림

이현주 씨 흰 고무신이 눈에 띄더군요

권 선생님

오늘 와서 편지 잘 받았습니다. 실은 며칠 전 급한 일로 서울 다녀왔습니다.

서울 간 김에 김성영 씨도 만나고 강정규 씨도 만나 얘기 잘 들었습니다. 강정규 씨도 작품이 기독교적인 것이어야 한다는 조건이 있다기에 그럼 잘됐다고 생각했는데, 그 사람들이 말하는 '기독교적'이란 어떤 것인지 모르지만 그렇게 편협한 생각은 아닐 듯합니다. 좌우간 곧 강 씨 앞으로 우송하겠습니다. 그런데 모두 6백 매쯤

이어야 한다니 만일 원고가 너무 많으면 한 편쯤 빼야 하겠는데, 강 씨도 6백 매로 줄여서 보내랍니다. 제가 너무 바빠서 아직 못 읽었어요. 내일은 꼭 읽고 모레쯤 우송하겠습니다. 선생님 혹 생각나시면 어느 것을 빼라고 편지 주시고, 저도 생각해 보겠습니다. 서울 부치는 일은 며칠 늦출 수도 있습니다.

강 씨는 아주 자신 있게 말했고, 출판 조건도 좋은 것 같습니다. 저는 그곳이 안 되면 창비사에 부탁해 볼까 했는데, 뜻밖에 수월하게 될 듯해서 강 씨 앞으로 부치기로 했습니다. 서문은 역시 선생님이 쓰셔야 합니다. 발문은 또 저가 쓰는 것이 어떨까 생각이 되는데, 이현주 씨한테 부탁 한번 해 보세요. 저보다 더 잘 쓸 듯합니다. 안 되면 저가 써도 좋지만, 발문 같은 것 없어도 좋지 않을까 해요.

참, 서울서 뜻밖에 이현주 씨 만났습니다. 흰 고무신이 눈에 띄더군요. 그곳 가서 고생이 많았으리라 생각되었습니다. 그래도 이제부터 동화를 좀 쓰게 된다기에 반가웠습니다.

앞으로 한 달 남짓 좀 바쁘게 됐습니다. 편지 더러 주시기 바랍니다.

1977년 9월 19일

이오덕

'공 아저씨'는 저희 아버지 얘기를 쓴 것입니다

선생님 편지 방금 받았습니다.

'공 아저씨', '해룡이', '똬리골댁 할머니'가 좋다 하시니 제가 무척 기쁩니다. 앞으로 이런 작품 계속 쓰고 싶기 때문입니다.

'공 아저씨'는 저희 아버지 얘기를 처음 쓴 것입니다.

얼마 전에 이곳에 혼자 사시는 숙부님께 옛날의 아버지, 어머니 얘기 조금 들었습니다. 모두 착한 분들이었는데, 잘못 오해한 것 같아요. 모두가 고난의 민족사에 희생되어 정말 슬프게 살다가 죽은 분들입니다. 조금씩이나마 아버지 어머니를 이해하게 되었습니다.

앞으로 제 자서전 소설도 생각하고 있습니다. 대단한 건 없지만 한 인간을 이토록 고통 속에 몰아넣은 역사를 제 나름대로 규명해 보고 싶어요.

원고를 선생님께서 고르신 대로 보내셨겠지요? 제 생각에도 그렇게 한 것이 가장 바른 판단이라 생각했습니다.

강정규 씨 작품집 보내와서 읽어 보았습니다. 아마 제 작품도 무난히 출판이 가능하리라 생각됩니다. 가톨릭 교인들이 오히려 개신교 사람들보다 바른 신앙관을 가진 것 같아 보입니다.

선생님, 지금부터라도 저는 인간학을 공부하겠습니다. 한 인간의 선행이나 악행은 모두 그 역사와 사회의 소산물이지 한 개인의 책임으로 돌릴 수 없다는 것을 절실하게 느낍니다.

한 살인 강도가 있었다면 그건 그 사회 모두의 공동 책임이어야 한다는 것입니다.

안녕히 계십시오.

1977년 9월 24일

권정생 드림

더 많이 공부해야겠어요

며칠 전에 편지 받고 이제 회신을 씁니다.

날씨가 계속 푸근해서 살기 좋습니다. 무척 바쁘시리라 생각합니다. 정석우 씨가 양산 어느 암자에 있다고 소식 왔어요. 아마 겨울 동안 거기서 지낼 계획인 모양입니다.

아동문학가협회에서 원고를 보내라는 독촉이 또 와서 동화 한 편 썼습니다. 이 편지와 같이 보내게 될 것입니다.

올겨울엔 아무 데도 가고 싶지가 않습니다. 어떻게 작품을 쓸 수 있도록 마음과 몸을 안정시키려 노력하고 있습니다. 요즘 책을 읽다 보니, 자신의 식견이 너무나 빈약했다는 것을 절실하게 느낍니다. 더 많이 공부해야겠어요. 창비에 무리하게 부탁하지 마실 것을, 제가 너무 부담이 됩니다. 선생님도 입장 어렵게 되지 않겠어요.

〈소년〉지에 보낼 원고*는 한 2백 장 써 둔 게 있어서 마음 푹 놓았는데, 새로 읽어 보니 형편없어요. 다시 고쳐 쓰느라 무척 애를 먹습니다. 끝까지 써야 할 텐데 힘들 것 같습니다.

* 1978년 1월부터 1980년 7월까지 연재한 '초가삼간 우리 집'을 말한다. 이 작품은 1985년 《초가집이 있던 마을》로 펴냈다.

172

방학하면 만나 뵐 수 있을지요? 그때 많은 얘기드리겠습니다.

올고르지 못한 날씨에 몸조심하세요.

1977년 12월 7일

권정생 드림

저의 수상집*은 나왔습니다

권 선생님

서울서 아침에 안동에 도착해서, 지금 두 차례 다방에서 전화를 걸어도 전화를 받지 않는다고 해서 몇 자 씁니다. 지금 곧 학교에 가야 합니다. 방학 되면 가서 만나고 싶습니다.

창비의 동화집은 크리스마스 전에 나오도록 한답니다. 그리고 윤일숙 씨 통해 맡긴 동화는 제오문화사란 데서 지금 조판 중이랍니다. 거기서도 연말 전에 내려고 서두르는 모양입니다. 그런데 서문 같은 걸 선생님으로부터 받으려고 하다가 〈뿌리 깊은 나무〉에 나온 이현주 목사의 글을 전문 싣고 싶어 한답니다(출판사에서). 그래 저자인 선생님과 이현주 목사 두 분의 양해를 얻어야겠다고 하는데, 그 글 보셨지요?

내 생각으로는 그걸 싣더라도 전부 다 싣지 말고 부분적으로 따내서 싣든지, 아니면 차라리 선생님이나 이현주 씨가 새로 쓰도록

---

*《이 아이들을 어찌할 것인가》, 이오덕의 첫 번째 교육 수필집이다.

했으면 싶어요. 저는 창비의 해설도 나오고 하니 또 쓰지 않는 것이 좋겠습니다. 아무튼 이 편지 받으시고 선생님 뜻을 편지로 윤일숙 씨한테 연락해 주시기 바랍니다. 매우 서두르는 것 같으니 곧 연락해 주십시오.

그리고 책 이름을 '……아버지'라고 하자 하셨다는데, 출판사에서는 '까치 우는 아침'* 이라든가 그런 작품 이름을 책 이름으로 하고 싶어 한답니다. 윤일숙 씨도 그렇고, 저도 책 이름은 '까치……'가 좋을 것 같은 생각이 드네요. 그리고 초판부터 인세 받도록 했다고 합니다.

지금 차 시간이 다 되어 이만 씁니다. 내일쯤 시간 있으면 다시 전화 걸어 보겠습니다. 저의 수상집은 나왔습니다.

1978년 12월 15일 낮

이오덕

새벽종을 치면 기분이 아주 상쾌합니다

선생님

낮에, 보내 주신 책을 집배원으로부터 받고 무척 반가웠습니다. 가장 좋은, 그리고 소중한 시집으로 보관하고 싶습니다.

어제와 오늘 가까스로 원고 20여 장을 썼습니다. 겨우내 게으름

---

* 1979년에 《까치 울던 날》로 출판되었다.

피운 것이 화가 납니다. 어떻게 해서라도 건강을 지탱하며 쓰고 싶은 글을 써야겠습니다. 소년소설보다, 동시보다, 그래도 동화에 애착이 갑니다. 중편 두어 개 구상하고 있는데, 여름이 되기 전에 탈고해야겠습니다. 꼭 쓸 수 있을 것입니다.

얼마 전에 전우익 씨, 정석우 씨 다녀갔습니다. 나 자신도 한때는 그랬습니다만, 문학 하는 자세가 아직 제자리를 찾지 못한 것 같았습니다. 석우 스님 혹시 찾아가거든 꼭 좋은 말씀 들려주세요.

혼자 있는 것도 이젠 웬만큼 견딜 텐데 저는 아직도 훈련이 모자랍니다. 제 몸에 병이 없으면, 고통스럽지 않다면, 이 외로움을 이겨낼 수 없을 것입니다.

요즘 새벽종을 치면 기분이 아주 상쾌합니다.

앞으로도 동화가 쓰일 것입니다.

이따금 소식 주시고, 몸조심하시기 빕니다.

1978년 2월 21일

권정생 드림

선생님 편지 방금 받았습니다.

오랫동안 소식 전하지 못한 것 용서해 주시기 바랍니다. 더위가 가시기 바쁘게 벌써 문을 닫아 놓고 지내야 할 계절이 되어 버렸습니다.

꼼짝 않고, 매일 방 안에서만 지냈습니다. 윤일숙 씨에게 동화집 원고 보내 놓고, 책을 좀 읽고 있습니다. 도무지 어디 나가고 싶지가 않습니다. 안동 볼일이 생기면 갔다가는 그냥 돌아옵니다. 문협 안동지부에도 모임이 몇 번 있었던 것 같은데, 가고 싶은 마음이 생기지 않아 못 갔습니다.

부산서 아동문학가협회 세미나가 있다고 통지 받았지만, 역시 가지 못했습니다. 이원수 선생님 이번에 상 받으셨는데, 아직 인사 말씀 한마디 못 드리고 그냥 있습니다. 자꾸 귀찮아지고, 소극적이고, 이기적인 인간이 되고 있습니다.

선생님께서도 가끔 그러실 때가 있으실 것입니다. 어딘가 한없이 달아나고 싶은 충동 같은 것 말입니다. 23일 문협 지부 모임에도 못 갈 것 같습니다. 기다리지 말아 주십시오.

〈소년〉에 쓰고 있는 장편 연재소설을 계속 써 달라고 해서, 1년쯤 더 쓰기로 했습니다. 얘기가 좀 비참해서 쓰는 데 고통을 느낍니다.

9월 호에 선생님의 글, 그리고 이현주가 오랜만에 좋은 동화 발표했더군요. 언제 안동 오실 때 연락해 주시면 제가 나가겠습니다.

만나 뵙고, 말씀드리고 싶습니다. 일본 소년 시집은 선생님께서 가지고 계시기 바랍니다.

선생님, 그럼 또 편지 쓰겠습니다. ·

안녕히 계십시오.

1978년 9월 5일

권정생 올림

아동소설이지만

6.25의 참상을 가볍게 다룰 수 없었습니다

선생님, 편지 고맙습니다.

몇 번이고 길산에 가려고 마음먹었다가 그만두곤 했습니다.

하도 고통스러워 요사이는 건강에 좀 마음 쓰느라 다른 일에 많이
게을렀습니다.

제가 꼭 하고 싶은 말, 주장하고 싶은 생각을 어떤 형식의 글로 써
야 가장 적당할지 모르겠습니다. 지나치게 완전한 것을 만들어야겠
다는 고집 때문에 도리어 결함을 초래하고 맙니다.

백제사에서 동화집 출판을 상의해 온 것 같은데, 아직 제겐 연락
이 없군요. 제오출판사의 윤일숙 씨도 원고 부탁할 땐 그토록 재촉
하더니 금년에는 책이 되지 않는다고 어제 편지가 왔습니다. 아마 5
인분 책을 한꺼번에 내려는 계획 같은데 이현주 목사의 원고가 아
직 미착인 모양입니다. 어쨌든 기왕 맡긴 원고니까 도로 찾을 수야
없지 않겠습니까.

〈소년〉지에 연재 중인 소설도 내년 1년 동안 더 써야만 마무리 짓게 될 것입니다. 당초엔 7백 장쯤으로 구상했던 것이지만 천 매까지 쓰기로 생각을 바꾸었습니다. 비록 아동소설이지만 6.25의 참상을 가볍게 다룰 수 없었습니다.

여러 가지 여쭙고 싶은 게 있어 선생님을 꼭 만나 뵙고 싶습니다.

안동에 오시면 제가 나가겠습니다. 언제 오실지 연락 주시면 고맙겠습니다.

지금, 몹시 머리가 아픕니다.

만나 뵙고 자세히 말씀드리기로 하고 이만 줄입니다.

안녕히!

1978년 11월 18일

권정생 올림

요양원에 있을 동안 가벼운 시를 쓰겠습니다

이오덕 선생님

요양원* 첫날, 이제 저녁입니다.

정 신부님께 억지로 떼밀려 여기까지 왔지만, 마음이 가라앉지 않습니다. 이젠 편한 생활도 편하게 느껴지지 않는 저의 감정입니다. 아무리 생각해도 잘못 찾아온 것 같습니다.

---

* 연재소설을 쓰면서 건강이 나빠져 정호경 신부 손에 이끌려 칠곡군 지천면에 있는 연화 요양원에 입원했다. 이곳에서 반 년쯤 지냈다.

요 몇 해 동안 저는 거의 안정 상태로 살아왔다고 봅니다. 선생님을 뵙고부터 2, 3개월마다 한 번씩 찾아 주시는 것으로 사람 사이의 고독만은 해소될 수 있었습니다.

앞으로 이곳 분위기에 젖어 들면 생각이 달라지겠지요.

〈소년〉지에 연재해 오던 소설도 그만둘까 생각합니다. 원고지와는 일체 떨어져 살겠습니다. 역시 저를 이해해 주신 분은 선생님이셨습니다. 《사과나무 밭 달님》의 해설을 읽고 마음 놓게 되었습니다. 《강아지 똥》에 비해 많이 변모된 저의 동화를 선생님께서는 저와 꼭 같은 위치에서 공감해 주셨기 때문입니다. 요양원에 있을 동안 가벼운 시를 쓰겠습니다.

어디간들 저의 굳어진 성격은 변치 않을 것입니다.

바빠서 몇 자 우선 적었습니다.

오늘 같은 방 환우들로부터 여러 가지 규칙 배웠습니다.

그럼, 안녕히!

1979년 1월 25일 저녁 8시

권정생 올림

부디 조금이라도 더 건강해 주셨으면 합니다

권 선생님

어떻게 지내시는지, 찾아가 뵙지 못하고 편지를 쓴다고 하고 있으니 미안스럽기 말할 수 없습니다. 편지도 그곳 가신 후 처음 드리는 것 같기도 해서 너무 죄송한 마음입니다.

이런 물질주의 사회에서 병원이란 곳이 어떤 곳인가, 의사란 사람이 어떤 인간들인가, 하는 것은 충분히 짐작됩니다만, 그래도 그곳 요양원만은 물질에 더럽혀지지 않은 지대가 되어 있을 것이라 믿고 있습니다. 그러나 여러 가지로 어려움이 많겠지요. 저는 그런 곳을 가 보지도 못해서 선생님의 생활을 도저히 상상도 못 하겠습니다. 지금 추측으로는 다만 선생님이 여러 가지 불편하고 마음에 맞지 않으신 것을 참으시고 그럭저럭 적응해 살아가시려고 하는 것으로 믿고 있습니다. 부디 조금이라도 더 건강해 주셨으면 합니다.

제오출판사에서 나오게 되는 동화집은 아무 소식이 없습니다. 윤일숙 씨에게 선생님 주소, 편지로 알렸습니다. 제가 26일 상경하면 알아보겠습니다. 26일, 27일 이틀 서울서 볼일을 보고 28일 하경해서 3월 1일은 또 급히 길산으로 와야 하니, 선생님 방문할 틈이 날지 모르겠습니다. 길산에 만 3년 있어서, 아마 3월 1일 자로 전근도 될 것 같습니다.

이현주 목사가 수필집 원고를 보내왔기에 이걸 한길사에 가져가서 출판하도록 하는 일도 이번 상경 때 할 일의 하나입니다. 이것은 한길사에서 부탁을 해 왔기에 제가 이 목사에게 여러 번 간청을 해서 겨우 일이 되도록 한 것입니다. 이제 생각하니 한길사에서 낸 저의 책《삶과 믿음의 교실》을 안 드렸군요. 아이들의 산문집《우리도 크면 농부가 되겠지》도 얼마 전에 나왔습니다. 곧 우편으로 부치든지 하겠습니다. 책 읽으시는 것은 어느 정도 하실 수 있는지, 원고, 〈소년〉지 연재 원고는 써 주셨으면 싶은데, 중단이 안 되었는지 궁금합니다.

그럼 곧 또 소식 드리겠습니다. 여기는 며칠 전에 갑자기 눈이 많이 왔는데, 어제부터는 아주 포근한 봄 날씨입니다.

참 일본의 작가 타사카 즈네카즈(田坂常和) 씨가 선생님 동화《까치 울던 날》을 감명 깊게 읽었다고 편지 보내왔습니다. 그는 또《일하는 아이들》의 시를 백 편 번역해 놓았답니다.

1979년 2월 21일 아침

이오덕 드림

바깥 세상일은 아무것도 모릅니다

선생님, 엽서 잘 받았습니다. 그리고 지난번 서울 가실 때 보내 준 편지도 받았고요.

이곳 저는 잘 있습니다. 아무것도 하지 않고, 그냥 요양원에서 정해 놓은 규칙대로 살고 있습니다. 그냥 숨만 쉬고 있는 생활입니다.

어느 환자 한 사람이 말하더군요. 이 이상 편하다간 죽고 말 테라구요. 그러나 저는 노는 것에도 익숙해져 잘 견디고 있습니다.

대성국민학교가 같은 임동면이면 그렇게 먼 곳은 아닌가 봅니다.

역시 교통은 불편하시고, 그렇고 그렇겠지요.

이현주 목사가 무엇 필요한 것 있거든 편지하라 해서, 그저 책이나 몇 권 부쳐 달라고 했지요. 선생님께서도 그랬으면 좋겠습니다. 《삶과 믿음의 교실》,《우리도 크면 농부가 되겠지》 보고 싶습니다.

글을 쓰는 일은 아예 포기했습니다. 쓸 수 있는 장소도 여유도 없습니다. 여기서는 사람을 아주 게으르게 만드는 곳이어서, 집에서 긴장했던 마음이 모두 풀어져 도무지 의욕이 없어졌습니다. 원고 청탁은 10여 건이나 쌓여 있어도 하나도 쓰지 못했습니다.

오늘이 벌써 한 달 10일째입니다. 바깥 세상일은 아무것도 모릅니다. 백여 미터 산등성이를 타고 나가면 고속도로가 있습니다. 안정시간이 끝나고 산책하는 자유 시간이 되면 우리 모두 함께 거기까지 가서 지나가는 차를 실컷 구경합니다.

먼 데 수원, 대전, 울진 등지에서 온 사람들도 있고, 아직 어머니와 동생들이 보고 싶다는 어린 사람도 있습니다.

가끔 편지나 주시고, 걱정하시지 마세요. 안녕히!

1979년 3월 5일 연화 요양원에서

권정생 올림

결핵에 걸리면
일생 동안 병신인 채 살아가야 됩니다

이오덕 선생님

보내 주신 책 잘 읽고 있습니다.

《삶과 믿음의 교실》은 무척 답답하던 저의 마음을 시원히 풀어 주는 듯한 감동을 받았습니다. 특히 '일제는 살아 있다'에서는 저 자신이 아직까지 체험하고 있는 일제의 사슬을 뚜렷이 부각시켜 주었습니다.

결핵이란 질병을 앓으면서 이렇게 외딴 요양원까지 흘러와 살게 된 동기도, 따지고 보면 결국 그 악독한 일제 수난의 연장일 것입니다.

요즘은 이 요양원에 오게 된 것이 무척 다행이라 생각하고 있습니다. 죄 없는 사람들이 기약 없는 고통 속에 살아가고 있음을 직접 보고 듣는 기회를 갖게 되었으니, 많은 것을 배웠습니다. 특히 집 없는 고아들이 병을 앓게 되는 경우 정신적 육체적 고통은 말로 표현할 길이 없습니다. 그들은 9개월의 요양 기간이 끝나면 찾아갈 곳이 없어 더욱 절망적입니다.

결핵이란 병은 완치라는 것은 거의 없는 것으로 여기 와서 그것을 확인하게 되었습니다. 한번 걸리면 일생 동안 병신인 채 살아가야 됩니다. 그 결핵 환자가 우리 한국 인구의 십분의 일이 된다고 하니 놀라운 일입니다.

어제도 고아원에서 한 어린 소녀가 입원했습니다. 나이 열일곱 살이라는데, 아무리 봐도 열두어 살 정도밖에 보이지 않았습니다. 그토록 고통 속에 지친 모습이 우리들 주위에 얼마든지 있는 것입니다. 어떻게 살아갈지, 저는 이곳에 와서 더 앞이 캄캄해졌습니다.

언젠가 만나 뵙고 자세한 말씀드리겠습니다. 건강하시고 좋은 글 계속 써 주시기 빕니다.

1979년 3월 22일

권정생 드림

칠곡군 지천면 연화 요양원에서

마해송, 황영애 동화집이 있으면
빌려 보고 싶습니다

권 선생님

그날 무사히 가셨는지요? 저는 몸살이 나서 그다음 날도 못 가고 며칠 누워 있다가 오늘에야 가려고 지금 준비 중에 있습니다.

한 가지, 서울서 구해 올 것을 잊어버리고 와서 대구에서도 구하지 못하고 있는 것이 마해송 작 《모래알 고금》입니다. 혹 권 선생님한테 있으시면 길산 학교로 좀 우송해 주시면 고맙겠습니다. 그리고 황영애 동화집이 혹 있으면 (장편 동화 《꽃나라에서 온 소녀》는 저한테 있습니다. 단편 동화집이 하나 나온 것으로 알고 있는데요) 이것도 함께 좀 빌려 보고 싶습니다.

아침에 급히 떠나는 준비를 하면서 몇 자 적었습니다. 부디 몸조심하시기 빌면서 이만 줄입니다.

  1976년 4월 13일 아침 대구 파동에서

  이오덕 드림

전우익 형이 어제 와서 같이 나가기로 했습니다

권 선생님

어떻게 지내십니까. 자주 못 가서 죄송합니다.

  그저께 바삐 서울 다녀왔습니다. 윤일숙 씨 만나서 선생님 동화집
인세 10만 원 받아 와서 어떻게 부칠까 하다가 오는 길에 정호경 신
부한테 주었습니다. 정 신부님이 그곳 더러 간다고 해서 그랬는데,
또 한편 정 신부님이 선생님 요양비 걱정을 하시고 있어서 인세를
그분에게 드린 것이 잘한 일인지 못한 일인지 모르겠습니다. 아마
머지않아 선생님 찾아가실 것입니다.

  그리고 제오에 대한 얘기가 이렇습니다. 애당초 윤일숙 씨가 제오
에서 책을 내기로 한 것은 그 출판사에서 일하는 사람이 금성에서
같이 일하던 사람이라 미더워서 그랬답니다. 그랬던 것이 차츰 사
람이 변해 가서 이젠 아주 믿지 못할 사람으로 되었다나요. 선생님
동화집 초판을 2천 부 찍었다고 하면서 돈이 없으니 천 부 인세만
우선 주고 나머니 천 부는 훗날 주겠다고 사정을 해서 그리하라고
했는데, 사실은 2천 부를 찍었는지 5천 부를 찍었는지 모른답니다.

  윤일숙 씨 말이, 서울 중앙 지대 서점에는 인지가 붙은 책이 나오

지만 변두리의 책방에는 인지도 안 붙은 것이 발견되었다고 합니다. 그러니 지방에도 가령 안동 같은 데는 인지가 붙은 책을 보냈을 것이지만 호남 지방이나 그 밖의 먼 지방 도시에는 인지 없는 책이가 있을 것이 틀림없겠다는 말입니다. 그래 그런 책을 사서 대책을 강구해야 한다고 합니다. 윤 씨는 자기가 그런 일을 할 수 없으니 누가 좀 해 주었으면 좋겠다고 해서 제가 알아보고 처리하겠다 대답하고, 인지에 찍기 위해 새긴 도장도 받아 놓았습니다. 아무튼 선생님은 너무 염려 마시고, 일이 대강 이렇다는 것만 알아주시기 바랍니다. 멀리 있는 사람들한테 책방을 좀 조사해 봐 달라 부탁해야겠어요.

그 동화책을 아직 저는 보지도 못했어요. 권 선생님께 드릴 것은 제오에서 직접 부친다고 하더랍니다. 이윤자 씨가 이 일을 윤 씨와 함께 걱정했었는데, 그 이 씨가 중병으로 입원했다가 얼마 전에 퇴원을 했지만, 아직 완쾌하기까지는 오랜 시일이 걸려야 할 것 같습니다.

저는 며칠 전부터 치통에다 몸살이 조금 나서 그럭저럭 쉬고 있는데, 서울도 좀 무리를 해서 다녀왔습니다. 오늘 낮차로 안동 병원에 갔다가 정 신부님도 만나려고 합니다. 전우익 형이 어제 와서 같이 나가기로 했습니다. 이번 주말에는 교구청 차로 정 신부와 함께 울진으로 가기로 했지요. 현주 목사도 오랜만에 만날 것입니다.

기회 봐서 한번 가겠습니다. 그날그날을 충실히 살아가시는 데서 즐거움을 가지시도록 빌면서 몇 자 난필로 적었습니다.

1979년 5월 23일
이오덕

내가 소유할 수 있는 것은
하늘과 바람과 세계입니다

이오덕 선생님

여름이 이렇게 쉽사리 다가와 버렸습니다. 지루하다 생각했던 요양원 생활이 너무 빠르게 지나갑니다.

정비오 씨가 보내 준 원고료 10만 원 잘 받았습니다. 윤일숙 씨 많이 걱정하는 것 같아 제가 미안하기 짝이 없습니다.

이곳 요양원에서 제가 가장 깊이 느낀 것은 인간은 누구나 다 한 형제라는 것을 재확인했습니다. 한솥의 밥을 먹으며 함께 자고 일어나는 환자들의 생활이야말로 그대로 공동체입니다. 우리가 자연을 보호하는 길, 그리고 인간이 고루고루 잘 살려면, 많이 벌어 남을 돕는 일이 아니라, 나 자신이 적게 가지는 길이 가장 현명한 짓이라 생각했습니다.

제가 앉아서 함께 먹는 식탁은 네 사람입니다. 한가운데 놓인 반찬을 서로 아끼면서 먹다 보면 언제나 남게 마련입니다. 그렇게 남는 반찬은 똘래라는 개가 먹습니다. 필요 이외의 것은 절대 가지지 않을 때, 헐벗고 굶주리는 사람이 없어질 것입니다.

각 곳에서 모여든 환자들의 형편은 전에 뵙고 말씀드렸지만, 거의가 빼앗기면서 생활한 밑바닥 사람들이었습니다. 우리 사회가 좀 더 나은 생활을 유지해 가려면 많이 갖지 말아야 한다는 생각이 각 사람의 마음 깊이 새겨져야 할 것입니다.

과잉생산이란 과잉 소유욕 때문에 일어나는 것이지, 절대 고루고루 잘살기 위한 방법이 아닙니다. 인간이 도대체 '생산'을 한다는 것이 잘못된 말일 것입니다. 생산은 어디까지나 자연이 만들어 낸 소산이며 인간은 다만 수확을 하는 것뿐입니다. 이 수확의 공정성에서 벗어나 많이 갖게 되면 그것은 도둑이며 강도가 되는 것입니다. 도대체 많이 가져도 된다는 권리는 누가 베풀어 준 것입니까? 하느님이 이 지구를 한자리에 고정시키지 않고 움직여 돌게 한 것은 고루고루 가지게 하기 위한 가장 이상적인 방법이었습니다.

자연을 파괴하는 요인이 바로 많이 갖는 과잉 소유 때문인 것입니다. 내가 한 그릇 이상의 밥을 먹으면 다른 한 사람의 몫은 그만큼 줄어드는 것입니다. 내가 넓은 토지를 소유할 때, 내가 큰 집을 가지게 될 때, 내 이웃은 그만큼 좁은 곳으로 쫓겨나야 하는 것입니다.

생산이라는 것, 소유라는 것, 그리고 내 것을 나눠 준다는 자선이란 말들이 쓸데없는 빈말인 것을 우리는 알고 있으면서 그것을 정당화하면서 살아온 자신이 부끄럽습니다. 가진 것을 '준다고' 하지 말고, '되돌려 준다'고 해야 할 것입니다. 생산한다는 말은 아예 버리고 '받는다'는 말이 옳겠지요.

우리 자신이 햇빛을, 공기를, 물을 생산한다는 사람은 미친 사람일 것입니다. 내가 소유할 수 있는 것은 하늘과 바람과 세계입니다. 절대 천 원짜리 지폐나 하나의 손가방이 내 것이 아니라는 것입니다.

인간의 고통은 인간 스스로가 만든 것이지 하느님의 잘못은 절대 아닙니다.

생각나는 대로 쓰다 보니 제대로 말하지 못했습니다.

대구 오시거든 꼭 들러 주십시오.

188

그럼, 안녕히!

1979년 6월 5일

권정생 올림

저는 그걸 도저히 묵인할 수 없습니다

권 선생님

어제 아침에 식사도 못 하시고 가시는 것 보고 걱정이 많이 되었습니다. 어디 여행하시는 것 조심하셔야겠어요. 안동도 안 나올 것을 잘못했습니다. 여름에는 우리가 한번 일직 찾아가겠습니다.

그저께 일직서 걸어 나오다가 잠시 얘기한 제오의 문제, 그걸 그냥 둬서는 안 되겠어요. 권 선생님이 제오에 인지 붙이지 않아도 된다고 승낙을 해 버렸으면 할 수 없고, 그런 말 하시지 않았으면 다음 상경했을 때 한승헌 선생이라도 만나 이 일에 대한 조처를 의논해 보고 싶습니다. 그리 아시고, 이 편지 받으시는 즉시 제오에 어떤 언질을 주셨는지 회답 간단히 해 주세요.

이 세상에 악이 승하도록 버려두어서는 안 됩니다. 더구나 우리가 가장 잘 알고 있는 우리 주변의 일 아닙니까. 장자같이 살아가는 것은 결과적으로 도피입니다. 우리는 루쉰을 배워야 합니다. 꼭 몇 자 적어 주세요. 저는 그걸 도저히 묵인할 수 없습니다.

같이 있던 젊은이, 서울 갔는지요? 그리고 양식이며 반찬 같은 것 걱정도 안 하고 왔습니다.

복약(服藥)을 계속하셔야 할 터인데, 어려운 일 있으면 편지해 주세요.

1979년 7월 6일

이오덕

남에게 괴로운 수고 끼치는 게 싫었습니다

선생님, 3일간 몹시 고통스러웠습니다만, 오늘 아침엔 손수 죽을 끓여 한 그릇 먹었습니다. 좀 지나치게 움직인 탓일 겝니다.

제오출판사의 책 사정은 이윤자 씨와 계속 서신 연락이 있었을 뿐입니다. 제오 사장과는 편지 한번 오가지 않았지요.

이윤자 씨의 처음 편지엔 자기와 윤일숙 씨 또 한 사람과 셋이서 동화집 시리즈로 내겠다며 제 것을 두 번째로 기획했다더군요. 8월까지(지난해) 원고를 달래서 보냈습니다. 인지 관계는 금년도 1월에 2천 장을 찍어 보내라기에, 제가 직접 찍어 보니 힘들 것 같아서 믿을 만한 사람이면 인지 없이 그대로 할 수 있지 않겠느냐고 했더니 아마 믿을 수 없었던 모양이지요. 인지를 만들어 주었다니까요. 그런데 신창호 씨가 지난번 요양원에 들러서 동화책이 나왔는데 "저자와 협의에 의해 검인 생략"이 되어 있더라 하기에, 내가 그렇게 했다고 말했지요. 저도 남에게 괴로운 수고 끼치기보다 잘된 걸로 마음이 가볍더군요. 그런데 사실이 다르니 문제군요. 이윤자 씨도 건강치 못한데 귀찮게 될지 모르니 잘 생각하셔서 일을 처리해 주시기

바랍니다. 저는 이윤자 씨나 윤일숙 씨나 알지 그분은(제오) 편지
한 장 없는 사람입니다.

안녕히!

1979년 7월 9일

권정생 올림

괴로운 일, 슬픈 일이 많아도
하늘 쳐다보고 살아갑시다

권 선생님

더위에 어떻게 지내십니까? 방학하자마자 가서 만나려고 했는데,
지금까지 못 갔지요. 그동안 서울에는 두 번, 광주, 부산 등지를 다
녀 오늘에야 대구 와서 급한 일을 또 하는 중입니다. 자주 이것저것
급무가 생기는군요. 여기서 며칠 대기하면서 일해야 할 사정이 생
겼습니다. 13일이나 14일쯤 대곡 가는 길에는 꼭 일직에 들르고 싶
습니다. 모든 사정은 그때 가서 얘기하겠습니다.

선생님의 《까치 울던 날》은 광주에도 부산에도 서울에도 인지 없
이 책방에 나와 있었습니다. 스쿨서점에도 인지 없는 그대로 나와 있
는 걸 봤지요. 대구에만 인지가 붙여 나왔습니다. 서울 가서 모(某)
변호사와 상의를 해서 앞으로 조치를 하려고 합니다. 미안합니다만
별지와 같은 위임장을 선생님 글씨로 직접 쓰셔서 이원수 선생님께
곧 부쳐 주십시오. 날짜는 적지 말고요.

괴로운 일, 슬픈 일들이 많아도 하늘을 쳐다보고 살아갑시다. 〈안동문학〉에 실은 '달맞이산 너머로 날아간 고등어' 너무나 감동했습니다. 우리 아동문학의 가장 높은 경지를 보여 준 작품이라고 봅니다. 그럼 부디 식사와 휴식 잘 취해 주시기 바랍니다.

1979년 8월 10일 대구에서

이오덕

경고 공문을 보냈습니다

권 선생님

글짓기 회보를 내어야겠다고 해서 대강 원고를 만들어 주었더니 이렇게 보기 싫은 꼴로 만들어 놓았습니다. 첫머리에 나온 내 이름이 딱 싫습니다.

이 안내 말씀에 나온 내용은 어떤 분이 잡지를 내겠다면서 협조를 구해 왔기에, 여러 가지 미심쩍은 일이 있는 대로 협력해 주기로 한 것입니다. 편집위원이 여러 사람 있지만 저가 주동이 되어 해야 할 사정이 되었습니다. 안내 내용도 저가 만든 것입니다.

건강이 어떠하신지, 동화 한 편을 얻고 싶은데, 무리는 마시기 바랍니다. 10월 초까지 보내 주시면 됩니다. 저한테 보내 주셔도 됩니다.

제오에 경고 공문을 낸 것 8월 말까지 아무 조치가 없으면 법에 제소하겠다 해 놓았는데 오늘 아침 이원수 선생께 전화 걸어 보니 아무 반응도 없었다고 합니다. 그래 이걸 그냥 둬서는 안 되겠다고 하시더군요. 제가 각 지방의 책을 사서 영수증을 증거로 얻어 내기도 했는데, 지금 바빠서 어떻게 할까 궁리 중입니다. 선생님은 가만 보고 계시면 되겠습니다.

봉화 전 형 소식도 요즘은 못 듣고 있습니다. 다음 주 18일경에 경기도 정농회의 오재길 선생 일행이 대곡 저한테 오신다고 합니다. 하루 있다가 가실 예정입니다. 언제 한번 놀러 와 주세요.

1979년 9월 9일

이오덕

인간은 어디까지나 자유인으로 살아야 됩니다

선생님, 오늘은 가을바람이 몹시 스산합니다.

지난번 주신 편지 받고 글을 써 보려고 노력을 아무리 해도 되지 않았습니다. 〈소년〉지에 연재 중인 소설도 다시 시작했습니다만, 40매의 원고지를 그냥 넋두리로 메꾸어 놓은 것 같은 질서 없는 글이 되고 있습니다.

지난번 요양원에 다녀온 것이 제게는 너무나 괴로운 5개월이었습니다. 그 당시 일어나기 시작한 정신적 갈등이 쉬 사라지지 않아 오히려 고통이 더해지는 듯합니다. 순수라는 것, 진실이라는 것, 사랑이라는 것, 가지가지의 개념들이 뒤죽박죽이 되어 숨이 막힐 지경입니다.

인간은 어디까지나 자유인으로 살아야 됩니다. 도덕이나 법률은 일시적인 악습을 막아 낼지 모르지만, 끝까지 인간을 참되게 이끌수는 없습니다. 원시 인간은 아무런 꾸밈이 없었습니다. 태어난 그대로 소박하기만 했던 인간 모습이 어쩌다가 이토록 추하게 타락해 버렸는지, 나의 본래의 모습은 과연 어떻게 되찾을 수 있을지 아무리 몸부림쳐도 방법도 능력도 없습니다.

순수의 개념을 인간의 두뇌로 파악할 수 있다면, 나는 제 목숨의 나머지를 모두 바치겠습니다. 종교니, 철학이니, 예술이니 하는 어마어마한 허구 속에 인간은 순수를 망가뜨리고 있습니다.

저는 지금 오던 길을 되돌아가야 합니다. 그러나 힘이 없습니다. 현재의 이 장소에까지도 제힘으로 온 것이 아니라 온통 식인종이 되어 버린 악마들의 명예와 물욕 쟁탈 속에 쫓기며 쫓기며 쫓겨 온 길일 뿐입니다. 쫓겨 가는 인간과 스스로 달려가는 인간의 차이는 흑과 백의 차이처럼 다릅니다.

소수의 집권자가 휘두르는 채찍 속에 수많은 인간은 노예가 되어 가면서 참담한 죽음으로 몰고 가는 이 역사가 그래도 유유히 흘러온 엄청난 비극을 바라보노라면 쓰러질 듯한 현기증을 느낍니다.

선생님, 언제 이 갈등이 사라질지 좀 더 기다려 주십시오. 들판의 나락 이삭이 쭉정이로 말라 버렸습니다. 인간은 어떤 수단으로나 힘으로도 자연을 정복할 수 없습니다. 우리 모두 지금 하느님 앞에 고개 숙여, 아니 엎드려 사죄받아야 됩니다.

선생님의 건강한 모습이 보고 싶습니다.

1979년 9월 29일

권정생 올림

서울에서 엄청난 역사적 비극*이 벌어졌는데,
하느님의 뜻인 것 같기도 합니다

권 선생님

어떻게 지내십니까.

지난 23일 서울대학 사범대학의 간청으로 강연회에 참석했다가
그다음 날 선생님의 동화집 문제를 해결하기 위해 고심하던 끝에 결
국 그 제오출판사 사장을 불러내어 만났습니다. 이원수, 이영호 씨와
또 윤일숙 씨도 있는 자리였지요. 그 사장이 이달(10월) 내로 요구
조건을 들어줄 테니 좀 기다려 달라 해서 그렇게 하기로 했습니다.

재판 때는 저자와 상의해서 책 모양도 좀 달리 만들도록 말했습니
다. 벌써 오늘이 11월 1일인데, 약속대로 한다면 인세 나머지 10만
원을 선생님께 직송했을 것입니다. 이영호는 그 사람 말을 믿고 있
었습니다만, 내가 보기로는 아주 사기적인 수단으로 살아가는 사람
같이 보였습니다. 그래서 믿기지 않았지만 일단 그렇게 결정지었으
니 기다리기로 한 것이지요. 만일 그 사람이 약속 이행을 안 한다면
다시 조치를 해야 하니 편지 회답 주시기 바랍니다. 조금도 어려워
하시지 마십시오.

서울에서 엄청난 역사적 비극이 벌어졌는데, 하느님의 뜻인 것 같
기도 합니다. 부디 우리 역사가 전진할 계기가 되었으면 하는 마음
입니다. 어제 생각하니, 이것이 앞으로 닥쳐 올 인류의 크나큰 비극

• 1979년 10월 26일, 박정희 대통령의 사망으로 계엄령이 선포되었다.

의 한 조그만 서막 같은 느낌이 들기도 합니다. 비관론이지요.

언젠가 창작과비평사에서 전래 동화집을 내고 싶어 해서 이원수, 손동인 두 분을 필자로 소개해 주었더니, 두 분이 집필을 거의 끝낸 최근에 와서 창비는 자금 사정이 여의치 않다면서 일을 서두르고 싶어 하지 않았습니다. 그러더니 이번의 돌발적 사태가 일어났지요. 계엄령이 내려 웬만한 책들은 제작 중이던 것도 검열에 통과되기 어렵다고 작업을 중단하고 아동 도서 같은 것에 손대고 싶어 하여 이제야 서두르는 모양 아닌가 싶습니다. 창비에서는 아무 연락 못 받았지만 청년사에서 전래 동화집 내고 싶어 해서 창비에서 원고 안 받는다면 우리한테 맡겨 달라고 연락 편지가 왔습니다. 아동편을 생각하는 우리로서는 한편 다행스럽게 여겨지기도 합니다.

선생님이 다른 것 쓰시기 어렵다면, 요전에 말씀하신 전래 동화, 민요 같은 걸 좀 써 보시면 어떨까요. 청년사에서는 1할 인세를 지불하겠다고 제안해 왔습니다. 건강은 신중히 고려하면서 일해 주십시오.

제오 사장이 무슨 말로 제안해 오더라도 쉽게 응낙 마시고 저한테 먼저 연락해 주십시오. 그 사람한테 윤일숙 씨도 사기를 당했답니다.

건강을 빌면서 몇 자 썼습니다.

1979년 11월 1일

이오덕

앞으로 '소'를 많이 쓰고 싶습니다

선생님 편지 거듭 받았습니다.

제오문화사에는 간단한 회답 써서 보내었습니다.

전래 동화는 금방 쓸 수 없겠습니다. 정말 할 일이 너무 많다는 생각을 했습니다. 힘은 이렇게 없는데도 말입니다.

동화 아직 쓰지 못하고 선생님께서 기다리실 것 같아 동시 네 편 베껴 보냅니다. 앞으로 '소'를 많이 쓰고 싶습니다. 한두 편쯤만 골라 주시기 바랍니다.

어제 일본 조카가 보내 준 루쉰 문집 여섯 권을 받고 안심을 했습니다. 검열에서 압수당하지 않고 무사히 통관되었으니까요. 평론집 4권 가운데 두어 편 읽어 보았는데, 상당히 격렬했습니다.

고리키 작품집은 일본에서도 절판이랍니다. 출판사에 직접 연락했어도 없어서 못 보낸다는군요. '첼카쉬' 단편 이후의 전 작품을 한번 읽고 싶은데 소원이 이루어질지 모르겠습니다.

나약한 자신, 그리고 무능이 부끄럽습니다. 요양원에서 인편으로 저의 증세를 알려 왔습니다. 조심해서 요양하지 않으면 죽는답니다. 의사는 모두 그렇게 말하는데, 죽지 않으니 어쩝니까?

저에게 가장 필요한 건 지금 '용기' 하나뿐입니다. 독립운동가 박열이 말한 '굵은 조선인'은 저는 못 되는 것 같습니다.

안녕히 계시기를 빕니다.

1979년 11월 11일

권정생 올림

권 선생님

회답이 늦었습니다.

첫추위가 대단해서 며칠 전에 여기 아침 기온이 영하 9도이더니 오늘 아침에도 영하 7도나 됩니다. 그래도 여기는 낮이면 아이들이 오고 남쪽 창밑이 따뜻합니다만, 거기 일직교회는 햇볕이 앉을 곳도 없었던 것 같은데 얼마나 추울까요.

약을 계속해서 잡수셔야 할 터인데 걱정입니다. 어디 돈을 빌려서라도 약을 잡수시면 제가 가서 갚겠습니다. 그렇게 쇠약하신데도 책을 읽고 싶어 하시니, 저 자신이 한없이 부끄럽게 반성됩니다. 일본서 절판되었다는 책은 선집이 저한테 있으니 다음 갈 때 가져가겠습니다. 독서도 너무 무리하지 마시기 바랍니다.

한 열흘 전에 상주의 권태문 씨가 교통사고로 중상을 입었다고 들었습니다. 어제는 대구 가서 알아보니 대학 병원에 입원해 있다고 해서 찾아갔지요. 두 눈을 가리어 덮어 싸매고 침대에 누웠다가 내가 들어가 손을 잡으니 벌떡 일어나더군요. 눈 한쪽이 아주 못 쓰게 되고 남은 한쪽은 겨우 시력이 보일 정도로 회복될 듯하다는 전망이랍니다. 그래도 쾌활하게 얘기해 주어서 마음이 놓였습니다. 열흘 전에 대구 시내에서 택시를 타고 가다가 큰 트럭에 충돌했답니다.

또 들으니 서울의 한윤이 씨(동화 작가)가 교통사고로 중상을 입었다지요. 참 착한 아가씨였는데, 왜 이렇게 기막힌 일들을 우리들은 당해야 하는지……

저는 대구에 볼일이 늘 생겨서 토요일마다 대구에 가서는 일요일 오후에 이곳 대곡으로 옵니다. 이번 주간에는 또 도교육위원회 장학사가 학교에 온다고 꼼짝 못 하게 합니다. 한번 가 보고 싶어도 사정이 이러니 부득이합니다. 부디 약 좀 사 잡수시기 바랍니다. 다른 많은 얘기 상봉해서 나누고 싶습니다.

1979년 11월 19일

이오덕

굵고 튼튼한 아동 시가 나왔으면 하는 바람입니다

선생님께

이현주 목사는 서울 가서 금방 회복이 된 것 같다고 합니다. 4월 6일 주일엔 돌아온다고 합니다. 저도 무리하면 안 된다는 것을 알고 있지만 그것도 마음대로 되지 않습니다. 책상 앞에서 잔뜩 긴장하고 있다가 나도 모르게 쓰러지면 몇 시간 뒤에 깨어납니다. 1년에 한두 번은 그런 경험을 합니다. 차라리 끝까지 깨나지 않았으면 싶을 때도 있습니다.

3월 29일에 하남상사에 들러 김원길 씨 만났더니 선생님께서 못 오신다고 대구서 연락이 왔다더군요. 저도 회의에는 가지 못했습니다.

잔뜩 우울하고만 있다가 조금 힘을 얻어 일어났습니다. 역시 저는 마음이 약한 모양입니다.

정호경 신부님과 좋은 대화를 하셨다니 마음을 놓겠습니다. 정 신부님은 아직 성숙되지 않은 것 같아요. 그분대로의 고통도 있을 테니 계속 만나 주시기를 바랍니다.

글짓기회의 월보를 보았습니다. 두 편의 아동 시는 저도 좋게 보았습니다. 농촌 아이들의 일하는 모습은 이젠 찾기 힘든 걸까요? 역시 두 편의 시에는 도시적 감정이 그대로 나타나서 아쉬웠습니다.

농촌을 지켜 나가는 굵고 튼튼한 아동 시가 나왔으면 하는 바람입니다.

선생님은 언제나 건강하시기를 빕니다.

1980년 4월 1일

권정생 올림

저자에 대한 예우는 인세로 해 달라고 했습니다

권 선생님

그동안 어떻게 계시는지 궁금합니다.

지금 서울서 내려온 길인데, 시간이 없어 찾아가지 못하고 바로 학교로 가야 되어서 몇 자 드립니다.

종로서적에 가서 선생님의 〈소년〉지 연재물을 책으로 내어 줄 수 없는가 알아보았습니다. 출판부장 조성헌 씨가 자기로서는 내어 드리고 싶은데 의논해서 편지로 연락하겠다면서 다른 데는 약속하지 말아 달라고 했습니다. 아마 될 듯합니다. 분도출판사에서는 책을 잘 만들지만 책값이 비싸고, 또 광고를 별로 안 하는 것 같아요. 종로서적에서는 책도 잘 만들고, 광고도 잘합니다. 그래서 많이 나갈 것 같아요. 저자에 대한 예우는 인세로 해 달라고 했습니다. 인세가 1할이라고 합니다.

또 한 가지 부탁드릴 것은, 한국아동문학가협회에서 내는 회보 네 면짜리가 있지요? 거기 제1면에 실을 만한 짧은 논설이나 문학적인 수상, 단상 같은 것 약 다섯 매를 써서 김종상 씨 앞으로 보내 주십시오. 지난 호에는 이원수 선생이 쓰셨는데, 쓸 만한 사람이 차례로 쓰는 게 좋다고 김종상 씨한테 말했습니다. 다음 호를 급히 낸답니다. 될 수 있으면 5월 15일 이내에 보내 주시기 바랍니다. 아동문학에 대해 평소에 생각하시던 문제 중에서 가장 절실하다고 느끼시는 걸 쓰면 되겠습니다.

김종상 씨 주소는 서울시 마포구 도화동 2-19(우편번호 121)입니다. 그 밖에 할 얘기 많습니다만 바빠 몇 줄만 적었습니다.

1980년 5월 6일 아침 대구서

이오덕

이원수 선생이 건강한 모습으로 나오셨습니다

권 선생님

그간 어떻게 지내시는지 궁금합니다. 지금 서울서 내려오는 길입니다. 어제 토요일 저녁에 있었던 이사회에 참석해서 의논할 일이 있었습니다. 여름 세미나 문제, 합동 작품집 발간, 이론을 위주로 한 기관지 발간 문제 등을 의논하고 왔습니다(여름 세미나 주제는 '전래 동화의 특성과 재인식' 이렇게 정했습니다).

김종상 씨가 권 선생님 회비를 보내 줘서 너무 미안하고 감사하다는 인사 전해 달라 했습니다. 그리고 지난번 편지로 부탁드린, 회보 앞면에 실을 다섯 장짜리 논설문을 부디 좀 급히 보내 줬으면 좋겠다고 말하더군요. 괴로우시지만 꼭 써 주셨으면 합니다.

만나면 여러 가지 얘기도 나누고 싶은데, 저녁차로 꼭 학교에 가야 하겠기에 편지로 몇 줄 썼습니다. 다음 주간에 한번 찾아가겠습니다.

이번 서울 가서 가장 기뻤던 일은 이원수 선생이 건강한 모습으로 나오셨고, 또 한윤이 씨가 한쪽 다리를 절면서 이사회에 나온 것입니다. 한윤이는 독서신문사에 출근도 하고 있답니다. 다리는 차차 낫겠지요. 죽은 사람 살아난 셈이라 너무 반가웠습니다.

1980년 5월 11일 오후 4시 마리스타˙에서

이오덕

마리스타에서 저녁 식사를 하고 그만 차 시간을 깜박 잊고 잡담을 하고 앉았다가 발차 직전에 시계를 보고 달려 나오는 바람에 편지를 못 부치고, 학교에 와서 다시 한 장 더 씁니다.

서울에 지난주에 갔다가 종로서적에 선생님 소년소설 책 내는 교

˙ 안동 마리스타수도회 실기교육원

섭해 두었다고 편지를 드린 것 같은데, 오늘 지금 학교에 와 보니 종로서적 조성헌 출판부장한테서 편지가 와 있군요. 선생님 책 내어 드리기로 결정이 났답니다. 인세는 1할로 드리고, 그 밖에 책 만드는 것은 성의껏 만들겠다는 말입니다. 부디 허락해 주시기 바랍니다. 그게 〈소년〉지 6월 호로 끝이 나게 되어 있던가요? 지금부터 착수하도록 〈소년〉지 연재한 부분을 절취해서 보내 주십시오.

편지 주시면 내가 한번 가겠습니다. 종로서적 조 선생은 참 좋은 분입니다. 거기서 내 책도 내고 싶어 하는데, 원고 정리할 틈이 안 납니다. 여름까지는 원고 드리도록 하겠다고 말은 했습니다.

1980년 5월 11 밤 10시 대곡동에서

이오덕

학생들의 저항 의식이 살아서 움직여야만
국가는 병들지 않을 것입니다

선생님, 편지 잘 받았습니다.

김종상 씨에게 '반공 동화 타당한가?'라는 제목의 글을 보내었습니다. 어린이들의 정서 영향에 많은 해독을 주고 있는 정책적인 반공 교육을 짧게나마 적었지만 앞으로 심각하게 다루어야 할 것 같습니다.

지난번 안동 문협 월례회 때 나가지 못했습니다. 심하게 높은 열이 주기적으로 나타나고 있는 것 같습니다. 이번 주간에도 그다지

심하지는 않았지만 춥고 열이 나는 증상이 있었어요. 아무런 방법도 없고 그냥 드러누워 있으면 가시어집니다.

회보를 통해서 이원수 선생님의 건강 상태가 좋아지신 것 알았습니다. 정말 대단한 어른이십니다.

요사이 라디오 듣고 있으면 사회적으로 국가적으로 어지러운 것 같아요. 조용한 것보다는 좋다고 봅니다. 과감하게 행동하고 문제를 계속 일으키고 그래서 많이 자라면 눈은 뜨여지기 마련입니다. 젊은 학생들의 저항 의식이 계속 살아서 움직여야만 국가는 병들지 않을 것입니다.

요즘 젊은이들은 사물의 깊은 곳까지 보려고 하지 않는 경향이 많은 것 같습니다. 우리 한국의 분단 원인을 너무도 단순하게 취급하고 있어서 안타깝습니다. 교육이 그랬으니 도리가 없을까요. 그중엔 진지한 젊은이도 있는데 금방 한계가 드러나고 말아요. 특히 가톨릭이나 교회 젊은이들의 사고방식은 한결같이 획일적이고 모방적입니다. 개성이 뚜렷하지 못한 건 결국 그만큼 인간을 도외시한 때문일 것입니다.

어떤 지도자(교육자)도 "나를 따르라" 식으로 나간다면 이런 결과가 나오기 마련일 것입니다.

이번 문협 월회 때는 꼭 나가려고 생각합니다.

그때 만나 뵙고 얘기드리겠습니다.

1980년 5월 13일

권정생 올림

작품집(동인지)을 내기로 하였습니다

권 선생님

우리 아동문학은 지금 커다란 위기에 봉착해 있습니다. 아동문학이 아이들로부터 외면당하고, 잡지 편집자, 일반 문학인들에게까지 멸시받는 판입니다. 아동문학 작가들은 아동문학에 대한 신념을 잃고 성인 문학의 뒤를 따르려고 하여 그 흉내를 내면서 문인 행세를 하는 경향이 있고, 성인 문학지 한 귀퉁이에 작품이 실리는 것을 영광으로 여기게 되었으니 실로 한심한 일이 아닐 수 없습니다.

아동문학이 문학으로서 대접을 못 받는 까닭은 여러 가지 있습니다만, 그중에서 작가, 시인들의 잘못도 적지 않습니다. 아동문학의 정체성과 위기는 오직 우리 문학인들의 반성과 진지한 노력으로서만 타개될 수 있다고 믿습니다. 여기에 우리는 재미있게 읽히면서 깊은 감동을 줄 수 있는 작품을 써서 독자와 밀접한 관계를 유지하고, 한편 문단과 사회에는 우리 아동문학을 옹호하고 그 존재를 과시해야겠다는 생각을 했습니다.

그리하여 뜻을 같이하는 사람들이 모여 우선 첫 사업으로 작품집(동인지)을 내기로 하였으니 선생님께서 이 취지에 찬동하신다면 오는 6월 말까지 제1집의 원고(동화나 소년소설 두세 편, 60매 안팎으로)를 보내 주시기 바랍니다. 이 동인지는 서울의 어느 출판사에 맡겨 7월 중에 출간할 예정이며, 8월 중에는 동인들의 연수회를 한 차례 가질까 합니다. 동인지 출판에서 인세 수입이 있으면 동인회 운영 기금으로 할까 하나, 이것은 훗날 다시 상의한 뒤에 결정하겠

습니다. 이 동인지는 아동문학지로서 단연 권위를 갖도록 할 생각
이니, 게재 작품은 각별히 고심해 써 주시기 바랍니다.

본 동인회의 발기는 이현주, 권정생, 이오덕 세 사람이 하였으며,
동인으로 추천 합의를 본 사람이 송재찬, 박상규, 윤기현이며, 그 밖
에 몇 분 더 가입되도록 하여도 좋다는 위임을 이오덕이 받았습니
다. 좋은 참고 의견 보내 주시면 감사하겠습니다.

상기(上記) 사람 외에 문종현 씨를 추가했습니다. 24일 육사 추모
행사는 중지하기로 했습니다.

(선생님 얘기한 사람이 박상규 씨였지요? 〈서울신문〉 신춘문예
당선된 사람 말입니다.)

1980년 5월 19일

이오덕

하느님 나라는
일만 송이 꽃들이 조화를 이루는 나라입니다

선생님, 이제 장마가 걷히려나 봅니다.

모종을 얻어다 심어 놓은 분꽃이 저녁때가 되면 한 송이 한 송이
피어나는 것이 즐거움입니다. 사람은 이렇게 어줍잖은 작은 것에서
즐길 수 있는 행복도 있군요.

종로서적에서의 단행본 출판을 포기하기로 했습니다. 저는 절대
용공분자가 아닙니다. 공산주의 사회주의를 구체적으로 모르면서

반공도 용공도 할 수 있다는 건 어불성설입니다. 우리는 어느 것도 강요당해서는 아니 됩니다.

안동 교구에서 보내온 7월 27일자 강론 자료에는 모든 게 하나가 되는 것으로 한데 묶어 놓았는데, 어떤 식으로 하나가 되는 것인지 분명치가 않습니다. 다만 하느님 아버지의 나라가 하나 됨에 있다고 전제하고 있을 뿐입니다. 여지껏 우리가 국민총화라는 구호를 귀가 닳도록 들어 온 것도, 이런 주장과 같았습니다.

하느님 나라는 절대 하나 되는 나라가 아닙니다. 하느님 나라는 일만 송이의 꽃이 각각 그 빛깔과 모양이 다른 꽃들이 만발하여 조화를 이루는 나라입니다. 꽃의 크기가 다르고 모양이 다르고 빛깔이 달라도 그 가치만은 우열이 없는 나라입니다.

월급 적게 받고 많이 받는 것 따위로 문제 삼는 것조차 저는 싫습니다. 다만 일한 노력만큼 대가를 받지 못한 데 대한 문제는 있어야겠지요. 많이 배운 사람은 못 배운 사람보다 생각과 행동이 뛰어나야 할 것입니다. 배운 사람의 가치는 그가 일터에서 앞장서는 데 가치가 있는 것이지 많이 차지하거나 못 배운 사람을 지배하는 데 있는 것이 절대 아니지 않습니까?

가르친다는 것은 신념을 불어넣어 주는 것입니다. 그러기 위해선 여러 가지 방법이 있겠지요. 궁극에 가서는 행동으로 앞장서는 것이 진정한 스승입니다.

선생님, 정말 하루하루가 덧없이 흘러갑니다. 이 고독을 극복할 수 있는 방법을 찾다 보니 시간만 흘러가 버리고 그냥 제자리에 서 있습니다. 자기완성은 처음부터 조건이 구비된 시발점에서만 가능한지요? 완성이란 애초에 불가능한 것이고 인간은 영원히 미완성인지는 모릅니다.

저 자신이, 그리고 저 이웃의 여러분들이 그리고 있는 그림은 모두가 추상화에 불과한 것인지요?

저는 제자리에 서 있는데 시간은 가고 있습니다.

선생님, 부디 건강하시기 빕니다.

1980년 7월 24일

권정생 올림

전 형이 모임을 갖자고 했는데,

그때는 만날 수 있겠지요

권 선생님

어떻게 지내시는지 궁금합니다. 지난번 강윤수 시집 출판기념회 때는 못 오실 줄 알았습니다. 좀 떠벌려 보이는 행사여서 그렇게 적당히 마쳤습니다. 안 오시기 잘했다 싶습니다.

김종상 선생이 저학년 어린이를 위한 동시집을 만들고 있는데, 원고가 안 모여 일이 아직 제대로 시작되지 못하고 있다면서 나한테도 좀 써 달라고 하고, 권 선생님께도 부탁 좀 해 봐 달라 합니다. 쓰실 수 있으면 써서, 김종상 선생 앞으로 보내 주십시오. 연작시 '소'에서 골라 볼 수는 없을까 싶습니다. 저는 자신이 없는데, 써 보고 안 되면 그만두더라도 금명간 뭘 생각해 보렵니다. 바빠서 틈이 안

나는 것이 더 큰 문제입니다.

박상규 씨의 동화집을 내려고, 지금 원고 약 천 매를 받아서 대강 읽어 보고 해설을 쓰는 중입니다. 역시 좋은 작품을 쓸 수 있는 사람이라 생각되었습니다. 2백 매짜리 소설 한 편이 참 좋고, 그 밖에도 좋은 작품이 많습니다. 창작과비평사에 부탁해 보고, 안 되면 다른 곳에 맡길 생각입니다.

전 형이 12월 8일경에 우리들 모임을 한번 갖자고 해서 그렇게 주선해 보라고 했는데, 그때는 만날 수 있겠지요. 여기는 경남 창녕에서 전도사 하던 분이 농사지을 각오로 와 있는데, 그때 같이 가서 얘기 나누도록 하겠습니다.

어려운 일 있으시면 편지해 주십시오. 한번 못 가서 죄송합니다.

1980년 11월 24일

이오덕

고리키의 《어머니》를 읽고
우리 아이들에게 조심조심 얘기하고 있습니다

선생님, 편지 쓰려고 벼르다가 이렇게 많은 날이 흘러 버렸습니다. 보내 주신 편지 고맙습니다.

춥지 않아서 참 좋습니다. 지금 같은 때에 책을 만들고, 문집을 꾸미고 했댔자 무슨 보람이 있겠습니까? 가장 아니꼬운 것이 문인들의 비겁한 태도입니다. 그래 그들의 이 소극적이고 무사주의적인 행동이 지혜롭다는 것입니까? 아동문학가협회 월보는 정말 부끄러운 휴지 조각이었습니다.

나 자신이 지식인이 못된 것이 다행입니다. 무엇을 위해 글쟁이가 된 것입니까? 어린이를 위해서, 그건 허울 좋은 거짓입니다. 도둑놈인 장본인보다 도둑놈을 만들어 준 주인이 더 큰 도둑놈입니다. 사치한 여인들이 값비싼 귀고리를 달고 다니는 것과 문학가란 이름을 달고 다니는 글쟁이와 다르다고 보시는지요? 정말 너무들 하십니다. 차라리 침묵하고 있는 쪽이 당당할지도 모릅니다. 어두운 시대엔 비굴할 수 있는 지혜를 가진 자가 바로 한국의 글쟁이들일 것입니다.

고리키의《어머니》를 읽고 우리 아이들에게 조심조심 얘기해 주고 있습니다. 예수님이 말하셨지요. 이 시대는 어린이들이 가장 먼저 진리를 깨닫는다고요. 나사렛의 무식쟁이였던 그가 그토록 거대한 부정에 항거해 나갔던가를 상상해 보십시오. 정말 예수 믿게 된 것이 다행합니다.

12월 8일에 저도 안동에 가겠습니다. 그때 만나 뵈오면 많은 말씀 드릴 수 있겠지요.

요즘 모든 게 풍족합니다. 정신적인 고통만 빼놓고는.

선생님 부디 건강해 주세요.

1980년 12월 1일

권정생 올림

이 세상에 존재하는 모든 것이
나와 무관하지 않다는 결론을 얻었습니다

이오덕 선생님

방금 서울에 전화를 걸었습니다. 이원수 선생님의 따님이 전화 받았는데 아주 대답이 반가웠습니다. 방학을 20일경에 하면 선생님과 함께 상경하겠다니까 그때까지는 걱정하지 않아도 된다는 뜻으로 대답을 해 주었습니다. 그러니, 12월 22일 월요일에 함께 가시도록 했으면 합니다. 선생님께서 사정이 어떠신지 회답 주시기 바랍니다.

그동안 너무 무관심하게 지낸 것이 갑자기 죄스러워집니다. 설마하니 이렇게 악화되시리라고는 몰랐습니다. 그리고 이원수 선생님은 좀 더 가까운 분들이 많으시니 그다지 외롭지 않으시리라고 쉽게 잊어 온 것도 사실입니다.

요즘 관계라는 것에 대해 많이 생각해 보았습니다. 이 세상에 존재하고 있는 것은 모든 것이 나와 무관하지 않다는 결론을 얻었습니다. 상대가 선할 땐 나도 선한 것이고 상대가 악할 땐 나도 악할 수밖에 없는 것입니다. 인간 자체가 악한 것도 아니고, 그리고 선한 것도 아니라 다만 인간은 어리석다는 것뿐입니다. 지나친 지혜로움은 사악을 유발시키고, 지나치게 착한 것은 어리석음의 원인이 됩니다.

아담과 이브가 몰락하게 된 원인도 그들은 지나치게 착했기 때문입니다. 선한 사람은 절대 앞뒤 결과에 대한 계산을 하지 못합니다. 사도 바울이 말했듯이, 누구든지 뱀같이 지혜롭고, 아이처럼 순한 마음을 가지라고 한 말이 절실한 공감을 갖게 됩니다.

"누구든지 하느님의 뜻대로 하는 자라야 내 어머니요, 형제요, 자매이니라."

그리스도는 이렇게 혈연의 관계를 초월한 우주적인 관계로써 인간을 사랑하려고 아주 냉혹한 선언을 했습니다. 하느님의 뜻대로 하는 자란 예수의 입장에서도 어느 정도의 객관성을 띠고서 판단하게 될지는 잘 모르겠습니다만, 결국 하느님의 뜻대로 하지 못하는 자들은 그와의 관계에서 제외되는 것이 분명한 것입니다.

어제저녁 마리스타에 모인 자리에서도 유독 저만이 혼자라는 고독이 떠나지 않는 이유를 찾아도 분명한 결론이 나오지 않습니다. 왜 고독한 것입니까? 단순한 견해와 의견 차이 때문인가, 사회적인 불합리성 때문인가, 아니면 성격 차이, 그리고 나 자신의 독선이, 아니면 인간 본성이 고독한 것인지요?

선생님, 드리고 싶은 말 한이 없겠습니다. 다만 내가 있을 장소는 분명히 따로 있다는 것을 깨닫게 됩니다. 어둡고 춥고, 누추하고 배고픈 곳, 그런 곳에서 그렇게 살아가는 이들이 곁에 있을 땐 외롭지 않으니까요.

어젯밤 너무 뜨뜻한 방에서 자고 나왔더니 그새 바깥엔 눈이 내리고 그리고 바람이 차가웠습니다.

방이 조금 춥고 손이 시립니다.

선생님의 건강을 빕니다.

1980년 12월 9일

권정생 드림

천선생님,

　이원수 선생님을 다시 만날 수 있게 된 것, 여간 기쁘지 않습니다. 예정하신 대로 22일 안동으로 나오세요. 청량리 가는 기차가 아침 몇 시에 있는지 모르겠는데, 아무튼 좀 일찍 나오셔야 할 겁니다. 차표는 내가 그 전날 가든지 해서 사 두겠고, 다시 연락하겠으니 준비만 하시기 바랍니다.

　"관계"에 대한 얘기, 저도 많이 생각해 보았습니다. 곧 만나겠기 웬걸 더 적쟎읍니다.

　　　　12월 15일　아침
　　　　　　　　　이 오 덕

크리스마스 츄, 너무나 감동적이었읍니다.

이원수 선생님께서
영원히 떠나신 것을 알았습니다

선생님, 오늘 안동에 가서 책을 받아 왔습니다. 마리스타 수사님들은 서울에 모두 가시고 텅 비어 있었습니다. 모처럼 가서 조금 이야기도 하고 싶었는데 그냥 돌아오니 섭섭했지요.

선생님께서는 서울서 벌써 돌아오셨겠지요? 이원수 선생님께서 영원히 떠나신 것을 25일 주일학교 아이들이 텔레비전을 보고 와서 전해 주어서 알았습니다. 아마 저승에서도 걱정하시면서 괴로워하시겠지요. 그리고 역시 외롭고요.

요즘 자신에 대해 많은 비판을 가하고 있습니다. 부끄럽고, 죄스럽다는 생각이 시시각각으로 엄습해 와서 정신이 흐트러집니다. 용기가 없었다는 것, 주체 의식이 약했다는 것, 무식에 대한 솔직성을 감추려 한 것, 지식인들의 흉내를 내려 했던 것에 부끄러움이 가장 억울해집니다. 자신의 건강관리에 너무도 소홀했다는 것에 대한 죄스러움이 새삼 일어납니다. 환경과 여건이 그랬지만 언제나 자신의 목숨에 대해서 자포자기했었으니까요. 그래서 일을 못 한 것이 죄스럽습니다.

인간으로 살아갈 수 없는 아이들이 불쌍합니다. 우수한 성적으로 명문 대학을 나온 학생이나, 낙오자가 되어 좌절과 실의에 빠진 학생이나 모두가 병든 사회의 생산품입니다. 그들 중 어디 인간이 있습니까? 국가기관이든 사회기관이든, 그들은 소수의 주인에게 사용되는 물건입니다.

이번 겨울방학 동안 이곳 고등학생들과 많은 시간 동안 얘기를 나누어 봤습니다. 우등생이 아닌 중간 이하의 학생들인데, 뜻밖에도 이들의 판단 능력이 대단히 정확한 데 놀랐습니다. 기성세대에 대한 비판이나 불신이 한갓 핑계나 구실이 아니라 분명한 이유가 있었습니다.

그중엔 선생님의 가르침은 일체 거부하겠다는 아이도 있습니다. 자기 나름대로 원리를 깨쳐 인생을 살아가겠다는 야무진 아이도 있습니다. 가장 반가운 것은 먹고사는 것 외엔 돈 벌고 싶지 않다는 것, 될 수 있으면 고향에서 살고 싶다는 것입니다.

오히려 우수한 성적을 나타내는 아이들이 돈에 관심이 더 많은 이유는 어디에 있는지 모르겠습니다. 하기야 현재 지식층 인사들이 설치고 있는 모습을 보면 짐작이 가겠지만, 과연 지식이라는 것이, 교육이라는 것이 인간성을 좋게 만드는 절대적인 수단이 아니라고 봅니다.

지난달 15일에 모이기로 했는데 그날 교회가 비어 있어 혼자서 애만 쓰다가 결국 가지 못했습니다. 다음 날 아침 일찍 잠시 가서 얼굴이라도 뵈려고 마리스타로 전화를 했더니 모두 오지 않아 기다리다가 돌아갔다는 것입니다. 그래서 그만뒀더니, 그게 아니었던가 보지요. 이번에는 꼭 함께 모이고 싶습니다.

오늘은 무척 따뜻한데 추위도 거의 지나간 것 같습니다. 선생님께서는 개학이 되면 학교에서 바쁘시리라 생각됩니다.

어떻게 앞으로의 삶의 방향을 조금 바꿔 보고 싶은데 모르겠습니다. 좀 더 적극적인 생활이 있어야겠다는 생각을 하고 있습니다.

선생님, 부디 건강해 주세요.

1981년 2월 2일

권정생 올림

권 선생님

어제 저녁때 학교 와서 편지 읽었습니다. 그곳에 한번 간다 간다
는 것이 그만 방학도 다 보내고 말았으니, 이렇게 내가 점점 몹쓸 사
람으로 되어 갑니다. 안동에 두 번이나 나오셨는데도 못 만났지요!

이원수 선생은 내가 23일 저녁에 갔을 때는 사람을 알아보지도
못하시고, 몇 가지 증세로 보아 임종이 경각에 다다른 듯했습니다.
그날 밤 사위 윤 씨가 진통제와 링거 주사 놓는 것을 밤 2시까지 같
이 병실에서 보았습니다. 이튿날 아침 9시경에 나올 때 보니 얼굴
모습이 살아 있는 분이 아니었습니다. 그러더니 그 24일 저녁(협회
총회 마치고 모두 저녁 식사 끝내고 원갑여관에 들어가 술 마시고
잡담할 때였지요)에 돌아가셨다고 해서 여러 사람이 가서 밤을 새
우고, 이튿날도 밤을 새우고 해서 삼일장으로 26일 경기도 용인 묘
지에 장례를 지냈습니다.

이원수 선생의 마지막 1년 2개월의 투병 생활은 참으로 처절한 모
습이었습니다. 연세가 70이었다지만, 삶에 대한 애착이 대단하시

어, 그 삶을 단념하시기까지 괴로운 싸움도 눈물겨웠습니다. 무엇보다도 내가 감동한 것은, 그토록 괴로운 순간순간을 보내시면서도 항상 남을 생각하셨다는 것과 그동안 병석에서도 정신만 돌아오면 시를 쓰시려 하시고, 놀라운 작품을 여러 편 남기셨다는 것입니다. 이것은 범인이 흉내 낼 수 없는 일입니다.

협회의 모임이 있는 그날 저녁에 돌아가신 것도 내가 생각하기로 결코 우연한 것이 아니고, 그분의 의지의 나타남이라 봅니다. 기왕 모두 서울에 온 길에 만나고 가면 편리하겠다는 뜻이지요. 그리고 협회의 모임에도 항상 관심을 두셨으니까요. 마지막 순간까지 생명을 불태우면서 어린이와 아동문학을 위해 모든 것을 바친 이런 순수한 동심의 사람. 너무나 인간적인 사람. 고결한 지조를 지킨 사람은 지금까지의 우리 아동 문단에서도 없었지만, 앞으로도 좀처럼 나올 것 같지 않습니다. 참 이제는 문학으로나 인간으로나 너무 질이 떨어진 차원의 무리들만 우글거리니, 서울에 가도 아동문학 하는 사람 만날 일이 없을 듯합니다.

같이 보내는 조사(弔辭)는 〈서울신문〉의 요청으로 쓴 것인데 1월 27일 신문에 났던 것입니다. 사진이 잘못 나왔지요? 지방에 나온 것은 여기 내 사진이 들어 있고, 따로 옆에다 이원수 선생 사진과 약력이 나와 있었는데, 이것은 서울신문사에서 오려 보낸 것으로, 서울판에 이렇게 잘못 낸 것인지, 교정 이전의 것인지 모르겠습니다. 내가 쓴 글은 그대로인데, 하고 싶은 말을 제대로 쓰지 못했습니다.

'겨울 물오리'는 이 선생의 마지막 작품입니다.

송재찬 씨가 〈소년동아〉에 연재했던 소년소설 '돌마당에 뜨는 해'

를 단행본으로 내고 싶어 해서 읽어 보니 참 좋았습니다. 전에 썼던 단편 동화에서 한 걸음 나아간 것이 확실해서 반가웠습니다. 다음 상경하면 창비 문고로 추천하려 합니다.

참, 권 선생님 여가 계시면 지난번에 가져가신 아이들 문고 중 종로서적에서 산 번역물 명작들, 그걸 대강 보시고 읽기에 적당한 학년을 적어 보내 주실 수 없을까요? 어느 책은 "국민학교 중학년 이상"이라든지 "국민학교 고학년 이상"이라든지 해서 말입니다. 창비 것은 내가 쓰겠습니다. 이렇게 해서 독서 안내 같은 것을 해 주고 싶습니다.

틈이 있으면 이번 주말경에 상경할까 합니다. 20일 이후에나 가서 만나든지 하겠습니다.

건강에 대해서 많이 생각하신다니 다행입니다. 이원수 선생 살아가신 것 생각하시고, 부디 건강하게 살기 위한 싸움을 정신면에서뿐 아니고 육체적으로도 끊임없이 계속해 주시기 바랍니다.

1981년 2월 9일 새벽

이오덕

"어머니, 그동안 안녕하셔요? 전번 전화로 엄마 목소리를 듣고 보니 우선 마음은 놓겠군요. 하지만 어떻게 혼자서 불편한 점 많겠고 또한 얼마나 외롭겠어요. 신상에는 별 탈 없으시고 진지는 때 거르지 않고 드시는지요? 전번에 종선이한테서 편지가 왔더군요. 그렇잖아도 엄마 소식이 궁금하던 차에 종선이가 자세히 적어 보냈더군요. 엄마, 오빠들, 동생들 가끔 집에 들르는지요? 점놈이는 무얼 하고 있는지요?"

선생님, 위의 글은 조금 아까 윗마을 어느 아주머니가 미국에 가서 살고 있는 딸에게서 온 편지를 가지고 와서 보여 준 그 편지의 서두입니다.

남편을 일찍 사별하고 6남매를 키웠지만 하나도 제대로 데리고 있지 못하고 뿔뿔이 흩어 놓고, 그야말로 젊은 시절엔 악으로 악으로 살았고 지금은 눈물로 눈물로 살아가는 아주머니입니다.

편지 써 보낸 딸은 흑인 병사와 결혼을 해서 미국 간 지 1년이 지났습니다. 다른 아들딸들은 서울로 부산으로 대구로 강원도로 전국 방방곡곡에 흩어져 살며 가끔 어머니를 찾아옵니다. 조금 성실한 다섯째와 여섯째가 공장에서 받은 월급의 일부를 갖다 주면 맏아들과 중간치가 어느 틈에 알고 찾아와서 낚아채 가 버립니다.

그래서 이 아주머니는 오늘은 약초도 캐고 내일은 노동판에 나가서 고된 일을 하며 혼자 몸으로 살아가고 있습니다. 영세민 취로사업에 나갔더니 이틀 반 치 5천 원을 주더라고 합니다. "할직에는 남정네들캉 같이 준닥 카더이만, 하리 2천 원배끼 안 주잖나. 마한 놈들, 나랏놈들도 거짓말하나?" 하면서 욕을 하기도 하고 딸애의 편지를 읽어 주면 눈두덩이 붓도록 또 울기도 합니다. 저한테 대고 푸념을 하고 호소도 하고, 악담도 하고, 실컷 속을 풀고는 돌아가는 아주 머니입니다.

요새 이런 사람들이 더 많이 찾아오고 있습니다. 그저께는 피 서방이라는 농부가 와서 한 시간이 넘도록 쥐어짜듯이 신세타령을 늘어놓았습니다.

"권 집사님, 새벽종 칠 때 나는 일어나 쇠죽 끓이고 마당 쓸고, 밥 먹고 들에 가마 캄캄하두룩 일해야 사니더. 내 보고 예수 믿으라 카지 마이소. 나는 믿을 끼 없니더. 하나님도 못 믿고, 예수님도 못 믿고, 목사님도, 장로님도 못 믿니더. 나는 새북에 일나서 점두룩 삐 빠지게 일해야 먹고사니더, 내가 하리만 놀아도 우리 아들은 굶어 죽니더. 주일도 일해야 되고 놀아서는 못 사니더. 누가 내 대신 꼬치밭 한 고랑 매 줄 이가 있니꺼? 기도를 백 분 천 분 해도 하나님은 안 들어주니더. 속이 상하만 술 먹고 고래고래 소리 질르고 나면 쪼매는 풀리니더. 우리 끝은 거 이루구루 살다가 죽는 거지 어야니꺼……."

가슴을 오비 듯하는 푸념을 실컷 하고는 돌아가는 것입니다. 왜 저한테 이렇게 와서 털어놓는지 이해는 가면서도 몹시 괴롭습니다.

선생님, 지난달엔 꼭 죽어 버리려고 마음먹기도 했지요. 제가 복용하고 있는 마이암부톨이란 약은 극약이래서 1개월 분을 한꺼번에 먹으면 죽을 수 있거든요. 일주일을 고심하다가 결국은 실현시키지 못했습니다.

제가 고통스러운 것은 이런 가난한 이들의 슬픈 사연 때문이 아닙니다. 이런 버림받은 사람들을 착취하며 이용해 먹는 상대방 족속들에 대한 분노 때문입니다. 왜 이렇게까지 억울하게 서럽게 살아가는 사람들이 있는데, 정치하는 이들, 종교 지도자라는 이들, 학자라는 이들, 애국자라는 이들은 모이면 돼먹지 않은 비현실적인 농지거리만 하는지 화가 안 날 수 없는 것입니다.

방송도, 신문도 그리고 무슨 무슨 대회라는 것, 한결같이 가난한 인민을 속이는 음모뿐이었습니다. 화가 나도 풀 수 없는 숨 막히는 세상, 살아도 얼마나 더 살겠습니까만 너무도 고통스럽습니다.

이제는 이 어질고 가난한 농촌에서도 부드럽고 정다운 말씨는 도무지 통하지 않습니다. 아이들도 웃는 표정은 거부합니다. 고함 소리와 표독한 말씨, 욕지거리, 무서운 표정, 을러대는 주먹, 모든 폭력적인 것만을 인정하고, 권위로 알고 복종합니다.

외롭다 못해 두려운 하루하루입니다. 정직과 진실만은 지켜보려애써 온 저 자신이 불쌍해집니다. 정말 이렇게 오래 울어 본 적도 없습니다.

선생님, 어떻게 하면 좋겠습니까?

자신을 구할 수 있는 방법 말입니다. 구태여 남을 위한다는 말, 챙피합니다. 이런 것 묻는 것도 아직 제겐 허황된 사치스런 미련이 남은 탓일까요.

통일, 통일, 통일, 자나 깨나 목구멍을 통해 기원했던 그 통일이, 과연 가능한가 하는 의문이 또다시 일어납니다. 바로 마주 하고 앉은 인간과 인간의 사이에 벽을 둬야 내가 쓰러지지 않는 이 참혹한 현실인데, 물리적 통일의 그 염원이 허무로밖에 시들어지지 않을 수 없지 않습니까?

선생님, 이 지구상의 모든 것이 살아남기 위해선 먼저 인간이 망해야 한다는 주장을 하고 싶습니다. 인간들이 완전히 없어지고 난 산천과 바다와 하늘을 상상해 보았습니다. 거기 날고 있는 새들, 짐승들, 헤엄 치고 있는 고기들. 그들은 최소한 천적에게 희생당하겠지만 인간들의 살생에서는 구제받아 더욱 활기차게 살아갈 수 있을 것입니다. 저주받아야 할 것은 인간들뿐입니다.

선생님, 아무도 없는 곳에서 머리를 식혀 보고 싶은 것도, 도피 죄로 적용될까요? 외로운 건, 사람 때문이 결코 아닌데, 사람 때문에 외로우니 어떡합니까?

제가 이런 편지 쓰고 있는 것도, 또한 사람을 절대 미워해서 저주를 퍼붓고 있는 게 아니지요?

1981년 4월 30일

권정생 올림

《개구리 울던 마을》은
청소년들에게 더 많이 읽히고 싶습니다

선생님, 보내 주신《개구리 울던 마을》을 받았습니다. 글짓기 회보도 받아 참 잘 읽었습니다.《개구리 울던 마을》은 청소년들에게 더 많이 읽히고 싶습니다.

선생님의 생각처럼, 주장처럼, 농촌에 대한 믿음과 사랑처럼, 과연 농촌을 지켜야 하고 가꿔야 하는 우리 모두의 숙명 같은 의지가 새삼 느껴집니다. 날로 피폐되어 가는 농촌의 모습을 볼 때마다 삶의 터전을 잃어 가고 있는 인간은 설 자리가 없어졌다는 절망을 합니다.

시골 사람 열 명이면 열 명 모두가 농촌이 싫다고 합니다. 그들은 혹심한 노동과 농약품의 공해를 더 이상 이겨 내지 못할 것입니다.

잃어버린 농촌을 되찾는 것은 농민만의 힘으로는 불가능하다고 봅니다.

1981년 7월 5일

권정생 올림

아동문학도 온 생애를 바쳐 쓸 수 있는 사람이
있어야 한다고 봅니다

어제 마리스타에 가서 책 받아 왔습니다. 그리고 제 책을 거기 맡겨 두었으니 선생님도 가져가시기 바랍니다.

그때 모임에서 얼마쯤 이야기는 서로 나눴지만 우리는 끊임없이 동화에 대한 여태까지의 반성과 앞으로의 전망 같은 것이 논의되어야 할 줄 압니다. 보내 주신 유인물에 '최대의 과제가 인간 회복'이라 하셨는데, 이런 주제를 두고 얼마만큼 성실하게 작품 제작에 임하고 있는가가 문제인 것 같습니다. 대체로 아동문학을 하는 사람들은 성인 문학가들보다 노력하지 않고 있다고 봅니다.

어린이를 미숙하고 유치한 존재로 보고 있듯이 아동문학을 그렇게 가볍게 취급하고 있으니 주목할 만한 작품이 나오지 않고 있는 것입니다. 소설이나 시를 쓰는 사람들이 여가 선용이나 취미로 하지 않듯이, 우리 아동문학도 온 생애를 바쳐 쓸 수 있는 사람이 있어야 한다고 봅니다. 저같이 병들고 무능한 인간이 아닌, 건강하고 역량 있는 작가가 있었으면 하는 것입니다. 한 편의 동화를 빚어내기 위해 다른 모든 것을 버릴 수 있는 뜨거운 작가가 나와야만이, 아동문학이 구원을 받고 또 인간이 구원을 받을 수 있을 것입니다.

여름을 다 보내고 나니 육체의 고통은 조금 가시어지는 듯합니다. 다음의 동요를 우리 말로 옮겨 봐 주시겠습니까?

ヤンマ ハンタシテ　アルイタモンタヨ

コキカフツテモ　ハンタシテアルイタヨ
オレタチミンナ　ナカヨカツタモンタヨ
シャモカキテ　ワルイコトオシエタンタヨ

요시노 세이(吉野せい)의 '涕をたらした神(눈물을 흘렸던 신)'에 나오
는 동요입니다. 제가 옮겨 본 건 다음과 같습니다.

왕잠자리처럼 아랫도리 벗고 다녔지
눈이 내려도 맨발로 걸었지
우리 모두 사이좋았지
샤모가 와서 나쁜 짓 가르쳤지
(샤모는 싸움닭(투계)이지요?)

9월 8일 오전 11시에 현주가 안동 온다기에 저도 나가기로 했습
니다.
1981년 8월 26일
권정생 올림

권 선생님

편지 감사합니다. 책은 마리스타에서 가져왔습니다.

동요 번역에 대한 의견은 다음과 같습니다.

ヤンマ ハンタシテ　アルイタモンタヨ

산을 맨발로 걸어 다녔지

コキカフツテモ　ハンタシテアルイタヨ

눈이 와도 맨발로 다녔지

オレタチミンナ　ナカヨカツタモンタヨ

우리 모두 사이좋았지

シャモカキテ ワルイコトオシエタンタヨ

샤모가 와서 나쁜 짓 가르쳤지

　여기서 문제되는 것이 "ヤンマ(얀마)"와 "シャモ(샤모)"입니다. "ヤ
ンマ"를 왕잠자리로 번역하셨는데, 그 책에 왕잠자리가 나와야 할
특별한 얘기가 있으면 모르지만 그렇잖은 이상 왕잠자리가 아닌 줄
압니다.

　"ヤンマ"는 "ヤマ(야마)" 곧 산(山)이란 말의 사투리나 유아어라고
믿어집니다. 그 이유는 "ハタシテ(하타시테, 맨발로)"란 말도 여기서
는 "ハンタシテ(한타시테)"라고 해서 "ン(응)" 자가 들어 있기 때문입
니다. 그리고 산(ヤマ)이라고 했을 때 노랫말의 뜻도 자연스럽게 풀

226

리는 것 같습니다.

그다음은 "シャモ"란 말인데 이것은 사전에 찾아도 군계, 곧 투계 싸움닭뿐이지요. 그 책에 싸움닭 얘기가 나오는지 모르겠습니다. 아니면 샤모라는 사람 이름(아이 이름)인가도 싶은데, 그 이상 알 수 없습니다. 샤모란 일본 이름이라기보다는 외래적 일어라 느껴지는군요.

9월 8일에 틈이 나면 저도 안동 가 보겠습니다. 지난번 아동문학 동인에서 오승강 씨를 추가해서 편지 보내어 동시 몇 편 써 달라고 했습니다. 그때 나왔고, 참 좋은 작품을 쓸 수 있을 것 같아섭니다.

그럼 곧 다시 만나겠습니다.

1981년 9월 1일

이오덕

끝까지 견뎌 낼 수 있을지 모르겠습니다

한 줄의 글이라도 더 써 보려고 노력을 해도 안 됩니다.

〈새가정〉에 신년 호부터 연재 청탁이 있어서 보내기로 했습니다. '몽실 언니'라는 소년소설입니다. 천 장 이상을 쓸 계획인데 끝까지 견뎌 낼지 모르겠습니다. 지난번 우리 모임에서 결정한 작품은 겨우 한 편 써 놓고 있습니다.

8일 날 저녁에 안동에서 함께 지낼 수 있을지요?

몸이 무리인 줄 알면서도 서울 가기로 했어요. 전우익 선생님과 선생님 따라가는 거지요.

　1981년 10월 2일

　권정생 올림

선생님 새 동화집을
모든 아이들이 읽을 날이 하루 빨리 왔으면

　권정생 선생님

　작품 잘 받고 감명 깊게 읽었습니다. 동화와 시, 모두 선생님이 지금까지 써 오신 것과는 다른 면을 보여 주신 것으로 압니다.

　장태범 씨 작품은 두 편 다 반송했습니다. 조평규 씨는 곧 개작을 해서 보내왔습니다. 오승강 씨가 좋은 동시를 다섯 편 보내왔다는 것은 얘기했지요? 그리고 어제는 박상규 씨가 동화를 두 편 부쳐 왔는데, 그중 한 편이 좀 문제가 있어서 지금 편지를 써 두었습니다. 너무 바빠서 급히 쓴 모양이래요. 가을에 학교 일도 많은데다가 장편도 쓰고 한 모양입니다. 어디 현상 작품 모집에 보내려고 한다나요? 아무튼 박 선생은 너무 많이 쓰는 모양 같습니다.

　선생님도 장편을 쓰신다니 건강이 무척 걱정됩니다. 그저께는 일찍 가려다가 못 갔어요. 안동서 만났을 때 몸이 좋지 않다고 들었기 때문입니다.

　지금 회보를 만들고 있고 〈대성〉을 또 만들고 나면 아동문학 평론집을 낼 준비로 원고 정리를 할까 합니다. 참, 우리 동인집에 넣을 글도 써야겠는데, '동심론'을 한번 쓸까 합니다.

이현주 목사가 충주로 곧 간다지요? 참 섭섭합니다. 그런데 버스길 시간을 따지면 안동서는 울진보다 충주가 더 가까울지 모르겠어요.

여기는 어제 아침에 벌써 된서리가 내리고 얼음이 꽤나 얼었습니다. 그 허술한 방에 무더운 여름을 지나게 하고, 또 겨울을 보내도록 해서 참 미안하고 죄송합니다. 사람 같지 않게 살고 있는 나 자신이 한없이 미워집니다.

선생님의 새 동화집을 모든 아이들이 읽을 날이 하루 빨리 왔으면 하고 빌 뿐입니다. 부디 조심하시고 쉬어 가면서 천천히 쓰시기 부탁입니다.

1981년 10월 16일

이오덕

우체국에 와서 몇 자 소식 전합니다

권 선생님

그동안 추위에 고생이 되셨지요. 이제야 좀 풀리는 날씨입니다. 얼마 전에 의성청년회의소 주최로 의성군의 초, 중, 고 학생 백일장을 했을 때 그 출제와 심사를 우리 안동 문협에서 맡았는데, 결국 내가 고생을 여러 날 했지요. 거기다 기왕 일을 시작한 김에 끝까지 하자고 당선 작품을 우리 글짓기 회보에 심사평과 함께 싣기로 해서 그걸 또 여러 날 걸려 만들다 보니 너무나 바쁘게 지냈습니다. 이제 회보는 오늘 대구 가서 인쇄할까 합니다.

서울 씨알의 소리사에서 함석헌 선생의 번역 책《날마다 한 생각》을 주문하라고 해서 몇 권 부탁했더니 벌써 책이 왔군요. 권 선생님 앞으로 한 권 직접 부치라고 했는데 지금쯤 받으셨을 줄 압니다.

우리 모임의 책 원고는 지금 대강 들어왔는데, 그래도 책 한 권 분량은 좀 안 될 것 같아 김종상 씨한테도 편지해서 원고 좀 준비해 달라고 했습니다.

이현주 목사는 옮긴 자리에서 안정이 된 모양이지요? 12월 초에 나 서울 가서 책 만드는 일 부탁할까 합니다. 지금 임동면 우체국에 와서 몇 자 대강 소식 전합니다.

1981년 11월 14일

이오덕

그 방이 추워 어떻게 겨울을 나시겠습니까? 어려운 일 있으시면 편지해 주십시오. 가 보지 못해 늘 괴롭습니다.

선생님께

생각사에서 보내온 책《날마다 한 생각》을 고맙게 받았습니다. 그리고 선생님의 편지도 반갑게 받아 보았습니다.

저는 아직 기운을 차리지 못할 만큼 몸이 괴롭습니다. 달력에 동그라미로 표시된 대로 꼭 16일 동안 밤낮을 고통스럽게 지냈습니다. 얼마나 그 아픔이 심했는지 정말 삶이 두려워집니다.

누워 있지도 앉아 있지도 서 있지도 못하는 상태가 16일 동안이나 계속되었는데도 그래도 또 살아났습니다. 물론 밤에도 낮에도 잠을 이루지 못하고 제대로 먹지도 못했지요.

그러나 일상적인 저의 직책은 거의 다 해내었습니다. 새벽종을 단 하루 놓쳤을 뿐입니다. 아픔을 잊기 위해 혼자서 밤을 지새던 광경은 정말 우스운 몰골이었을 겝니다. 어쩌면 하느님은 이런 인간의 고통스런 모습을 즐기고 있는지도 모릅니다. 방금 누웠다가는 퉁기듯이 일어나 앉고, 그것도 참을 수 없어 벌떡 일어서 발을 굴리다가 힘이 빠져 또 쓰러지고, 그렇게 되풀이하다 보면 날이 새어 버리는 것입니다.

이불을 한 아름 껴안고 뒹굴었다가 벽을 손톱으로 바득바득 긁었다가 문을 박차고 마당으로 뛰쳐나가기도 하고, 이를 부득부득 갈면서 마당을 서성대다가 다시 방에 들어와 쓰러지고, 눈을 감았는지 떴는지 세상이 온통 흔들려서 몸을 가눌 수가 없었습니다.

진통이 본격적으로 시작된 지 6일 만에 가까운 보건소에 찾아갔

더니, 정확한 진단을 내릴 수 없으니 안동 시내 비뇨기과 의사에게
가 보라더군요. 병원에 가는 것이 그토록 싫었는데 너무 괴로워 찾
아갔었지요. 거기서도 역시 통증의 원인이 무엇인지 간단한 진찰로
는 모른다고 했습니다. 대구 종합병원으로 가 보라고 하더군요. 검
진료만 40, 50만 원쯤 들 거라고 친절하게 가르쳐 주었습니다. 그러
고는 자기 소견에 의한 판단으로 몇 가지 원인 분석을 설명해 주더
군요. 3일 치 약을 지어 주는 대로 받아 왔습니다.

그러나 경과는 마찬가지, 이틀 뒤엔 더욱 심해졌습니다. 아랫배의
양쪽 부분과 성기 전체가 찢겨 나가는 듯한 아픔이 한순간도 멎어
지지 않는 것입니다. 10월 23일 우체국에 다녀오고 나서부터 시작
된 고통이 11월 9일 아침까지 계속된 것입니다. 9일 아침 변소에 다
녀왔는데 갑자기 소변 같은 것이 마려워지더군요. 저는 수술한 뒤
소변을 보지 않아 좀 이상한 대로 변소에 갔더니 싯누런 고름이 한
없이 나오기 시작했습니다. 하루 지나고 사흘 지나서야 고름이 멎
고 그리고 그토록 아프던 통증도 가시어졌습니다. 이전에도 하복부
가 아픈 것은 예사 있는 일이었습니다만 이렇게 고통스럽지는 않았
습니다.

뜬눈으로 밤을 새면서 저는 많은 것을 생각했습니다.

결국 인간은 최악의 고통에서만이 진실할 수 있다는 것입니다. 배
고픈 사람이, 추운 사람이, 질병의 아픔으로 괴로워하는 사람이, 결
코 점잖을 수도 없고, 성스러울 수도 없고, 거룩할 수도, 인자할 수
도, 위엄이나 용기도 가질 수 없다는 것입니다.

진정한 자유를 찾는 자는 제 목에 오랏줄이 감긴 그 사람뿐입니

다. 그것을 깨닫는 사람은 심신의 고통을 지금 맛보고 있는 그 사람뿐입니다. 가장 절실한 인간의 목소리를 낼 수 있는 사람은 위대한 장군이나 성직자가 아닙니다. 지금 배고픈 사람, 지금 추위에 얼어 죽어 가는 사람, 지금 병으로 괴로워 몸부림치고 있는 사람, 온갖 괴로움 속에 허덕이는 사람만이 진실을 말할 수 있습니다.

그렇게 수많은 밤을 사람들은 각양각색으로 새우고 있을 것입니다. 밤은 평안을 위해 있는 것이 아니라 인간의 수치와 어리석음을 보여 주는 고통의 시간이기도 한 것입니다.

선생님, 자신을 속이지 말고, 정직하게 앞으로 살아가고 싶습니다.

선과 악의 기준을 마음대로 정하지 맙시다. 어떠한 구실로도 인간을 구속하는 정치나 도덕을 과감히 쳐부실 수 있어야 할 것입니다.

가난한 사람만이 가장 착하게 살 수 있습니다. 선생님께서도 건강에 유의하시고 너무 무리한 일은 말아 주시기 바랍니다.

1981년 11월 19일

권정생 올림

1982년~2002년

권 선생님

어제 전화가 왔는데
신춘문예 이야기가 나왔다.
이번에 어느 신문에서 심사를 했는데
당선자가 전화로 고맙다고 인사를 하더란다.
그래서 했다는 대답이 이랬다.
"나는 당신 작품이 당선작으로 뽑을 만한 것이
못 된다고 보았어요.
그런데 같이 심사한 사람과 신문사에서 꼭 당선작을
내도록 해 달라고 해서, 그럼 맘대로 하라고 했지요.
당신은 아직도 수련을 많이 쌓아야 돼요."

몸이 바짝 말라서 불면 꼭 엎어질 듯하지만
눈만은 언제나 무섭도록 빛나는 권 선생
어떤 사람도 그 앞에서 거짓을 감추지는 못한다. (2002. 2. 2.)

선생님, 최선은 어디까지가 최선입니까?

선생님, 어제 오후 6시에 집에 돌아왔습니다.

이틀 동안 꿈속에서 살다 온 기분입니다. 요즘 자꾸 이런 허탈 속에 빠질 때가 많습니다. 모든 게 저질 장난 같다는 생각입니다. 괜히 화내고, 웃고, 감동하고, 고독하고, 초조해하고 참 어리석지요. 결과가 어떤 것인지 모르는 무대 위에서 갖가지 모습으로 허덕이는 인생들이 아닙니까. 막이 내리면 다 끝나는 것을 싱겁게 버티고 서 있는 허수아비와 다를 게 뭡니까.

선생님껜 너무 죄송한 말씀이지만, 삶이란 것 자체가 파괴 행위일지도 모릅니다. 한 가지 얻기 위해 얼마나 많은 것이 희생되어야 하는지 그걸 극복하기가 힘이 듭니다. 자꾸만 모르는 것뿐입니다. 어떻게, 어떻게 살아야 합니까?

인간이 살아야 한다는 주장을 하다 보니, 인간을 거부하게 되는 모순을 어떻게 처리해 나가면 되는 것입니까? 나의 목숨과 나의 소유와 나의 의지는 무한한 것일까? 아니면 아예 하나도 없는 것일까? 승리라는 것은? 정의라는 것은? 선악은?

선생님, 이 세상 인간은 누구나 도둑이 아니면 거지 이상 아무것도 아닙니다. 내가 백번 겸손하게 말한다 해도 남의 것 도둑질 않고 빼앗지 않고 살아간다고 말할 수 있겠습니까? 빼앗는 것은 바로 살인 행위인 것입니다. 합법적인 방법으로 빼앗는 행위, 불법적으로 빼앗는 행위, 어느 쪽이 더 악랄한 것인지 선생님은 판단하실 겁니다.

지금 토끼 새끼 한 쌍을 키우고 있어요. 예쁘고 사랑스럽지만 그건 어디까지나 조건부 사랑이랍니다. 토끼 두 마리는 훗날 그들이 치러야 할 엄청난 비극을 모르고 슬프도록 순진하게 자라고 있어요. 선생님, 최선은 어디까지가 최선입니까?

4월 19일경에 전우익 선생님이 안동 오시겠다고 했습니다. 그때 선생님도 뵙고 싶습니다.

생각이 흩어져 글을 쓸 수가 없습니다. 일본 아동문학을 읽고 있습니다. 그들은 10년 후의 전쟁을 걱정하고 있지만, 우리는 현재의 고통을 어떻게 아이들에게 전할 수 있을까요?

그만 쓰겠습니다. 부디 안녕히 계십시오.

1982년 4월 1일

편지 이틀간 쓴 것입니다.

권정생 올림

어떤 방법도
지금의 고통을 해결할 수 없다는 걸 알았습니다

이오덕 선생님께

진작 편지 드린다는 것이 이렇게 오래 소식 드리지 못했습니다. 보내 주신 편지는 감사히 받았습니다.

무엇인가 하고 싶다는 것부터 생각하지 말아야겠어요. 건강하고 싶다, 어디 가고 싶다, 모두 쓸데없는 생각입니다. 건강하면 또 다른 고통이 따를 테고, 어디 간들 편히 살 수 있는 데가 어디 있겠습니까? 부질없는 생각입니다.

집을 옮기게 되면 선생님께 말씀드릴 테니 그때까지 기다려 주시기 바랍니다. 얼마 전에 교회 일로 조금 괴로웠지만 지금은 괜찮습니다. 철수가 생각하는 것과는 모두 다르니까 너무 걱정 마시기 바랍니다. 동화집 문제도 천천히 생각해 보겠습니다. 만날 우두커니 놀고 있는 것 같아도 왜 이렇게 여유가 없는지 모르겠습니다.

어떤 방법도 지금의 고통을 해결할 수 없다는 걸 알았습니다. 다만 타인에게 어느 만큼 누를 끼치지 않을 수 있는 길을 생각하고 있을 뿐입니다.

아직도 저는 세상을 잘 모릅니다.

전우익 선생님과 함께 성주에 한번 찾아갔으면 하고 이야기했지만 쉽게 가실 수 없나 봅니다. 요즘은 저도 안동에 못 가고 소식을 잘 모릅니다.

그리고 창비에서 보내온 동화책 열여섯 권 잘 받았습니다. 전래 동요집이 참 재미있습니다. 이제는 그렇게 소박하고 착한 시대로 되돌아갈 수는 없는지요? 과학기술 때문에 너무도 소중한 것을 다 빼앗겨 버렸습니다.

선생님, 저 때문에 너무 애쓰지 마시기 바랍니다.

1982년 5월 4일

권정생 올림

선생님의 동화를
교과서처럼 읽혀야 되겠다고 생각합니다

권 선생님

일전에 철수 내외한테서 대강 소식 들었습니다. 체중이 54킬로그램이라면 나보다 1킬로그램 더 무거운 셈인데, 반갑기도 하고 한편 그렇게 건강이 좋아질 수가 있는지 의심스럽기도 합니다. 밥맛이 좋아지셨다니 무엇보다도 다행이라 생각됩니다.

교회에서 나오시려는 뜻은 잘 알겠습니다. 하필 그런 일이 있은 다음에 나오신다는 것은 여러 가지로 생각할 바가 있습니다. 조금만 기다려 주시면 나오시도록 하겠습니다. 여름이 지나면 집을 한 채 지어 드리자고 철수들과 의논해 놓았습니다. 올여름 더위를 이겨 내는 일이 가장 큰 걱정입니다.

사랑마당의 전시는 그저 그런 대로 잘되고 있습니다. 안동서 아무도 오지 못하고 있는 것이 섭섭합니다. 특히 봉화의 전 형을 오랫동안 만나지 못해 궁금하고 답답합니다. 일직에도 못 가고 있지요?

늘 일에 쫓기다 보니 사람 노릇도 못 하고 책도 못 읽고 괴롭기 말할 수 없습니다. 남들같이 재주나 있었으면 척척 일을 잘 처리할 수도 있겠는데, 이렇게 둔하니 세월만 갑니다.

철수한테 합동기획에서 선생님의 동화집을 단독으로 한 권 내도록 말해 놓았는데, 부디 그렇게 준비 좀 해 주세요. 선생님의 동화를 이 나라의 모든 어른과 아이들에게 교과서처럼 읽혀야 되겠다고 생각합니다. 합동기획에서 최선의 노력을 해서 가장 애독되는 동화집이 되도록 해야겠습니다.

부디 조심해서 과로가 되지 않도록 해 주시기 바랍니다. 곧 또 연락하고 싶습니다.

1982년 5월 31일

이오덕

교회 앞으로 지나다니는 버스를 타고 종점까지 가 봤습니다

선생님, 지난 봄엔가 겨울엔가, 선생님께서 창비에서 원고료 받아 오신 걸 안동농민회관에서 제가 건네받았었지요? 그런데 그걸 제 옷이 들어 있는 라면 상자 깊숙이 넣어 놓고는 그만 잊고 있었는데, 어저께 가을 옷을 꺼내 입으려고 챙기다가 뜻밖에 그 돈 봉투가 나왔습니다. 흡사 공짜로 주운 것처럼 가슴이 두근거리며 굉장히 좋아했습니다.

그런데 지난밤 꿈엔 어머니를 뵈었어요. 언제나처럼 노동에 시달린 그 모습 그대로 다래끼에 인동꽃을 따 담고 개울물을 힘겹게 건너고 계셨어요.

아침에 일어나니 갑자기 허전하고 쓸쓸해서 무언가 잊고 있었다는 걸 느꼈습니다. 얼른 달력을 쳐다봤더니 짐작대로 어제가 바로 저의 마흔다섯 번째의 생일이었습니다. 이상하게도 이런 생일날은 까맣게 잊고 있다가도 꿈에 어머니가 나타나면 새삼 기억해 내게 되는 것이 거의 해마다 되풀이되고 있습니다.

일상의 작은 일들에서 벗어나려 아무리 애를 써도 인간이 지니고 있는 모든 감정에서 벗어나지는 못하는가 봅니다. 그래서 이렇게 선생님한테 편지 쓸 수 있는 구실도 만들어졌습니다.

얼마 전에 저희 교회 앞으로 지나다니는 버스를 타고 종점까지 가 봤습니다. '거무래기'라는 산골엔 도라지꽃, 과남풀꽃, 물봉숭아꽃들이 피어 있고, 사람들의 모습도 그렇게 각박스럽지는 않았습니다. 그러나 역시 전깃불이 들어오고 버스를 이용하는 사람들이니까 옛날 같지는 않을 것입니다.

9월도 며칠 남지 않았고, 그러면 겨울이 이내 닥치겠지요. 한 가지 일에만 전념할 수 있는 사람이 가장 행복할 것입니다. 안녕히 계십시오.

1982년 9월 23일
권정생 올림

동심을 가지지 않고서는 결코
아동문학 작가가 될 수 없다는 것 새삼 생각해 봅니다

권 선생님

편지 받은 지가 보름이나 지났습니다. 오늘 아침에 서울서 내려와서 저녁에 몇 자 쓰려고 펜을 잡았습니다.

먼저 합동기획 얘기인데, 그 이○○란 사람이 거짓말을 예사로 하는 사람 같아서 믿기지 않아 이 목사와 철수 앞으로 편지도 하고 이번에 가서(이 목사는 없어서 못 만나고) 철수 만나 얘기했더니 역시 나와 비슷한 의견이었습니다. 그래 지난번 나는 〈소년〉지에 연재했던 '아이들에게 주는 편지'를 책으로 만들려고 합동기획에 주었거든요. 그걸 꼭 도로 찾아오려고 갔었는데, 벌써 교정지가 나와 있는 겁니다. 그래 할 수 없이 시작한 것이니까 그것은 그대로 두기로 했지요. 지난여름 이현주 씨와 얘기하기로는 앞으로 아동문학 신서를 ① ② ③ …… 이렇게 계속 내기로 하고 권 선생님의 동화집도 곧 준비하도록 하자고 했는데, 도저히 안 되겠어요. 앞으로 하는 것 보고 일을 협조하기로 했으니 권 선생님 절대로 원고를 합동에 부치는 일이 없도록 해 주시기 바랍니다.

《황소 아저씨》*에 대한 논의, 감상문 등을 모아 책으로 만드는 일은 계속 독려를 하더라도 합동에서 내는 수밖에 없으니 그대로 추진하기로 했습니다. 지금 원고 모인 것이 오승강, 조평규, 박상규, 윤

* 1982년에 이오덕이 기획해서 여러 작가들의 동시와 동화를 엮어 낸 책

동재, 주순중, 김훈일, 권영순, 나태주 등입니다. 이 중에서 김훈일, 권영순 두 사람 것은 문장이 좋지 않아 넣을 수 없을 것 같습니다. 이것만 해도 상당한 분량입니다.

그런데 정작 내가 못 썼어요. 곧 써야겠어요. 이 목사도 바빠서 못 썼는데, 곧 쓴답니다. 권 선생님도 좀 힘드시겠지만 써 보내 주십시오. 아동문학에 대한 일반적인 소견이라도 좋을 것이고, 《황소 아저씨》 수록 작품에 대한 논평도 좋겠습니다. 아무래도 선생님의 글이 들어 있어야 합니다. 이게 책이 되면 퍽 재미있는 읽을거리가 될 듯합니다.

이번 토요일엔 의성에 갑니다. 작년에 했던 청년회의소 주최 백일장을 또 맡았거든요. 귀찮은 걸 공연히 맡았다 싶습니다.

서울서 해남의 윤기현 씨 만났습니다. 인간사에서 동화집을 준비하고 있어서 그걸 저도 도와주기로 했어요. 철수하고 인간사에 가서 사장과 편집자를 만나 앞으로 아동문학 작품 좋은 것이 있으면 소개해 주기로 했습니다. 윤기현 씨는 가을이나 겨울에 결혼하게 된답니다.

또 한승헌 씨가 하고 있는 삼민사에 가서 저의 수필집*을 내기로 했어요. 거기서 이현주 씨 수필집을 준비하고 있습니다. 내 건 원고를 모으고 정리하자면 다른 일도 있고 해서 11월이라야 될 듯하고, 출판사에서는 새해가 되어야 착수할 것 같습니다. 이 삼민사는 철수가 가자고 해서 갔지만, 한승헌 씨와는 전부터 잘 알고 지내는 사

---

* 1983년에 펴낸 《거꾸로 사는 재미》

244

이입니다.

작품만 좋으면 책을 내어 줄 곳은 많은데, 문제는 작품이 없고 작가가 없는 것입니다. 안동에 있는 김훈일 씨가 우리 협회에 입회하고 싶어 해서 그 절차를 밟도록 하고 있지요. 이 김 선생은 우리 회에 들어와도 좋은 작품을 쓸 수 있을지 의문스럽습니다. 생각이 얕고, 겸손한 마음도 없고 해서 걱정입니다.

권 선생님 편지 보고, 그렇게 돈이란 걸 잊어버릴 수 있는지, 참 놀랍고 부러웠습니다. 그런데 잘 생각해 보면 모든 물질적인 욕망을 끊어 버리는 데서 아동문학의 정신이 싹트는 것이라 봅니다. 오늘날 우리 아동문학이 왜 이렇게 형편없이 저질이 되고 난장판이 되고 있는가, 결국 글을 쓰는 사람들이 돈과 명예에 집착하고 있고, 입신출세식 삶에 매여 있기 때문이라 생각됩니다. 참 이렇게 단순한 진리를 모두가 깨치지 못하고 외면하고 있는 것이 딱합니다. 동심을 가지지 않고서는 결코 아동문학 작가가 될 수 없다는 것 새삼 생각해 봅니다.

이 목사 편지 보니 또다시 시골이 그리운 모양입니다. 그런데 좀 괴롭더라도 이 목사는 서울서 일을 해 주었으면 싶어요. 문제는 그렇게 일을 쉴 새 없이 하다가는 건강이 유지되지 않을 것 같아 걱정입니다.

이것저것 두서없이 썼습니다. 토요일 안동 간 길에 그곳 가고 싶지만, 백일장에서 나온 작품을 대구 가져와서 심사하기로 해서 어쩔 수 없습니다. 전 형 앞으로도 오랜만에 편지 몇 자 쓰려고 합니다. 〈글쓰기〉도 이달에는 내어야 하고, 그 밖에도 일이 밀려 또 한참 바쁘게 됐습니다. 앞에 말한 글 꼭 좀 부탁합니다. 요즘은 통증은 안 옵니까? 늘 걱정이군요.

1982년 10월 12일 밤

이오덕

아침에 아이들이 몰려와서
방 가득히 앉았다 갔습니다

선생님, 편지 받고 짧은 글 하나 썼습니다. 읽어 보시고 처리하시기 바랍니다.

좀 더 과감하고 용기 있는 삶을 살아야 하겠습니다. 참, 인간이란 모르는 동물입니다.

오늘 아침에 아이들이 몰려와서 저희 방 가득히 앉았다 갔습니다. '전투'란 텔레비전 이야기, 야구 이야기, 찰고무인지 하는 고무덩어리로 늘였다 뭉쳤다, 그걸로 자지를 만들고, 킥킥 웃고 욕설을 하고, 어떻게 당연하다는 생각도 했습니다.

보고 듣는 것이 모두 그런 것뿐이니 어떻게 그 애들도 현실을 감당하기가 힘들 것입니다. 아이들뿐만도 아닙니다. 어른들도 전쟁물과 권투 같은 폭력을 아주 좋아하고 있어요. 제가 물어보았지요.

"너희들 만약 진짜로 전쟁을 한다면 무섭지 않겠니?"

그랬더니, 한결같이 "괜찮다", "재미있다" 그러더군요. 전쟁이란 과연 인간들의 적이 아니라 필연인지, 아니면 필수적인 것인지 착잡해집니다.

갑자기 추워져서 감기 드시지 않았는지요?

가을 동안 별로 나가지 않고 지냈습니다.

안녕히 계십시오.

1982년 10월 26일

권정생 올림

책방만 보면 들어가고 싶고,
한없이 사고 싶은 것입니다

어제 전우익 선생님과 함께 춘산에 계시는 김영원 장로님 댁에 다녀왔습니다. 만날 때마다 놀러 오라고 당부하시는 김 장로님 호의를 더 이상 견딜 수 없어서 다녀온 것입니다. 이제 돌아와서 혼자 또 있게 되니, 이젠 어떤 일이 있어도 하룻밤 묵어 오는 곳엔 가지 말아야겠다는 다짐을 했습니다. 마음도 몸도 피로하기 더할 데 없습니다.

돌아오는 길에 의성에서 책방 몇 군데를 다니며 10여 권의 책을 구해 왔습니다. 거의가 신간의 반액밖에 안 되는 묵은 책입니다. 제게 남은 즐거움은 책을 사는 것, 그리고 읽는 것뿐입니다. 어릴 적부터 이루지 못한 욕구가 아직도 사위어지지 않고 책방만 보면 들어가고 싶고, 한없이 사고 싶은 것입니다. 조금 아까 장 콕토의 《무서운 아이들》 몇 장을 읽었습니다. 프랑스 작가의 예민하고 섬세한 서술 문체가 마음에 듭니다.

여덟 살까지 일본의 개화 도시인 도쿄에서의 성장 과정에서 어쩔 수 없이, 저는 순수한 조선 아이가 될 수 없었던 것 같습니다.

건강을 위해서 많이 먹고 살도 쪄야겠지요. 그러나 배불리 먹은 다음의 감정 상태는 그야말로 돼지처럼 우둔해지고 말 것입니다. 어떻게 몸을 지탱시킬 수만 있다면 먹지 않고 살았으면 싶습니다.

선생님, 혼자 있을 때와 여럿이 어울려 있을 때와의 고독의 차이를 어떻게 느끼시는지요? 저는 차라리 혼자서 쓰러질지라도 역시 군중 속에서 도망칠 것입니다. 요즘 자꾸 사람들에게 시달림을 받고 있다는 생각을 했습니다. 성서보다 자연이 더 많이 가르쳐 주고 마음의 평안을 줍니다.

겨울방학에는 안동에 오시겠지요?

그리고 선생님, '초가삼간 우리 집'의 스크랩을 찾을 수 없을까요? 찾아서 몇 군데 고쳐 보고 싶습니다. 언제 서울 가시거든 알아보시고, 수고스럽지만 찾아 주시기 바랍니다. '몽실 언니'는 〈새가정〉에 내년도에도 계속 연재하기로 했습니다.

철수한테 편지 왔는데 몹시 아픈 모양입니다. 어서 회복되어야 할텐데, 병으로 괴로움을 겪는 건 누구든 제 일처럼 안타깝습니다. 안녕히 계십시오.

1982년 11월 16일

권정생 올림

권 선생님

지난번에《황소 아저씨》에 대해서 쓰신 글을 잘 받아 읽고는 편지를 못 썼지요. 이번에 또 편지를 받고 내 게으름과 무정함을 생각했습니다. 전 형한테도 자주 편지하고 싶은데, 왜 이렇게 편지 쓸 여가가 안 나는지 오늘은 내가 하는 일을 좀 거들어 줄 아이 하나쯤 있으면 좋겠다는 생각을 해 보았지요. 그런데 내가 하는 일을 뭣이고 남에게 맡길 만한 것이 없네요. 결국 재간이 없어서 일을 빨리 처리 못 하는 나 자신을 원망할 수밖에 없습니다. 또 구질구질한 일들은 싹 걷어치워 버려야 하는데 그게 잘 안 됩니다. 앞에서 게으름이라 했지만, 사실 게으름은 아닌 것 같아요.

며칠 전 서울 다녀왔습니다. 대한교련에서 연구대회가 있어, 거기 가서 교육 얘기 잠깐 하는 것이었는데, 그 일로 다른 볼일도 좀 볼 수 있었어요. 합동기획에서 낸《황소 아저씨》는 반응이 좋은 것 같습니다. 뒤따라 내기로 한 논문 감상문집은 이제 어지간히 모였습니다. 참 좋은 글도 있고, 이게 나오면 퍽 재미있을 것 같습니다. 그런데 정작 내가 못 썼어요. 그리고 이현주 목사도 안 썼고요. 두 사람만 쓰면 곧 편집을 해서 넘기려고 합니다.

이철수가 디스크란 병으로 꼼짝 못 하고 누워 있어서 가 봤지요. 요샌 그 병에 걸린 사람이 많은 모양입니다. 이영호도 그 병으로 전에 고생을 했는데 요즘도 가끔 눕게 된다고 하더군요. 철수는 그래도 누워서 창비에서 나오게 될 신경림 씨가 쓴 백범 전기의 삽화를 연필로 그렸는데, 그걸 봤어요. 역시 철수는 재주가 있구나 싶었어요. 철수 집에 갔던 저녁에 이 목사도 거기 오고, 또 어떤 출판사에서 아동물을 기획하고 있는 사람들 셋이 와서 여러 가지 얘기를 나누기도 했습니다. 내가 전에 왜관에 있는 분도출판사에다 아동문학 선집을 내어 보라고 권했더니 거기서 꼭 내도록 해 달라고 하더군요. 그래서 아직 손을 못 대고 있는데, 이번에는 서울서(내가 제의하지도 않았는데) 까치에서 여러 권 그런 것을 내어 보고 싶어 해서 좋은 작품을 찾아내어 작가의 허락을 얻어서 책으로 엮는 것인데 까치에서도 그렇게 하고 싶어 합니다.

이걸 만들자면 많은 동화집을 읽고서 그중에서 가려내는 작업을 해야겠지요. 까치에서는 동화집을 세 권, 동시집을 한 권, 이렇게 내고 싶어 합니다. 권 선생님이 동화집을 많이 보셨을 테니까 이 일을 전담하시든지, 저와 같이 할 수 있게 좀 힘을 보낼 수 없을까 싶습니다. 하도 바빠서 책 읽을 시간이 잘 안 나서 그렇습니다. 힘이 안 돌아가시면 참고될 얘기라도 해 주셨으면 합니다.

'초가삼간 우리 집'을 고쳐 써 보고 싶다고요? 나한테 그걸 모아 책으로 매어 둔 것이 있으니 이걸 드리겠습니다. 그런데 종로서적에 준 걸 찾아와야겠네요. 어떤 부분을 고치려고 하시는지?

참, 서울서 이철수 얘기 들으니 선생님이 아주 많이 편찮았다면서요? 그걸 전혀 모르고 있었으니……. 몸에 이상이 있으시면 꼭 연락해 주셔야 합니다. 가만히 혼자 참고 있어서는 안 돼요. 혼자 계시고 싶다 했지요? 나도 그래요. 남들과 같이 앉아 있거나 여행하는 것 딱 싫어요. 밥 먹고 잠자는 것까지 혼자가 좋아요. 그런데 권 선생의 경우는 안 돼요. 몸이 그렇게 돼 있으니 아플 때는 누가 있어야지요. 몸의 상태가 좋지 않을수록 연락을 해야 합니다.

〈글쓰기〉 20호를 보냈던 것인지 생각이 안 나는데, 그걸 만들어 놓고도 우송할 틈이 안 납니다. 곧 보내겠습니다. 난 책이 있어도 읽을 틈이 없어, 권 선생께 보내면 좋겠다 생각되는 책이 더러 있습니다. 드릴 기회 있겠지요.

난필로 마구 썼습니다. 부디 몸조심하시기 바랍니다.

1982년 11월 23일

이오덕

생각이 계시면 이 요양원에 들어가시는 것이
어떨까 권하고 싶네요

권 선생님

여기 별봉으로 〈밀알〉지를 몇 권 보냅니다. 이것은 최근 그곳에서 우송해 온 것입니다. 거기 부원장으로 있는 전성용이랑 사람이 몇 번 편지와 함께 이것을 보내온 것을 읽었는데, 혹시 권 선생은 이미 알고 계시는지 모르겠습니다만, 매우 좋은 일을 하고 있는 모양입니다.

보시고, 혹시 생각이 계시면 이 요양원에 들어가시는 것이 어떨까, 권하고 싶네요. 만약 뜻이 계시면 편지 주십시오. 제가 한번 찾아가 보고 자세한 것을 알아보겠습니다. 그렇잖아도 전 부원장이 편지에 꼭 만나고 싶어 하니까요.

이렇게 날씨는 춥고 부엌이며 방이 그렇게 허술한데 겨울을 나기가 정말 힘들 것 같아서 더욱 그런 생각이 듭니다. 이 요양원에 들어가시면 외롭지도 않으실 테고(하기는 외로운 것이 좋겠지요) 교회 문제로 괴로운 생각을 하지 않으셔도 되실 게고, 그리고 〈밀알〉을 내는 그곳 요양원에서도 선생님의 도움을 받으실 수 있고, 여러 가지 편리한 점이 많을 것 같습니다. 곧 생각을 저한테 알려 주십시오. 오늘 새벽에 일어나 갑자기 이런 생각이 나서 편지 씁니다.

'혜임'이란 데서 동화 청탁이 갔지요? 이현주 선생도 한 편 썼다고 들었습니다. 웬만하면 써 주시기 바랍니다.

《황소 아저씨》 책에 대한 논평문은 이제 저가 쓰고 있는 것이 다 되어 갑니다. 그런데 그 합동기획에서 조판하고 있는 내 원고 '아이들에게 주는 편지' 교정본이 아직도 안 나오네요. 이래서 그 이ㅇㅇ 란 사람이 도무지 믿기지 않습니다.

철수가 아파 누워 있는 것을 보고 왔는데, 아직도 그런 상태인지 오늘은 전화라도 걸어 봐야겠어요.

방학이 되면 만나겠습니다. 추위가 벌써 한겨울입니다. 조심하시기 바랍니다.

1982년 12월 8일
이오덕

선생님도
텔레비전에 좀 관심을 보여 주셨으면 합니다

선생님, 편지 잘 받았습니다.

대구 요양원 문제는 천천히 생각해 보겠습니다. 아직은 내키지 않는 마음입니다. 이곳 사람들과 산과 들이 정들어 버려 먼 곳까지 움직이는 것은 참 어려워요. 아까까지도 찾아온 사람들 때문에 아무것도 못 했습니다. 한 분은 교회 일로, 한 분은 편지 읽어 달라고 왔다 갔습니다. 어쩔 수 없이 고달파야 하나 봅니다.

오늘은 빨래도 하고, 그저께부터 쓰던 원고도 끝마쳐야 하는데, 이렇게 시간이 자꾸 흐르고 피곤하기만 하답니다.

헤임 출판사에는 원고 써서 보냈습니다. 짧은 유년 동화 한 편이지요.

여기 동봉한 것은 제가 〈조선일보〉에 직접 보내려다가 선생님께 한번 보여 드리기로 한 것입니다. 야마모토 유조(山本有三) 씨의 《路傍の石(길 옆의 돌)》을 선생님도 보셨는지요. 좀 언짢아서 썼는데 보시고 별것이 아니라 생각하시면 원고 그냥 없애 버리시고, 쓸 만하시거든 〈조선일보〉로 보내 주시겠습니까. 텔레비전의 영향을 너무 많이 받고 있는 어린이들을 봐서 그냥 넘겨 버릴 수 없을 것 같습니다. 선생님도 텔레비전에 좀 관심을 보여 주셨으면 합니다.

오늘은 바빠서 이만 줄입니다. 안녕히!

1982년 12월 14일

권정생 올림

교도소에서 금방 나온 사람이 와 있습니다

선생님께 갑자기 편지드립니다.

이 편지가 금방 선생님 손에 들어갔으면 하지만 어려울 것 같습니다.

지금 저희 집에 안일영이란 교도소에서 금방 나온 사람이 와 있습니다. 10년 형기를 끝내고 나와 보니 어디 갈 곳이 없다고, 형무소에서 본 저의 글의 주소를 보고 찾아왔답니다. 이틀 밤밖에 자지 않았지만, 점점 처지가 불쌍해집니다. 이 겨울 어디서 지내야 될지 제힘으로는 어려워서 선생님께 편지드리는 것입니다.

전에 중학교 교편을 잡고 있었다는 말이 실감이 나도록 교도소에서 쓴 시와 수필이 너무도 좋습니다. 마흔세 살인데 쉰은 훨씬 넘은 것처럼 외양이 서글픈 모습입니다. 제가 혼자서 생각해 보니 마리스타 실기학원에 갔으면 의식주만이라도 해결 못 할까 싶어요. 시골에 방을 하나 구해서 자취라도 시켜 보려니 사람들이 좋지 않게 봅니다. 좀 웃어 보려고 제가 우스갯소리도 하고…… 그렇게 노력해도 자꾸 눈물이 나오려 합니다.

발도로메 수사님이 휴가 갔다가 13일 날 돌아온다니까 한번 얘기해서 좀 살려 달라고 부탁드리고 싶은데 어떨지 선생님께서 생각해 봐 주십시오. 우리 집은 춥고, 먹을 것도 보잘것없고, 그리고 제 건강 때문에 힘들어요. 어디 살 수 있는 길이 없을까요. 이 편지 보시고 전화를 주시든지 어서 연락 주시면 고맙겠습니다. 제 일처럼 생각해 주시기 바랍니다.

254

바빠서 편지 더 못 씁니다.

1983년 1월 10일

권정생 올림

그분 아직도 같이 있는지요

권 선생님

서울서 어제 돌아와 오늘은 성주에 출장 갔다가 이제 대구 와서 이 편지 씁니다. 내일은 학교 개학이고 이제는 안동에 갈 시간이 다음 일요일 아니면 없을 것 같습니다. 그분 아직도 같이 있는지, 마리스타에 전화 걸어 보니 김 수사님이 2월 5일 지나 온다지요? 그래 어떻게 지내시는지 무척 걱정입니다.

서울서 몇 가지 볼일 본 것 중에 이원수 선생의 전집을 헤임에서 내도록 의논이 됐습니다. 그리고 인간사에서 요청이 있고 해서 아동문학 신서를 계획하는 중에 이 인쇄물의 내용과 같은 것도 생각해 본 것입니다. 6인으로 만들 동인지는 별도로 또 계획한 것이니 잘 생각해 보시고 참고될 의견 말씀해 주십시오.

갈 시간이 없어 어떻게 할까요. 이것저것 일이 쌓여서도 틈이 안나는군요. 그래도 어려운 일 있으면 연락 주십시오.

1983년 1월 31일 저녁

대구 우체국에서

이오덕

참, 종로서적에서 찾아온 동화 원고도 학교에 두고는 못 부쳤네요. 우송하는 것 마음이 안 놓여 이다음에 갖다 드리겠습니다.

'몽실 언니'는 계속 쓰기로 마음먹었습니다 *

선생님, 이제 막 〈실천문학〉 3집에 나온 평론 두 개를 읽고 났습니다.

머리가 아프고 가슴이 답답하고, 눈알이 돌고 귀가 앵앵 울고, 어깨는 자꾸 아래쪽으로 처져 내리고 숨을 쉴 때마다 코 안이 따갑고, 가슴은 계속 울렁거리고, 어디 먼 길을 달려온 것처럼 숨은 헉헉거려야 하고…… 이것이 책상 앞에 앉으면 느끼는 저의 몸의 상태입니다. 그래서 온몸을 힘주어 모든 증세를 제거하면서 글을 읽습니다. 아침에 밥을 한 그릇 먹었는데, 왜 이렇게 힘이 없는지 자꾸 흐느적거립니다.

용서해 주세요. 이런 넋두리를 또 써 버렸습니다.

편지 금방 받았어요. 그래서 읽던 책을 덮게 된 거지요. 안일영 씨는 지난 27일, 서울 마리스타로 갔습니다. 지금 거기 가 있는지 어떻게 됐는지는 잘 모르지만 그쪽으로 보내게 되어 보낸 것입니다. 24일 날 마침 전우익 선생님이 오셔서 서울로 보내기로 된 것입니다. 전우익 선생님은 2월 5일(토)에 안동 오셔서 농민회관에서 주무시

---

* '몽실 언니'에 인민군이 나오는 장면이 문제가 되어 1982년 12월과 1983년 2월에 연재가 중단되었다. 결국 국가안전기획부에서 문제 삼은 부분을 삭제하고 연재를 계속했다.

고 간다고 했습니다. 그날 토요일에 저도 안동 가기로 했어요. 선생님도 오셨으면 좋겠는데, 그렇게 하실 수 있는지 노력해 보세요.

동인지 문제, 아동문학 신서 문제는 생각해 봐서 그때 말씀드리겠습니다.

이번 달엔 동화 한 편 쓰지 못하고 시간을 다 허비했습니다. 대신 안동대학 학지에서 원고를 청탁해서 글 하나를 썼지요. '오늘의 농촌을 우리 문학은 어떻게 수용할 것인가?' 하는 제목으로 60매를 써 놓고 나니, 그쪽에서 편집에 차질이 생겨서 싣지 않는답니다. 이 글 선생님이 보시고, 《황소 아저씨》 독후감 같은 데 끼워서 발표하든지 해 주세요. 기왕 써 놓은 거 버릴 수는 없으니까요.

선생님이 바쁘게 일하시는데, 저도 노력하겠습니다.

〈새가정〉에 '몽실 언니'는 피차가 괴롭더라도 계속 쓰기로 마음먹었습니다. 선생님, 건강하시기 바랍니다.

1983년 2월 2일

권정생 올림

쌀밥 먹고 고기 먹고 나면
어머니 생각이 나서 더 괴롭습니다

선생님, 무사히 가셨습니까?

저도 바로 돌아와서 하룻밤 지났습니다. 삶이라는 건 아무리 살아도 역시 서툴기 마련인가 봅니다. 감정이라는 것 때문인지도 모르지요.

'오늘의 농촌을……' 원고를 보냅니다. 앞으로 우리 농민들의 삶에 대한 더 깊은 관찰을 해야 하겠습니다. 인간은 다른 동물이 할 수 없는 언어 예술을 이렇게 잘 만들고 있습니다.《일하는 아이들》에서 보았듯이 농민의 생활은 그대로 하나의 시가 될 수 있다고 봅니다. 보내는 원고는 어설픈 초고 그대로입니다. 저 자신이 이 글을 쓰면서 한국인에 대한 슬픔을 뼈저리게 느꼈습니다. 언제 통일이 될까요? 그리고 자유가 올까요?

하고 싶은 이야기 마음껏 하면서, 살고 싶습니다. 그렇게 되도록 노력해 주십시오. 먹는 것보다 입는 것보다 가장 소중한 자유를 주십시오.

선생님, 쌀밥 먹고 고기 먹고 나면 불쌍했던 어머니 생각이 나서 더 괴롭습니다.

1983년 2월 7일

권정생 올림

선생님이 주장하시려고 하는 생각은
저와 다름이 없습니다

권 선생님

보내 주신 논문 잘 읽었습니다. 참 좋은 내용이고 재미있습니다. 이걸 더 보태고 싶다고 하셨습니까? 힘이 드실 텐데 그만두시지요. 더 쓰시면 좋기는 하겠지만 이것만이라도 충분히 발표하실 가치가 있는 글입니다.

그 글에서 한 가지 생각나는 것이 있는데, 문화란 말을 쓰셨지요? 본래 우리의 농촌에는 문화가 없었는데, 도시로부터 문화가 들어오고부터 순수한 우리의 것이 못쓰게 짓밟혀 버렸다는 견해를 강조하신 것 같습니다. 그런데 글자가 들어오기 전 말로써 얘기를 전하고 하던 그것도 훌륭한 문화가 아닐까요? 오히려 더 높은 문화일지 모르지요. 그러나 선생님이 주장하시려고 하는 생각은 저와 다름이 없습니다. 그러니 문화란 말을 좀 부정확하게, 부정확하다기보다 선생님식으로 쓰신 것쯤은 사소한 일이니 그대로 두어도 괜찮다고 생각이 됩니다. 이 논문을 더 보충해서 완성하시겠다면 다시 보내 드리도록 하겠습니다. 이대로 어디 잡지에 발표했으면 싶은데 알아보겠습니다.

그저께부터 겨울이 되돌아온 듯합니다. 그 추운 방에서 얼마나 고생이 많으신가요? 가 보지도 못하고, 부디 용서하시기 바랍니다.

1983년 2월 12일

이오덕 드림

실컷 춤고, 배고프고,
외로워 보는 것도 좋을 것입니다

선생님

오늘 편지 받았습니다.

'오늘의 농촌……'의 글 속에 문화로 표현한 것은 저도 마음에 들지 않았습니다. 그래서 '글자 문화'라는 말을 쓰려다가 말았는데, 적절한 말이 쉽게 떠오르지 않았습니다. 좀 어설프지만 평소에 생각했던 것을 적어 본 것입니다. 논문이라는 말을 붙일 만큼 대단한 글은 아닐 것입니다. 되도록 농민들도 쉽게 읽고 이해할 수 있는 글을 쓰려고 했지만 쉬운 글은 더욱 어려운 것 같습니다.

선생님이 말씀하신 평론도 쓰고 싶고, 그리고 동화도 쓰고, 그런데 잘 안 됩니다. 이젠 글조차 쓰기 전에 좌절부터 생깁니다. 역사를 밝히고, 인간을 살리는 글이라면 평생을 바쳐서 써야 하리라 믿습니다. 건강이 좀 더 나으면 마음껏 한번 쓰고 싶습니다.

오늘은 벌써 밤 11시가 넘었는데 아직 자지 않고 앉아 있습니다.

학교라도 제대로 다닌 사람들, 좀 더 애써서 지금 당면하고 있는 문제를 파헤쳐 이 겨레의 삶의 빛을 제시해 주었으면 좋을 텐데, 참으로 답답합니다. 자나 깨나 어떻게 하나? 어떻게 하나? 가슴이 미어지도록 혼자 골똘히 생각하지만 제가 어떻게 무엇을 하겠습니까. 어처구니없게도 모두가 하는 것이 시들하고 우스개같이만 보입니다.

선생님, 삶이란 정말 단순하지가 않습니다. 그런데도 이래라, 저래라, 다스리는 대로 따라갈 수 있겠습니까?

겨울이 추워서 오히려 좋습니다. 따뜻한 건 싫습니다. 아주 얼음 덩어리가 되지 않는 한 실컷 춥고, 배고프고, 외로워 보는 것도 좋을 것입니다.

안녕히 계십시오.

1983년 2월 17일

권정생 올림

달순이가 오늘 내일 새끼 낳을 것 같아요

선생님은 너무 과로하시지나 않는지요.

이원수 선생님의 작품집, 나오게 되면 한 번 완독을 하겠습니다. 원고지 3만 장은 정말 놀랍습니다.

3월 18일 밤, 전우익 선생님과 다른 몇 사람이 모여서 독서회를 가졌지요. 그것 때문에 오늘까지 또 피로가 가셔지지 않았어요. 저도 할 일은 많은데, 이렇게 빈들거리면서 시간만 보냅니다.

달순이(회색 암토끼)가 오늘 내일 새끼 낳을 것 같아요. 저는 5월 쯤 날씨가 따뜻할 때 낳게 하려고 했는데, 이발소 집 상수라는 애가 저 없을 때 시집보내 줬다고 하지 않겠어요. 정말 말썽꾸러기들입니다.

안녕히 계십시오.

1983년 3월 21일 밤

권정생 올림

선생님, 보름 전에 써 놓은 편지 깜빡 잊고 있었습니다. 그래서 오늘 또 몇 자 더 적어 보냅니다.

달순이는 새끼 실패했어요. 그래서 3월 27일 다시 시집보내 놓았습니다. 그리고 점순이(까만 암토끼)도 3월 29일 시집갔어요. 이것들이 4월 말께는 모두 새끼 낳을 겝니다. 먹이도 변변찮은데 무척 성가시게 합니다. 그래도 재미가 있어요.

선생님, 저는 두어 달 전에 마이암부톨이란 결핵 치료약을 중단했어요. 어느 의학 신문에 보니까 부작용이 아주 심하다고 해서 스스로 결단을 내린 거지요. 그런데 2개월이 지난 지금, 시력이 거의 회복되어 가고 있어요. 몸의 상태도 많이 좋아졌어요. 약이라는 것은(현재의 항생제) 이렇게 오히려 건강을 해치기도 하니까 아주 조심해야겠어요.

1년 전에 선생님과 전우익 선생님 셋이서 비뇨기과 의사한테 갔을 때, 제가 부작용에 대해 물었더니, 그런 건 있을 수 없다고 분명히 말했어요. 그때 의사가 좀 더 신중히 생각해 봐 줬더라면 고생을 1년쯤 앞당겨 덜 수 있었을 텐데 말입니다. 자지도 아주 오그라들어 발기 불능이 되는 줄 알았는데, 그것도 조금씩 나아지고 있습니다.

이담에 뵙고 나서 말씀 자세히 드리겠습니다.

1983년 4월 6일

권정생 올림

집 지으시는 일 어떻게 되셨는지,
도와 드리지 못해 미안합니다

권 선생님

그간 어떻게 지내십니까?

벌써 몇 주일이 지났습니다만, 그날이 어느 일요일이든가, 제가 일직교회엘 갔다가 못 만나고 왔습니다. 그날밖에는 틈이 안 나서, 먼저 의성 춘산의 김영원 장로님 마을에 갔지요. 김 장로님도 안 계셔서 못 만나고, 곧 되돌아서 일직에 가고 오후 4시쯤 되었던가요. 교회엔 아무도 없었습니다. 마당에 나무도 눕혀 놓고 했는데, 혹시 집을 짓는 곳에 가셨을까 싶어 전 선생이 편지에 써 준 것을 대강 짐작하면서 교회 뒤쪽 냇가를 찾아가 보았지만, 집을 짓는 자리는 보여도 거기 계시지 않더군요. 다시 교회에 돌아와 한참 앉아 있다가, 그만 대구에서 누구하고 만날 약속을 한 시간이 되어 나오고 말았습니다. 두 곳이나 가서 헛걸음을 한 그날은 몹시 운수가 나쁜 날이었습니다. 그날 걸음을 30리는 걸었는데, 좀처럼 안 걷다가 그렇게 걸어도 별로 고단한 줄 몰랐습니다.

철수는 의성으로 올 준비를 다해 놓고 기다리는데, 김 장로님의 기별이 없답니다. 혹시 김 장로님이 잊어버리시지는 않았는가 싶어, 이제야 제가 지난번 그곳 다녀온 얘기를 겸해 철수가 기다리고 있다는 얘기를 편지로 써 보려고 합니다.

인간사에 맡긴 우리들의 합동 작품집은 재교가 나왔습니다. 이달 말까지는 나오도록 하겠다고 말하는데, 다음 달 초순이라야 나오겠지요. 인간사에서 지금 나온 것이 《서울로 간 허수아비》(윤기현 동화집), 박상규 장편 동화, 이준연 동화집 세 권이고 곧 이어 나올 것이 장문식 동화집, 이주홍 작 '홍길동', 이영호 동화집, 17인 합동 동화집, 손춘익 동화집 들입니다.

그리고 오승강 씨와 공재동 씨의 동시집도 내어 주고 싶다는 말을 해 왔습니다. 내 생각에는 선생님의 동화집을 꼭 내도록 했으면 싶은데, 만일 내게 된다면 철수가 그림을 그리고 표지도 그리고 하도록 했으면 좋겠어요. 또 제가 〈소년〉에 연재했던 '아이들에게 주는 편지'를 '울면서 하는 숙제'로 책 이름을 붙여 역시 인간사에서 내려고 하고 있습니다.

지금 벌써 일을 시작하고 있습니다. 틈이 나면 가서 의논했으면 싶은데, 도무지 시간을 못 내겠습니다. 며칠 후 이곳 교장단 여행할 기회가 있어 서울에 가게 됩니다. 그때 출판사 볼일을 좀 볼까 합니다. 저의 수필집은 벌써 나왔습니다. 곧 우송해 드리겠습니다.

집 지으시는 일 어떻게 되셨는지, 도와 드리지 못해 참으로 미안합니다. 어려운 일 있으시면 편지해 주시고, 과로 안 하시도록 해 주셔요. 오늘 일요일은 대가면 (전) 면장님이 암으로 돌아가셔서 장례식에 문상하고 오니 하루가 다 갔습니다.

1983년 5월 22일

이오덕

선생님, 조금 아까 편지 받았습니다. 일요일 날 찾아오셨다가 그냥 돌아가셨다니 몹시 언짢았습니다. 그날 아마 교회에 아무도 없었던 것은, 아랫마을 순현이네 집에 가정 예배로 모두 가 있었기 때문일 것입니다. 다른 일요일은 어김없이 저는 교회를 지키고 있으니까요. 아랫마을 장로님 댁에라도 알아보셨으면 바로 이웃에 있었던 걸 알 수 있었을 것입니다.

요즘 집을 짓는다고 마음을 쓰지만 그렇게 서둘지는 않습니다. 천천히 여름 동안 시간 나는 대로 일을 할 것입니다. 청년들이 어제도 저희들끼리 가서 집터를 다듬고 왔더군요. 이제 벽돌 쌓고 슬레이트로 지붕을 덮었습니다. 제 성격이 뭘 한다는 걸 남에게 알리는 게 참 싫거든요. 그런데 전우익 선생님이 소문낸 것 같습니다. 이현주 목사가 다녀갔어요. 집터가 명당이어서 부럽답니다. 조금 구석 쪽이고, 언덕 위여서 시원할 것 같습니다.

산다는 것이 참 어리석은지도 몰라요. 한평생 허덕이다가 자취 없이 사라지는 그 많은 목숨들이 장마당에서 떠들 듯이 시끌짝거리다가 떠나는 거지요.

동화집*은 이번 가을쯤 한번 정리해 보겠습니다. 정말이지, 제가 쓰고 있는 동화라는 것이 어린이들에게, 사람들에게 얼마만큼 유익할는지 모르겠어요. 좀 더 사실적으로 쓰기 위해서는 소설이 더 중

• 1984년 펴낸 단편 동화집 《하느님의 눈물》

하지 않을까 생각합니다. 인간은 괴로울지라도 진실해야 하지 않겠어요. 아이들에게 사실을 그대로 보여 줄 수 없다는 제한된 동화 문학은 어느 정도 기만행위에 가까울 것입니다. 동화를 통해 어린이들이 어른에 대한 불신의 씨를 품을 수 있다는 교육적 윤리성을 한번 생각해 봐야 할 것입니다.

생활 동화라는 것이 나오고 많은 작가들이 쓰고 있지만, 실제 어린이들의 생활과는 거리가 먼 이야기들입니다. 이런 이야기는 새삼스러운 것이 아니지만, 저 자신이 창작에 대한 회의가 일어나고 있는 지금 심정으로는 일체의 동화 문학에 대한 과감한 개혁을 해야 하지 않을까 싶습니다.

철수는 20일 날 춘산에 왔다는군요. 방학 때는 지난해처럼, 안동에서 함께 모일 수 있으리라 기다립니다.

건강하시기 빕니다.

1983년 5월 28일

권정생 올림

인간이 인간답게 살 수 있는 모습은
어떠해야만 하는 것입니까?

선생님

용도라는 애가 저희 큰어머니와 한바탕 길에서 싸움을 하고 있습니다.

"아이구, 내 팔자야. 나는 어쩌다가 집도 없노! 죽두룩 일해도 씨팔, 맨날 천날 머락카기만 하고…… 난 이자 안 있는다! 천장 만장 갈끼다……."

벌써 나이 스물이나 되어 버린 용도는 태어나면서 이 세상에 적응할 수 없는 정박아였습니다. 저희 집은 경기도 대천이라는 데 있는데, 부모님이 구박을 해서 저 혼자 고향에 돌아온 것입니다.

고향에 돌아와도 누구 하나 반겨 주는 사람도 없어 근처 마을로 떠돌아다니며 남의집살이를 해 왔습니다. 1년 동안 일해도 나올 땐 신발 한 켤레 제대로 얻어 신지 못하고 언제나 빈 몸이었습니다. 한번은 겨울인데 양말만 신은 맨발로 터덜터덜 왔기에, 왜 신을 신지 않았느냐니까 주인집에서 신던 걸 나온다니까 빼앗아 버리더라는 것입니다. 워낙 사리를 잘 판단할 수 없는 애여서 그 말을 곧이곧대로 믿을 수 없지만 아무럼 신발 한 켤레 그냥 주어도 될 텐데, 사람들은 그러지 않고 용도를 몹시 부려만 먹는 것 같습니다.

요즘은 힘도 조금 쓸 수 있게, 신체가 장대해지니까 금년 봄부터 저희 큰집에서 일을 시키며 데리고 있었는데, 큰어머니와 이렇게 싸움이 벌어진 것입니다. 거지꼴이나 다름없는 용도는 역시 지금도 맨발입니다. 울며불며 악을 쓰니까 눈물, 콧물, 땀물이 얼룩이 져서 꼴이 말이 아닙니다.

선생님, 선생님의 수필집을 받아 '북술이'를 읽고 나서인지, 용도의 이 악쓰는 반항이 가슴을 아프게 합니다. 인간이 인간답게 살 수 있는 조건은 타인과 사회와 국가적 관계도 중한 줄 압니다. 그러나 선천적으로 결함을 지닌 장애자(선생님은 장해자라 하셨지요?)는 어떤 법적인 제도나 이웃의 사랑도 소용이 없는 것입니다. 천지 창조 때부터 모든 목숨은 경쟁 사회에서 살아왔고, 그 경쟁 속에서 항상 이길 수 있었던 것은 참(진실)이 아니라 힘이었던 것입니다. 최고의 고등동물로 자처하는 인간도 역시 힘에 의한 도전은 막을 수가 없었습니다.

인간이 지금까지 살아남은 것도 인간이 진정 인간다운 지성이나 고귀한 영성을 지닌 고등동물이어서가 아니라, 두뇌와 함께 신체적 조직이 다른 목숨보다 힘이 되었기 때문입니다.

선생님, 인간이 참으로 인간답게(한두 사람의 위대한 인간이 아닌) 살 수 있는 모습은 어떠해야만 하는 것입니까? 북술이 같은 사람, 용도 같은 사람, 아니 인간들 속에는 그 이하의 하등 인간도 이 세상엔 너무나 많이 있는 것입니다.

저희 어머니께서 말씀하시던 것이 생각납니다. 아버지와 7년 만의 해후를 하게 된 것이, 동경의 변두리 빈민가의 셋방이었습니다. 1936년 가을에 일본에 가서서 1937년 음력 8월 6일 저를 낳기까지 1년 동안 왜간장(일본 간장) 냄새 때문에 음식을 먹을 수 없었다고 했습니다. 그래서 저는 태어날 때부터 몸이 약했고, 수많은 잔병을 계속 앓아 왔다는 것입니다.

저는 아까 선천적으로 결함을 지닌 장애자라는 말씀을 드렸는데, 실제 선천적이라는 그 말은 어느 시기에서부터 계산해야 하는 것인지 모르겠습니다. 출생 이전, 어머니의 배 속에서 받는 사회적 여건, 역사적 상황은 아예 배제해 버려도 되는지, 우리는 좀 더 깊이 성찰하여야만 할 것입니다. 모든 생명의 잉태와 구성은 모태에서 이루어지지만 그 어머니가 겪는 사회적 환경과 여건은 벌써 태아의 성장에 많은 영향을 끼치고 있는 것입니다.

선생님, 긴 이야기 말씀 안 드리겠어요. 결국 북술이 같은 인간도, 용도 같은 인간도, 그 시대, 그 사회가 만든 한 개의 공동 작품이지, 한 어머니가 낳아 놓은 생명이 아닌 것입니다. 착한 역사와 착한 사회에서는 착한 인간이 태어나지만 악한 역사, 악한 사회에서는 악한 인간이 태어날 수밖에 없어요.

저 자신이 착하게 살려고 한 것이, 오히려 저 자신의 이기적인 욕심이었을 겝니다. '삶'은 방법이 중요한지 순수한 본능이 더 중요한지 모르겠습니다.

선생님, 이곳 산골엔 아직도 진실되게 살려는 청년들이 많아요. 비록 가난하고 어렵지만 꿋꿋하게 살고 있는 모습을 보면 참으로 대견합니다. 노동의 성스러움을 두 번, 세 번 확인하게 됩니다. 좌절할래야 할 수 없는 것이 인간의 가장 약한 본능인지도 모릅니다. 시몬 베유도 그랬어요. 노동자가 그토록 아름답다고, 프랑스의 반골 시인 랭보가 스스로 노동자가 될 수 있었던 용기도 단순한 반항적 기질의 소산은 아닐 것입니다.

오늘 너무 많이 썼습니다. 안녕히 계세요.

1983년 5월 30일

권정생 올림

한 편의 동화, 그것이 타인에 의해서
파괴당하고 있다는 현실이 무어라 말할 수 없군요

선생님, 모처럼 밤 시간에 필을 들었습니다.

제가 결핵 환자라는 감상적 결함을 떨쳐 버리지 못하는 것이 행인지 불행인지 모르겠습니다. 조금 아까 아랫마을에 다녀오면서 달무리를 두른 봄밤을 의식하면서 누워도 괜히 안정이 되지 않습니다.

수용과 타협은 다른 성질의 것일 겝니다. 요즘 자꾸 세속과의 타협을 쉽게 하고 있다는 것을 잘 알고 있습니다. 좀 비겁해졌다고 해도 되겠지요.

그저께 보내신 편지 읽었습니다. 뭔가 자신이 없어지고 쑥스러워집니다. 동화집 문제는 좀 더 여유를 두고 생각해 보겠습니다. 편지받고 얼른 머리에 떠오르는 작품만 약 30여 편이 되었어요. 그러나 그중엔 책으로 묶을 수 없는 불량품이 있어요. 불량이 아니라 불온작품 말입니다. 이런 것 빼 버린 다음, 나머지 작품만으로는 책을 낼 아무런 의미가 없어지고 맙니다.

'삼거리 마을 이야기'도 참 많은 문제를 극복하느라 작품이 제대로 씌어지지 않았답니다. 선생님, 자꾸 비참해지고 외로워집니다.

한 편의 동화-적어도 저는 동화만은 온 힘을 기울여 쓰고 있답니다-그것이 타의에 의해서 파괴당하고 있다는 현실이 무어라 말할 수 없군요.

적어도 저의 동화에선, 어떤 조건에서도, 인간은 구원받아야 한다는 주장을 내세우고 싶은 것입니다. 기왕에 제가 온전한 인생을 살지 못할 바엔 명예에 손상받는 것 개의치 않겠습니다. 〈새가정〉에 연재 중인 '몽실 언니'도 구상했던 것을 어느 정도 수정해야겠어요. 그래도 써야겠다는 의욕은 잃지 않겠습니다.

참으로 도덕이니, 윤리니, 계율이니, 아무짝에도 소용없어요. 사람은 사람다워지기 위해서 모든 것을 깨뜨려야 합니다. 선생님, 지난번 편지에 인간사에서 곧 책을 보낼 것이라 말씀하셨는데, 20여 일이 지나도록 소식이 없어 궁금합니다. 책을 읽고 독후감을 쓰자면 1개월 정도의 시간이 필요할 텐데, 출판사에 한 번 다시 재촉해 주셨으면 고맙겠습니다. 무척 바쁘실 텐데, 제가 너무 선생님께 부담을 드리고 있어서 죄송합니다.

죽을 때까지 많은 빚을 지고 살 것 같습니다. 만나 뵐 때까지 건강하시기 빕니다.

1983년 6월 28일
권정생 올림

아동문학인들이 어째서
현실에 대한 아픔을 잊고 있는지 이해되지 않습니다

이오덕 선생님

자꾸 게을러집니다. 어제저녁에도 편지 쓰려고 앉았다가 그냥 견디지 못해 눕고 말았습니다.

지난번, 안동 버스 정류소에서 헤어져 곧장 천일 정기화물 취급소에 가서 창비에서 보낸 책을 찾아왔습니다. 다행히 보관료도 물지 않고 기본료 백 원만 주었습니다. 책은 모두 53권이었습니다. 전우익 선생님께서 정류소까지 도와주셔서 쉽게 가지고 왔습니다.

그날,《까마귀 아저씨》합평회에 저는 독후감 스무 장을 준비해 갔는데, 도로 가지고 왔습니다. 거기서 하고 싶은 얘기 대충 했고, 막상 다른 분들의 얘기를 들어 보니 다시 한번 차근차근 언급하고 싶은 걸 솔직히 쓰고 싶어서 가져왔습니다.

아동문학론은 정말 심각하다고 느꼈습니다. 합평회도 그렇고 좌담회도 그렇고 틀에 박힌 얘기만 해서 정말 시간이 아까웠습니다. 아동문학인 모두가 좀 더 깊은 연구와 피나는 노력을 해야겠다 하는 반성이 생겼습니다. 저 자신도 열심히 공부하려고 합니다.

병을 앓고 있으면서 마취약 때문에 고통을 잊고 있는 것은 가장 큰 불행입니다. 아동문학인들이 어째서 그토록 현실에 대한 아픔을 잊고 있는지 이해되지 않습니다. 만나는 사람마다 저를 보고 "왜 세상을 부정적으로만 보느냐"는 것입니다. 제가 정말 부정적으로만 봤다면 이렇게 살고 있지 못할 것입니다.

빌려 온 일본 아동문학은 좀 더 읽고 보내 드리겠습니다.

좀 더 쓰고 싶었는데, 쓰지 못했습니다.

안녕히 계십시오.

1983년 9월 2일

권정생 올림

이원수 문학 전집 일,
글쓰기회 일 골몰하고 있습니다

권 선생님

편지를 쓴다는 것이 이렇게 늦었습니다. 오늘 편지 받고 곧 펜을 들었습니다.

안동의 모임은 저도 불만이 많았습니다. 그래도 그 정도로 얘기를 나눈 일이 처음입니다. 잘못된 것은 제가 대부분 책임을 져야 하겠습니다. 그때 쓰신 것 왜 주시지 않았습니까? 저도 잊었지요. 곧 보내 주세요. 우리 좌담한 것은 정리해서 요점만 낸다고 하니 선생님 쓰신 것 필요합니다. 만약 중복되면 좌담의 것을 줄이지요. 또, 다시 쓰시고 싶다고 했는데 그러면 더 좋겠습니다만 힘이 들지요.

인간사 편집장은 선생님의 시를 무크지의 권두에 싣고 싶어 했습니다. 그래서 제가 가서 편지로 부탁하겠다고 말했지요. 한번 생각해 주셨으면 합니다.

이원수 문학 전집의 일, 글쓰기회의 일 골몰하고 있습니다. 무크지 원고는 9월 말까지 모으기로 했어요. 이번에는 좋은 책으로 낼 생각입니다. 집 일은 어느 정도 되셨는지 가 보지 못해 정말 죄송합니다. 곧 또 연락드리기로 하고 이만 씁니다.

　1983년 9월 6일

　이오덕

　일본 아동문학은 지금 받아도 읽을 틈이 없으니 천천히 두고 보시기 바랍니다.

울도 담도 없는 집에 이사 왔습니다

　이오덕 선생님

　울도 담도 없는 집에 이사 와서 벌써 두 주간이나 됩니다. 숨기지 않아도 되는 생활은 참으로 편합니다. 왜 사람은 필요 이상의 것을 가지려고 하는지요? 가지면 가질수록 자꾸 불행해지는 것을 몰랐던 것이 이렇게 세상을 파멸에 몰아넣게 된 것이지요. 자유라는 것은 가지지 않는 것이라고 주장하고 싶습니다.

　지금 밤입니다. 전등불이 아니어서 방 안이 침침합니다. 혼자여서 그런지 조금 적막합니다. 그러나 자유는 고독을 수반하게 되는 것이지요. 누구와 함께 있다는 것은 곧 구속을 의미합니다. 십자가 위에서의 예수는 절대의 자유를 갖고 있었습니다. 아무도 그 무엇도 그와 함께 있지 않았습니다. 아버지 하느님도 거기 없었습니다.

선생님, 약자는 누구나 무엇이나 강자에게 먹히고 맙니다. 저 자신이 살아 있기 위해 수많은 약자가 죽었었지요. 가엾은 것은 내가 먹어 버린 그 약자가 아니라 바로 강자로 군림했던 나 자신입니다.

눈 감으면 왈칵 울어 버릴 것처럼 서러워집니다. 이 밤이 지나면 또 나는 모든 것을 짓밟으며 걸어가겠지요. 아침이 오는 것이 두렵습니다.

감정은 어디서 오는 걸까요? 정말 내가 나를 움직이고 멈추고 하는 걸까요? 아니면 어디서 끄나풀이 나를 얽어매어 꼭두각시로 만들어 놓은 것일까요?

조금 아까 물을 마셨는데도 벌써 또 목이 마릅니다. 지금 밤 12시 30분이 지나고 있습니다. 비가 내리고, 그리고 귀뚜리가 울고 있습니다. 제가 자꾸 혼자 있고 싶어 하는 것이 진정인지 모르겠습니다.

오늘 선생님의 편지 받았습니다. 동시, 전번에 선생님께서 합동 시집을 내자고 하시면서 제게 작품을 달라고 하셨지요. 그래서 일곱 편쯤 써 두었는데, 이담에 한 다섯 편쯤 보내겠습니다. 《까마귀 아저씨》독후감도 함께 보내겠습니다.

너무 무리하지 마시기 바랍니다. 지난번 안동에서 뵈었을 때 많이 여위신 것 같았습니다.

안녕히 계십시오.

1983년 9월 10일

권정생 올림

요사이 토끼하고 개하고 괜히 먹였다고 후회가 됩니다.

전 형도 보고 싶고,
안동에 가고 싶은 생각 간절합니다

권 선생님

그저께 편지와 시 다섯 편 받았습니다. 그 집 지으신다고 얼마나
수고가 많았습니까?

촛불 앞에 앉아서 벌레 소리를 듣고 있는 권 선생님의 모습을 눈
앞에 그리면서, 한번 가 보지 못하는 것을 한탄하고 있습니다. 봉투
의 주소를 보니 거기가 송리1동이 아니고 조탑동이네요. 나도 권 선
생님같이 그렇게 살고 싶은 것이 늘 소원입니다.

동시 다섯 편은 눈물이 날 만큼 감동적입니다. 그중에서 '민들레
이야기'는 선생님께 의논도 안 해 보고 오늘 아침에 베껴서 최완택
목사 앞으로 부쳤습니다. 민들레 주보에 먼저 싣는 게 좋겠다 싶어
서요. 용서하시기 바랍니다.

저는 여전히 구질구질한 일들에 매여 있습니다. 큰일은 못 하고
잔일들에만 시간을 빼앗기는 것이 한스럽습니다. 어제는 이원수 동
시 전집의 해설을 쓰고, 또 주간 〈교육신보〉에 연재하는 글짓기 교
육 원고 쓰고 했습니다. 한국글쓰기교육회를 결성* 했는데, 회보가
며칠 뒤엔 나올 듯합니다.

아동문학 무크지 원고는, 이제 마지막 분을 모아 서울로 부칠까
합니다. 아동 시 교육에 관한 원고(번역한 것)가 16년 전에 써 둔 것

* 이오덕은 8월 20일에 초등학교 교사 46명과 한국글쓰기교육연구회를 만들고 대표를 맡았다.

이 있었는데, 그걸 누가 달라고 해서 주었더니 교정본이 나왔군요. 학교의 일도 이것저것 중첩되어 바쁩니다.

전 형도 보고 싶고, 안동에 가고 싶은 생각 간절합니다. 부디 이 가을에는 덜 아프시기를 빕니다.

1983년 9월 29일

이오덕

동화집 내실 준비하셨다니 무엇보다도 반갑습니다

권 선생님

동화집 내실 준비를 하셨다니 무엇보다도 반갑습니다. 그걸 저한 테 부쳐 주실랍니까? 서울 갈 기회가 있으면 가져가겠습니다.

동화집의 표지와 삽화는 철수한테 부탁하는 것이 좋겠다 생각되는데 선생님 생각은 어떤지 모르겠습니다. 철수한테 부탁하더라도 일단 출판사에 가서 의논한 다음에 해야 되겠습니다. 저로서는 특히, 표지의 경우 출판사에서 하는 대로 버려두고 싶지 않습니다. 새벗문고에서 냈던 《꽃님과 아기 양들》에 대한 애기는 선생님의 의견에 전적으로 동감입니다. 판권을 넘기지 않으시는 것이 좋겠고, 책이름과 주인공의 이름도 선생님 생각대로 고치는 것이 옳다고 생각합니다. 그런 조건을 들어주는 출판사가 아니면 승낙하지 마십시오. 그리고 새벗문고에 가서 애기를 해서, 다른 데서 다시 내도록 해야 되겠다는 생각이 듭니다.

《울면서 하는 숙제》가 이제야 나왔는데, 인쇄가 좋지 않군요. 선생님의 동화집은 이러지 않도록 단단히 부탁해 놓겠습니다.

오늘, 일요일이라 대구서 아침에 이 편지를 씁니다. 지금 9시부터 앞산 밑에서 백일장 행사를 걱정해야 하는데, 아마도 거기서 종일을 보내게 될 것 같습니다. 이 일만 없으면 선생님한테 가서 새로 드신 집도 구경하고, 동화 원고도 가져오고 하고 싶은데, 할 수 없습니다. 다음 16일 일요일도 급한 일이 생길 듯합니다. 요즘은 학교에 행사가 연달아 있고, 출장도 있고 해서 도무지 틈을 낼 수 없네요. 서울에는 10월 하순쯤 공무로 출장 갈 일이 있어, 그때 다른 볼일도 보고 오면 되겠습니다만, 그 전에 한번 틈을 내려니 어렵습니다.

《울면서 하는 숙제》 한 권 우송하겠습니다. 아무래도 저녁때라야 우체국에 갈 수 있겠습니다.

1983년 10월 9일

이오덕

외딴집에 있으니까
마음대로 아플 수 있어서 참 편합니다

선생님, 이다음 동화집은 좀 더 의욕적인 걸 내도록 좋은 작품 쓰겠습니다.

그리고 〈새가정〉에 연재 중인 '몽실 언니'가 23회로 끝나게 되었습니다. 이것도 단행본으로 내면 좋겠다 싶습니다. 연재 중에 조금 말썽이 있어서 제 의도했던 것 다 쓰지 못했습니다. 진실을 쓰지 못하면 결국 저도 사기꾼이 되는 게 아니겠습니까.

'겨울 망아지들(꽃님과 아기 양들)'하고 책이 한꺼번에 나오게 되면 돈이 좀 생길 거라 계산을 했습니다. 저희 집 짓는 데 수고한 아이들 무언가 보답을 해야겠다고 생각하고 있습니다. 서울 가시거든 수고해 주시기 바랍니다. 안녕히 계십시오.

성서 교재 간행사에서 보낸 판권 계약서를 따로 선생님께 보냅니다.

1983년 10월 18일

권정생 올림

선생님, 편지하고 책하고 잘 받았습니다.

몸을 좀 무리했더니 며칠 동안 누워 있었습니다. 외딴집에 있으니까 많이 아파도 마음대로 아플 수 있어서 참 편합니다.

원고를 보냅니다. 10매에서 30매 사이의 모두 짧은 동화입니다. 모두 청탁받고 쓴 것이기 때문에 좋은 작품은 없다는 걸 제가 인정합니다. 좀 양심에 거리끼지만 일단 동화책으로 묶어 보기로 했습니다. 주로 유년 동화들이 많은데 제가 먼저 차례를 꾸며 보았습니다. 될 수 있으면 이대로 해 주세요.

잊을 뻔했습니다. 철수가 허리 병이 재발되어 거동이 불가능하다고 합니다. 이달 그믐께 봉화 한의원에게 가 본다고 했습니다. 어제 장환이 엄마가 의성 장 보러 왔다가 일직까지 왔다 갔습니다. 사정 이야기를 들어 보니 시골 생활이 어려운 것 같습니다. 저의 동화책 삽화 이야기를 하려다가 안 했습니다. 어려울 것 같으니까, 삽화는 출판사에 맡겨 두시기 바랍니다. 철수가 삽화 때문에 다른 좋은 그림을 못 그리게 되어도 안 되지 않겠습니까.

1983년 10월 18일 오후

정생 올림

책 제목은 '겨울 망아지들'로 하기로 했습니다

권 선생님

선생님 동화집 원고와 새벗사의 출판 계약서를 가지고 서울 갔다 왔습니다. 공무로 사흘 동안 출장 갈 일이 있어서 다른 볼일도 볼 수 있었습니다.

새벗문고에서 낸 《꽃님과 아기 양들》은, 그 문고의 저자들과 모두 매절 계약(원고를 아주 팔아 버리는 계약)을 하기로 해서 다른 사람들 것은 다 마치고 권 선생님 것만 남았다는 신지견 씨(새벗 편집장) 말이었습니다. 나도 권 선생님이 그 계약서를 주시면서 별다른 말이 없으시기에 전에는 편지에 인세 계약을 하고 싶어 했고 나도 그렇게 하기를 바랐지만, 새벗사가 모두 그렇게 처리하는 터라 권 선생님이 돈도 아깝고 해서 그만 그대로 처리하도록 해 달라는 뜻인 줄 알고 신지견 씨한테 계약서에 도장을 찍어 주고 말았습니다. 그렇게 하고 나니, 권 선생님 의견을 다시 들어 확인을 하고 난 뒤에 할 것을 잘못했구나, 하는 생각도 들었습니다.

책을 낼 때 제목은 '겨울 망아지들'로 하기로 했으나 주인공의 이름을 바꾸는 것은 힘듭니다. 그것은 이 문고를 명년까지, 옛날에 조판한 걸 그대로 써서 새벗 잡지의 보너스북으로 만들기 때문이랍니다. 다만 이렇게 한 차례 보너스북으로 낸 다음 다시 새로 조판해서 문고로 낼 때는 주인공의 이름을 바꿀 수 있다고 했습니다.

그리고 매절 고료 50만 원 중 20만 원은 현금(은행 수표)이고, 30만 원은 내년 1월 20일이라야 받을 수 있는 어음이니 양해해 달라고 해서 할 수 없이 그렇게 받았습니다. 어음은 안동 지사에서 그때가 되면 직접 갖다 주도록 한답니다. 수표와 어음을 모두 철수한테 전해 달라고 주었습니다.

유년 동화집 원고는 인간사에 주었더니 반가워했습니다. 이것이 유년 동화라서 그림을 크게 그려, 두 권쯤으로 내고 싶다고 하더군요. 계약서와 인세는 좀 기다려야 될 것 같습니다.

그리고 '몽실 언니'는 창비에 전화로 연락했는데, 창비는 올해 출판 계획이 다 짜여 있어서 내년으로 넘겨야 할 것 같습니다. 월요일 편집회의를 연답니다. 만약 창비에서 곧 못 낸다면 이것도 인간사에서 내고 싶어 합니다. 이것은 '인간신서'로 내겠다고 하더군요. 월요일, 그러니 내일 내가 서울로 전화 걸어서 창비로 하든지 인간사로 하든지 결정하겠습니다.

이런 사정은 철수도 함께 앉아서 의논하고 했으니 잘 전해 드릴 것입니다. 무엇보다도 돈이 아쉬울 것 같은데, 제가 일을 잘 처리하지 못해 미안하기 짝이 없습니다. 머지않아 다시 연락드리기로 하고 우선 이만 적습니다.

권 선생님 건강을 염려하면서.

1983년 10월 30일

이오덕

창비 아동문고도 국내 창작물이 약하거든요

권 선생님

그저께 부친 편지, 받으셨을 줄 압니다.

어제 창비에 전화를 걸었더니, 이시영 씨가 받는데, 역시 예상대로 창비 아동문고는 올해 낼 것 다 계획되어 있답니다. 그래도 권 선생님 작품은 놓치고 싶지 않다면서 보고 싶어 했습니다. 인간사에서는 인간신서를 곧 내고 싶어 하고요.

제 생각은 인간사를 돕고 싶지만, 거기는 이미 한 권의 원고가 가 있으니 창비에 주는 것도 좋을 것 같아요. 창비 아동문고도 국내 창작물이 약하거든요. 창비도 도와야 하지요. 그래 결정을 못 내리고, 이 일은 권 선생 자신이 어느 쪽에 주시든지 결정해 주셔야겠다고 생각합니다. 결정하셔서 원고는 새가정사에 가서 연재한 것을 좀 복사해서 달라고 부탁하시면 됩니다. 권 선생님이 직접 편지하시든지, 저한테 간단히 편지 주시면 제가 연락하겠습니다. 이럴 줄 알았으면 한 군데만 얘기할 것인데, 귀찮게 됐습니다. 동광출판사 같은 데도 주고 싶긴 합니다.

전우익 형이 찾아온다고 해서 기다려집니다만 요즘은 이곳저곳 출장 갈 일이 생겨 13일쯤 와 달라고 했습니다. 권 선생 건강을 염려하면서, 바빠 용건만 적었습니다.

1983년 11월 1일 아침

이오덕

이틀 동안 60장을 썼습니다,
지금까지 최고 기록을 세웠습니다

선생님, 편지 받았습니다.

선생님께 너무 많이 일거리를 드려서 죄송하다고 생각했습니다. 되도록 서신으로라도 제가 직접 일을 처리했어야 하는데, 저는 사무적인 일이 너무 서툽니다.

새벗문고의 계약서는 그냥 선생님이 한번 보시라고 보낸 건데 아차, 잘못했구나! 생각했지만 어쩔 수 없지요. 제가 잘못했으니까요.

어제 그저께 이틀 동안 원고 60장을 썼습니다. 지금까지 최고 기록을 세웠습니다. 제대로 쓰였는지 모르지만 그래도 기분이 좋습니다. 앞으로는 자필 시집을 하나 묶어 보려고 합니다. 올겨울 동안 해 보겠다고 계획하는데 될지는 모르겠습니다.

뭔가 가슴속에 자꾸 차오르는 것 요즘은 꾹꾹 눌러 두고 있습니다. 외딴집이어서 자동차 다니는 소리도 없고, 마음을 집중시킬 수 있어서 좋습니다.

서리가 내리더니 들국화가 모두 시들어 버렸습니다. 아무리 살아도 만날 똑같은 것뿐입니다. 안녕히 계셔요.

　1983년 11월 3일

　권정생 올림

이불 홑청감을 여섯 마에 3천 원 주고 샀어요

　선생님

　오늘 편지 또 받았습니다. 어제 안동에 가서 다섯 개의 편지를 부쳤지요. 소년과 기독교 사상, 그리고 인간사에 전에 써 뒀던 《까마귀 아저씨》 독후감을 보냈습니다.

　'몽실 언니'는 철수가 창비에서 내고 싶어 하더군요. 철수가 그동안 정성껏 판화를 만드느라 너무 애쓴 것 같습니다. 저는 어느 쪽에 하든지 상관없습니다.

　책을 자꾸 낸다는 것이 좋긴 하지만 여간 망설여지지 않습니다. 그래서 '삼거리 이야기'랑 '종지기 아저씨'랑 다른 몇 개의 작품을 일부러 미뤄 뒀습니다. 그러니 '몽실 언니'는 창비에 드리고, 내년에 단편집 또 하나 어디서 내기로 하는 것이 좋지 않겠습니까?

　시를 여태까지 써 모은 것 추려 보니 한 60편쯤 되는군요. 이건 책으로 내지 않더라도 한번 정리해 보려고 합니다. 이번 겨울, 그리고 앞으로 얼마 동안이나마 계획하는 작품 꼭 쓸 수 있었으면 싶습니다.

　거듭 말씀드리지만, 이사 온 집이 참 좋습니다. 따뜻하고, 조용하고, 그리고 마음대로 외로울 수 있고, 아플 수 있고, 생각에 젖을 수 있어요.

어제는 안동에 꼭 한 달 반 만에 갔었지요. 이불 꿰매는 바늘 한 개 사고, 팬티 고무 사고, 반창고 하나, 탈지면 한 봉지, 환부 소독약, 그리고 이건 제가 뜻하지도 안 했던 건데, 이불 홑청감을 여섯 마에 3천 원 주고 샀어요.

서점에서는 한승헌의 수필집 《울밑에선 봉선화》를 하나 사고 열화당 미술 문고도 세 권 샀습니다. 난쟁이 화가 로트레크의 그림이 요즘 와서 맘에 자꾸 와 닿습니다. 환락가의 여인들을 주로 많이 그렸는데 아름답게 그린 것이 아니라, 처절하게 그렸다고 여겨집니다. 인간이 익살을 터뜨릴 때, 가장 슬퍼하고 있는 것은 언제나 어디서나 공통적인 표현 방법인 것 같습니다.

선생님, 요즘 항생제를 모두 끊었더니 시력이 많이 좋아지고 머리도 많이 맑아졌습니다.

지금 촛불 켜 놓고 이 편지 쓰고 있습니다.

선생님께 너무 일을 맡겨 드려 죄스럽지만 어쩔 수 없습니다. 안녕히 계십시오.

1983년 11월 4일

권정생 올림

권 선생님

며칠 출장 갔다가 오늘 돌아와 두 통의 편지 잘 받았습니다.

새벗사에다 계약서 준 것, 지금 와서 생각하니 더욱 후회가 됩니다. 정말 미안합니다. 권 선생님 뜻을 잘못 짐작했어요. 이제는 어쩔 수 없으니 부디 용서해 주시기 바랍니다.

'몽실 언니'는 창비에 주기로 하지요. 또 다른 작품들이 한 권 분량 된다니, 그건 어디에 줄지 신중히 생각해 봅시다. 그리고 시가 60편 이나 되신다니, 정말 반갑습니다. 그렇잖아도 지금까지 쓰신 것 20편이나 30편쯤 되어도 조그만 시집 한 권 내시도록 권해 보고 싶었던 참이었어요. 자필로 쓰시고 싶으시다니, 힘이 좀 들겠지만 그렇게 하면 정말 귀한 시집이 되겠습니다. 무리를 하지 마시고 천천히 하시기 바랍니다.

요즘 저는 바빠서 애를 먹고 있습니다. 시시한 일은 안 맡아야 되는 건데 정에 끌리어 그렇게 되기도 하지만, 제 자신이 못난 인간이 돼서 그렇다고 깨달아집니다.

봉화의 전 형이 12일쯤 대구로 올라 했는데, 권 선생님 못 오시는 게 정말 안됐습니다. 내가 그쪽으로 가야 하는데, 겨울방학이 아니면 꼼짝 못 하겠으니 그저 마음뿐입니다. 어제 대구서 의성 단촌(?) 있다는 젊은이 한 사람을 만났는데, 권 선생님 계시는 곳에 가 보았다고 하더군요. 약을 끊는 대신에 영양이 풍부한 음식을 좀 잡수셔야 하지 않겠나 걱정이 됩니다.

그럼 부디 몸조심하시기 바랍니다. 창비에는 곧 연락해 두겠습니다. 새가정에 가서 연재된 것을 복사해서 쓰라고요.

1983년 11월 8일

이오덕

어제는 늦게까지 태왕이가 와서 이야기했습니다

이오덕 선생님

11월 8일에 쓰신 편지 받았습니다.

그런데 '몽실 언니'는 저는 다 썼지만 잡지에는 내년 3월에야 연재가 끝나게 됩니다. 연재도 끝나기 전에 단행본이 먼저 나와서는 안 되지 않겠습니까?

저는 이렇게 일이 쉽게 될 줄 모르고 선생님께 말씀드렸는데, 좀 난처하게 되었습니다. 원고는 마지막 회까지 철수한테 보내어 그림을 그리도록 했지요. 그러니까 창비에서 너무 서두르지 않으시면 합니다. 아니면, 지금 일을 시작해서 3월쯤 책이 나오도록 때를 맞추어도 되겠지요. 그렇게 했으면 합니다. 그리고 '몽실 언니'도 약간 말썽이 있어서 단행본으로 나왔을 때 괜찮을지 모르겠어요.

참, 우리는 이렇게 근본적인 것은 덮어 두고 언제까지 나뭇가지 같은 것만 문제 삼아야 하는지 안타깝습니다. 정직하게 산다고 하면서 조금도 속이지 않으면 살 수 없는 지금, 우리는 대체 무엇입니까.

어제는 늦게까지 태왕이가 와서 이야기했습니다. 열여덟 살의 태왕이는 날 때부터 소변을 조종 못 해 여태까지 기저귀를 차고 있습니다. 요즘 와서 자꾸 죽는다고 해서 어제는 제 소변 고무주머니를 보여 주었습니다. 태왕이도 이런 방법으로 어떻게 할 수 없을까 물었더니, 그 고무주머니를 배 속에다 넣을 수는 없느냐고 묻더군요. 그건 안 될 거라 했지요.

엄마 아버지가 괜히 자신을 낳았다고 푸념을 하기에 아주 기다랗게 설명을 했습니다. 엄마와 아버지가 태왕이를 낳은 게 아니고, 태왕이 자신이 태어났다고 했지요. 아버지의 정자 수억 마리 가운데, 태왕이의 정자가 다른 모든 정자를 물리치고 엄마의 난자에 붙어서 태왕이가 태어났다고 했습니다. 그림까지 그려서 자세히 얘기해 주었더니 한숨을 쉬면서 "사는 데까지 사는 거지 뭐" 하면서 돌아갔습니다.

자신은 아무리 청결하게 해도 항시 지린내가 나서 친구들도 싫어한다고 합니다. 하루 종일 자전거를 타고 다니며 견디고 있습니다.

안녕히 계십시오.

1983년 11월 15일

권정생 올림

이오덕 선생님

어제 오늘, 웅진에서 보내온 이원수 전집 열 권을 누워서 읽었습니다. 그런데 2권《숲 속 나라》에 맨 처음 수록된 '어여쁜 금방울'이 일본의 오가와 미메이의 '金の輪(금색 굴렁쇠)'를 그대로 옮겨 놓은 것이어서 어쩐지 맥이 풀렸습니다. 거기다 선생님의 해설엔 버젓한 이원수의 초기 창작 동화로 소개돼 있고, 이 작품이 그 후에 쓴 모든 작품의 바탕이 된 것처럼 말씀해 놓으셨어요. 선생님, 이건 좀 문제가 심각하지 않을까요?

《金の輪》는 1919년 오가와 미메이의 세 번째 작품집이며 처음 간행된 것으로 그의 연보에 기록되어 있어요. 이 작품은 저도 어릴 적에 읽었기에 잘 아는 작품인데, 선생님은 왜 모르셨습니까? 이 작품이 게재된 〈어린이〉란 잡지에는 창작으로 되었는지 아니면 번역으로 되었는지 다시 한번 조사해 주셨으면 합니다. 그래서 빨리 바로잡았으면 합니다.

'은반지' 역시 미메이 작품의 감정과 닮아 있어요. 무라야마 가이와(村山槐多)의 동화에 반지 이야기가 있지만 살펴보니 많이 달랐습니다. 좀 더 조사를 할 수 있도록 자료가 있었으면 합니다. 앞으로 영원히 남아 있을 이 전집을 이대로 둬서는 안 되지 않겠습니까. 한국에서도 그렇지만, 일본인들이 보면 어찌 되겠습니까?

좀 더 일찍 알았더라면 이런 실수는 없었을 텐데, 저 혼자서 괜히 속이 상했습니다.

1984년 3월 10일
권정생 올림

어머니께서 '사는 데까지 살자' 하셨던 게
위로가 됩니다

이오덕 선생님

실수 없이, 실패 없이 산다는 것은, 더 큰 실수이고, 실패인지도 모릅니다. 이원수 선생님의 동화에 대해 그 조그만 실수가 오히려 당연하게 생각됩니다.

제가 열여덟 살 때 썼던 소설 한 편이 〈학원〉이란 잡지에 실려 있거든요. 부산 점원 시절에 쓴 것인데, 물론 독자 문예란에 뽑혀서 실린 것입니다. 그 작품을 읽어 보니, 6.25를 "악독한 공산당의 침략으로……" 이렇게 표현해 놓고 있었습니다. 지금 읽으면 우습지만, 그때는 그때대로 진지했을 테니까, 당연한 것이지요.

오가와 미메이의 동화는 한창 감상적인 소년 소녀들에게는 가슴이 뭉클하게 하는 작품이 많지요. 이원수 선생님도 많이 읽었을 것입니다.

저는 요즘 될 수 있으면 누워 있기로 했습니다. 소변에 출혈이 심해진 것 같습니다. 안정만 하고 있으면 괜찮으니까 걱정하시지 말기 바랍니다. 늘상 그런 거니 생각하시면 됩니다. 될 수 있으면 쓸 수 있는 데까지 한 줄의 글이라도 쓰기로 맘먹고 있습니다.

선생님은 학교를 그만두고 싶다 하셨는데, 저도 세상을 그만두었으면 싶어질 때가 있답니다. 무엇을 성취한다기보다, 그냥 버티는 데까지 버티는 것으로 만족해야 하겠습니다.

인간사에 책 머리글을 쓰고, 인지도 찍어 보냈습니다. 창비에서는 4월 20일경에 '몽실 언니'가 나온다고 합니다.

무엇을 해도 항시 두서가 없고, 안정이 안 됩니다. 어지러운 세상이니, 개인의 생활도 어지러울 수밖에 없지요. 혼자 있으니 자유롭다는 것 하나만으로 저는 행복한지도 모릅니다. 창문만 열면 산과 들이 한눈에 바라보이는 나의 집이 있다는 것, 너무 과분하지요.

선생님, 어머니께서 생전에 하시는 말씀이 항상 '사는 데까지 살자' 하셨던 게 많은 위로가 됩니다.

혼자 있으니까 울고 싶을 때 실컷 웁니다.

선생님도 힘을 내세요.

1984년 3월 19일

정생 올림

글쓰기 교육이
한국의 크나큰 희망이 될 것 같아 설렙니다

선생님

글쓰기와 글쓰기 교육, 두 개 팸플릿을 받아 읽었습니다. 홍익국교의 한창희 선생님의 '우리들'의 소개를 읽고 가슴이 뭉클했습니다.

한마디로 이 선생님은 영국의 엘리자베스 여왕보다 백배 천배 훌륭하고 보람 있는 인생을 살고 있다는 느낌이 들었습니다. 얼마나 행복되게 자랑스럽게 자신을 사랑하고 아끼며 이웃을 감싸고 있는지 놀랍기 그지없습니다. 우리 한국에도 이런 자랑스런 선생님이 숨어 있었군요. 이런 선생님이 있으니, 선생님도 더 많이 괴롭더라도 견뎌 주시기 바랍니다.

지금 생각하니, 이 조그만 글쓰기 교육이 앞으로 한국의 크나큰 희망이 될 것 같아 가슴이 설레기까지 합니다.

오늘은 날이 흐려서 또 몸이 몹시 고달픕니다. 이만 씁니다.

1984년 4월 4일

권정생 올림

아이들 글들이 조금은 낯설다는 느낌이 들었습니다

이오덕 선생님

어제 〈글쓰기 교육〉과 〈대서〉 7호를 받아 오늘 아침에 읽었습니다.
'우리들의 시'에서 좋은 글이 많아서 참 반가웠습니다. 그런데 읽
고 나니 왠지 이 글들이 조금은 낯설다는 느낌이 들었습니다. 너무
도 매끄럽게 잘 쓰였고, 사투리가 거의 없어진 것이었습니다.

2학년과 6학년의 글이 잘 분간이 안 갈 만큼 문장에도 조리가 있
었습니다. 이게 좋은 현상인지 저는 잘 모르겠습니다. 글쓰기의 작
품 합평에는 얼굴과 나의 꿈이 대상이 되었는데, 좋은 의견들이 나
와서 더 이상 다른 견해는 없지만, '나의 꿈'에 대해서는 교육적인
지도가 첨가되었으면 하는 아쉬움이 있습니다. 희망, 꿈, 소원 모두
가 비슷한 개념을 갖고 있는 말이지만 이런 것들에 대한 꿈에는 개
인적인 것과 공동의 꿈이 있다는 것을 가르쳐야 할 것입니다.

여기 나온 염명수 군의 꿈은 가장 절실한 것이 "많이 먹고 건강해
지는 것"은 누구나 공감이 갑니다. 통일이란 추상적인 구호를 부정
할 수 있는 용기도 높이 평가될 수 있을 것입니다. 정직하게 말하면,
5학년생의 어린이만이 아니라 우리 어른들도 통일을 입으로만 말
하지, 염두에 두고 있는 사람은 얼마 되지 않을 것입니다. 사람이면
누구나 나만을 생각했을 땐 이기적이고 개인적이기 때문입니다.

제가 여덟 살 때, 1944년의 한 해, 하루도 빠지지 않고 자나 깨나
소원했던 것은 '공습'이 없어지는 것이었습니다. 저녁마다 자신의
옷 보따리를 머리맡에 두고 자리에 드는 것입니다. 겨우 잠이 들려

고 할 즈음 사이렌 소리가 나고 어머니가 흔들어 깨우면 얼마나 귀찮은지 모릅니다. 그러나 죽음이란 더욱 절박한 상황을 깨달으면 우리는 각자의 보따리를 등에 지고 방공호로 피신을 하는 것입니다. 그런 상황에서 만약 내 소원이, 내 꿈이, 실컷 잠을 자고 싶다고 자 버리면 어떻게 되겠습니까? 분명히 나의 잠을 방해하는 요소가 무엇인지 알고, 그 장애 요인을 제거하는 일이 우선되어야 하지 않겠습니까? 열두 살 어린이라면 벌써 자신과 세계와 그리고 전 우주적인 연관까지 생각할 나이입니다.

나 자신이 지금 배가 고프기 때문에 더욱 그 배고픔에 대한 원인을 생각하는 의지가 없을 때, 우리는 교육이 필요 없을 것입니다. 염명수 군에게는 일단 자기의 꿈을 솔직하게 말한 것을 칭찬한 다음, 그가 왜 지금 배가 고픈지 그리고 배고픈 원인은 어디서 왔는지 구체적으로 캐내어 알게 한 다음, 그 원인 해결에 관심을 기울이게 해야 할 것입니다. 거기서부터 염 군은 배고픈 사람은 나 혼자만이 아니고, 더 많은 다른 고통을 갖고 있는 사람을 이해하고 이 모두의 고통과 꿈을 실현시키는 일에 힘쓰도록 되었으면 합니다. 구태여 통일이란 거창한 큰일이 아니더라도.

이만큼 쓰다가 둔 편지가 노트에 끼워져 있는 것을 오늘 발견하고 동봉해 보냅니다. 언제 썼는지 날짜도 모르겠어요. 아마 쓰다가 지쳐서 못 썼던 것 같습니다.

1984년 4월 4일

정생

권 선생님

편지 받고 곧 회답 쓴다는 게 또 늦었습니다.

5월 온다면서 여러 출판사에서 아이들 문제를 얘기해 달라는 원고 청탁이 와서 그런 것 거절한다고, 또 부득이한 것, 쓰고 싶은 것을 쓴다고 바쁜 시간을 보내다 보니 다른 일도 못 했습니다. 우선 급한 불은 껐으니 이제 좀 다른 일도 해 봐야겠습니다.

권 선생님 동화는 민들레 주보에서 늘 읽고 있습니다. 이번에는 전 형이 아주 재미있는 편지글을 썼더군요.

인간사에 아직 시집 원고 안 주셨지요? 많이 기다리다가 우선 김녹촌, 오승강, 윤동재, 공재동 제씨의 것을 1차로 이달 중에 내기로 했답니다. 이 시집 표지에 똑같이 표시한 이름으로는 동시집이라 하지 않고 '어린이와 소년을 위한 시집'이라 해 두었습니다. 원고 정리가 어느 정도 되셨는지, 그림을 철수가 그리려고 했는데, 이현주 씨 얘기 들으니 철수 부인이 많이 아파서 걱정이더군요. 그래 그림은 철수가 그릴 수 없으면 원고만 출판사에 보내시면 적당한 화가를 찾도록 하겠습니다.

또 웅진에서도 아동문고를 시작한답니다. 국내 작가의 원고 얻기가 가장 큰 문제로 되어 있는 모양입니다. 그런데 여기 동봉한 프린트 편지와 같이 윤일숙 씨 일은 꼭 도와주어야 할 것 같습니다. 원고가 모이는 대로 주실 수 있으면 다행이겠습니다. 전에 제오출판사라는 데 주었던 원고도 좀 뽑아서 같이 묶으면 되지 않을까요?

참, 새벗사에서 원고료 나머지 30만 원, 지난겨울에 보내 준다 하더니, 보내 주던가요?

지금 또 다른 일이 생겨 이만 씁니다. 부디 음식을 좀 낫게 잡수시도록 부탁합니다.

1984년 4월 20일

이오덕

아주 조그마하게 밭을 쪼아
상치하고 배추를 심었어요

선생님, 오늘 새벽에 문득 환상처럼 눈앞에 나타난 모습인데, 누군지도 모르는 사람이 휘두르는 굵은 채찍에 수많은 사람들이 쫓겨 가고 있었어요. 쫓겨 가면서 서로 밀치고 당기고, 빼앗고 빼앗기며 가는 모습이 너무도 비참했습니다. 우리의 삶이 바로 이런 모습이 아니겠어요?

벌써 1984년의 3분의 1이 지나가고 있습니다.

윤일숙 씨가 따로 독립해서 출판사를 경영하시려는 모양인데, 그런 정도의 도움이라면 기꺼이 응하겠습니다. 제오출판사에서 나왔던 동화집에서 뽑아서 보낼 수 있다면 6백 장의 원고는 모아질 것 같습니다. 내달 10일경까지 모아 가지고 선생님께로 보내겠습니다.

인간사 시집 관계는 자꾸 망설이다 보니 아직 원고 정리도 못 했습니다. 좀 천천히 정리되는 대로 철수한테 보내겠습니다. 철수 부

부는 며칠 전에 안동에서 채플린 영화 감상회 때 왔다 갔습니다. 건강은 좀 피로하다고 하는데 문제는 다른 데 있는 것 같습니다. 5월 18일에 채플린 영화 2회째 감상회가 있습니다. 그때 선생님도 시간 내어 보시면 좋겠습니다.

새벗문고의 고료 30만 원은 안동 지사에서 받아 왔습니다. 집 지은 청년들 그걸로 어느 정도 고마운 표시를 해서 조금 마음이 놓였습니다.

현미밥을 지어 먹은 지 한 두어 달 되는데, 시력이 많이 회복되고 몸 움직임도 좀 가벼워졌습니다. 앞으로 계속 현미식을 해 보겠습니다. 이젠 밥하는 데도 아주 익숙해졌습니다. 아주 조그마하게 밭을 쪼아 상치하고 배추를 심었어요. 집 둘레에 나무도 몇 포기 심고, 그래서 또 며칠 앓아누웠습니다. 이젠 도저히 노동은 못 하는 것 같습니다.

'종지기 아저씨'를 〈민들레〉에 좀 더 쓰고, '약초 캐는 어머니' 아동극 하나 구상 중입니다. 쓰게 되면 보여 드리겠습니다.

선생님 건강을 항시 빕니다.

1984년 4월 26일

권정생 올림

인세가 어마어마하게 많아 쑥스럽고 이상합니다

선생님, 하루하루 들판의 모습이 달라지고 있습니다.

그런데 저는 곰처럼 하루 종일 들어백혀 살고 있습니다. 들에서 땀 흘리며 일하는 사람들에게 자꾸 미안한 생각이 듭니다.

밭을 갈고 비닐을 씌우고 구멍을 뚫고, 고추 모종을 꽂아 놓고 물을 주고, 그리고 다시 흙을 덮어 주는 과정을 보기만 해도 힘이 듭니다. 지난겨울부터 고추씨 싹을 틔우고 비닐하우스 온상에다 모종을 키우고, 그리고 앞으로 고추 포기에 말뚝을 박아 하나하나 비끄러맵니다. 고추를 따서 말려서 우리가 먹을 수 있을 때까지는 더 많은 일손이 바쁘게 움직여야 되는 것입니다. 이렇게 힘들여 가꾼 고추는 우리 몸에 별로 유익한 식품도 아니라는데 어째서 우리 나라 사람들은 기를 쓰면서 고추를 먹어 왔는지 모르겠습니다.

창비에서 《몽실 언니》를 5천 부나 초판본으로 내었다고 합니다. 그래서 인세가 어마어마하게 많습니다. 75만 원 통상환 증서를 받아 놓고 우체국에 어떻게 이 많은 돈을 찾으러 갈까 자꾸 쑥스럽고 이상합니다.

선생님께 책을 한 권 보내 드렸는데 받으셨지요? 등기 우송하려니까 우체국 직원이 보통으로도 어김없이 간다고 해서 그냥 90원 우표 붙여 보냈습니다.

오늘 윤일숙 씨가 계획하는 아동문고에 부탁하신 원고˙를 따로

• 1985년에 《달맞이산 너머로 날아간 고등어》로 출판되었다.

보냅니다. 제오출판사에서 나온 동화책에서 거의 반을 추리고, 그래서 가까스로 6백 매가 될지 모르겠습니다. 작품이 좋지 못한 것 같아 죄송하다는 생각이 듭니다. 함께 넣은 책은 원고 넘기실 때 윤일숙 씨께 드려 주셔요. 우표값 절약하느라고 이렇게 했습니다.

편집과 서문은 선생님이 맡아서 써 주셔요. 아무래도 선생님이 머리말을 쓰면 독자들이 더 관심을 가질 것입니다. 그래야 윤 선생님 사업에도 보탬이 되지 않겠습니까.

죄송합니다. 안녕히 계십시오.

1984년 5월 11일

권정생 올림

참나무 잎이 눈부신 산들을 바라보면서

권 선생님

원고, 책, 편지 모두 잘 받았습니다. 여러 날 전에 보내 주신《몽실 언니》도 잘 받았습니다. 그걸 받아 놓고도 편지를 못 썼지요. 오늘은 또 어떤 분이 글짓기회 회비를 언제 부쳤는데 받았느냐고 편지를 보내와, 우편물 접수 공책을 찾아보니 그 사람뿐 아니라 꼭 회답을 해야 할 많은 사람들에게 소식 없이 지냈다는 것을 알았습니다. 전에는 이런 일이 없었는데, 이제는 만성이 된 것 같아요. 이러다간 사람 노릇 흉내도 못 내겠다는 생각이 듭니다.

지금 보내 주신 원고 읽고 있습니다. 이걸 빨리 서울로 부치고 싶은데, 아직 안 읽은 작품을 읽고서 머리말을 써야겠다고 생각합니다. 그런데 내일은 학교에 장학사가 와서 장학 지도가 있다고 하니 하루 종일 매여 있어야겠고, 그다음 날은 교육청에 가야 하는데, 다른 일도 많이 밀려 있습니다.

윤일숙 씨에게는 아동문고를 계획하려면 논픽션 작품을 여러 권 내어 보라고 했습니다. 가공적인 얘기가 아니라 실제 겪은 얘기를 쓰도록 하는 것이지요. 이런 얘기책을 만들면 요즘 동화 쓰는 사람들에게도 유익한 영향을 줄 듯하고, 아이들도 좋아할 것 같습니다. 윤 씨는 그것이 좋겠다면서 원고 청탁서를 써 달라고 하기에 지금 써 놓았습니다.

인간사에서 '어린이와 소년을 위한 시집' 세 권이 나왔습니다(오승강, 최춘해, 공재동). 며칠 뒤에 또 두 권(윤동재, 김녹촌) 나옵니다. 천 원짜리 책인데 잘 만들어졌어요. 아마 인간사에서 부쳐 드릴 것입니다.

참나무 잎이 눈부신 산들을 멀리 바라보면서 한숨만 쉬는 시간을 보냅니다. 곧 또 연락하겠습니다.

1984년 5월 17일

이오덕

더위가 대단합니다. 얼마
나 힘드십니까. 우물이 멀
어서 더욱 어렵지요?

    오늘 7월 15일 (일요일)
안동에 갈 일이 있습니다. 문
화회관에서 교회학교 교사들
글짓기 지도 얘기를 두어 시간
부탁 받았지요. 그 때 전선
생하고 같이 일찍 가겠읍니
다. 오전에 마치고, 오후라야
가게 될 듯합니다. 전선생한
테도 엽서 띄우겠읍니다.

                7월 5일

선생님 기다렸는데, 여름방학이 다 가 버렸습니다

선생님

이번에는 굉장히 아프다가 이제 또 괜찮습니다.

전우익 선생님께서 신문에 보니까 선생님이 전근 가셨다고 해서 어디로 가셨는지 궁금했는데, 아마 잘못 아신 모양입니다.

여름은 덥더니, 가을이 되니 날짜가 너무 빨리 지나가는 듯합니다. 《레미제라블》을 다시 읽고 있습니다. 가슴이 저려 오도록 감동이 됩니다.

선생님이 안동에 한번 더 오시겠지 기다렸는데 결국 여름방학이 다 가 버렸습니다. 만나서 말씀드린다는 것이 뜻대로 안 되어 편지로 알려 드립니다.

'초가삼간 우리 집'을 한 스무 권쯤 복사해서 이곳 아이들에게 읽혀 보려고 알아봤더니, 비용이 꽤 많이 든다고 합니다. 그래, 농민회 정재돈 군이 분도출판사에 알아본 모양인데, 그곳 임 신부님과 정찬교 씨(편집 책임자)가 원고를 달라고 합니다. 〈소년〉 잡지에 실린 것을 모두 읽어 봤다고 하시면서 별로 걸리는 데 없어 괜찮다고 합니다. 종로서적에 일단 원고를 보냈던 것이어서 선생님께 여쭈어 본 다음 결정짓겠다고 그냥 있었습니다. 어떻게 했으면 좋을지요? 종로서적에서 조판을 했는지 그것도 궁금합니다. 가부를 알려 드려야 하니까 선생님께서 곧 연락을 주세요.

대구의 그루와 서울의 윤일숙 씨의 햇빛에서 똑같은 주제의 원고를 부탁해 와서 둘 다 써서 보내었습니다.

이번 토요일(22일) 오후 3시에 영화 상영이 있다고 합니다. 한 달에 한 번씩이지만 아주 좋은 모임으로 다져지고 있습니다.

이만 쓰겠습니다. 선생님, 안녕히 계셔요.

1984년 9월 18일

권정생 올림

꼭 갈 수 있도록 단단히 준비하겠습니다

이오덕 선생님

편지 잘 받았습니다.

10월 5일, 전우익 선생님과 함께 성주 가기로 약속을 했습니다. 일직에서 10시 30분(오전) 만나서 가겠습니다. 한 달에 몇 군데서 갑자기 원고 청탁이 오면 다 쓰지 못해 미안해집니다.

웅진에서 '자연과 더불어 사는 아이들'이란 제목을 주면서 65매를 써 달라고 해서 가까스로 마감 날짜까지 썼습니다.

선생님은 그렇게 바쁘시게 일하는데, 저는 기껏 이 정도니 너무 비싼 밥만 축을 낸다 싶어 자꾸 주눅이 들어요.

5일 저녁에는 만나서 말씀드리고 저도 듣고 싶은 게 많답니다.

제발 건강만 견디도록 해 준다면 좋겠습니다. 꼭 갈 수 있도록 단단히 준비하겠습니다.

1984년 10월 1일

권정생 올림

선생님

동극 한 편을 썼습니다. 희곡 작법을 공부도 않고, 좀 외람되지만 쓰고 싶어서 썼습니다. 평생 좋은 연극 구경 한번 해 보고 싶었는데 그것도 못 이루고 말았습니다.

일본에서 즈마고히라는 조그만 시골에 동경 폭격을 피해 가서 산 적이 있어요. 국민학교가 있는 마을에 유랑 극단이 들어오면 형들과 누나들과 함께 신파 연극을 보러 밤길을 걸어가 보았습니다. 창고같이 생긴 낡은 극장 안에서 열심히 연극 구경을 했습니다. 나이는 어렸지만 타향살이의 외로움을 달래 주는 유랑 극단의 연극은 감상적인 줄거리로 관객들의 눈물을 흘리게 했습니다.

즈마고히에서 8개월을 살았지요. 조그만 전차가 구사츠, 온천장까지 이어졌고, 철쭉이 빨갛게 산기슭을 덮었습니다. 물레방아가 있는 개울물 비탈길 언덕에 신사가 있고 아침저녁으로 밭으로 가는 농부들은 거의 발을 멈추고 묵념을 드렸습니다. 겨울엔 눈이 한없이 내리고, 삼나무가 우거진 산에는 버섯들이 여름내 돋아났습니다.

저희 집이 있던 마당가엔 벚나무가 세 그루 있었어요. 아름드리 큰 나무여서, 저는 그중 기우뚱 기울어진 나무에 올라갔습니다. 그 나무 위에서 지난번 구경한 유랑 극단들의 연극 장면을 떠올리며 감상에 젖었습니다. 지금도 기억하고 있는 연극 중에, 전쟁으로 헤어진 남매가 애타게 찾아다니던 끝에 10년 뒤에 극적으로 만나는 이야기였습니다. 동생은 거지가 되어 누나를 찾아다니는데, 어느 주막집에서 이상하게 눈길을 끄는 처녀가 있었습니다. 둘은 지나간 시절의 기억을 더듬은 끝에 남매라는 것을 확인했지만, 누나는 주막집의 하녀로 부자유한 몸이었습니다. 거기서 한 청년이 돈 백 냥을 훔쳐 누나의 몸값을 치러 그들을 자유의 몸으로 풀어 주지만, 청년은 체포되어 감옥으로 가는 이야기입니다.

선생님, 제가 쓴 '팥죽 할머니'는 청송 화목 장터에 소임(동네 머슴)으로 일하던 저희 외숙부님께 열 살 때 들은 우리 전래 동화입니다. 이 이야기는 창비 전래 동화나 다른 어느 동화집에서도 저는 보지 못했습니다. 어머니의 남매는 아이들을 좋아하고, 얘기를 많이 들려주었습니다.

앞으로 몇 편 더 희곡으로 써 보고 싶은데, 어떨지요? 팥죽 할머니가 제대로 쓰였는지, 모르겠습니다.

1월 4일 안동에 가서 뵙겠습니다.

1984년 12월 12일

권정생 올림

노동자들 작품이 얼마나 감동적인지 놀랐습니다

선생님, 보내 주신 두 권의 책 잘 받았습니다. 한 권은 전우익 선생님께 전해 드리고 한 권은 제가 읽고 있습니다.

날씨가 춥습니다. 저는 큰 방을 쓰다가 너무 추워서 다시 작은 방으로 옮겼습니다.

1월 4일에 안동에서 모이는 글쓰기회에 이곳 청년들도 데리고 가고 싶은데 방해가 되지 않을까요? 고등학생 몇이도 오라고 했지만 그냥 참관만 하는 것이니 허락해 주시기 바랍니다. 미리부터 좀 그런 좋은 분위기에 구경이라도 시키고 싶어서입니다.

아이 어른 할 것 없이 생각하는 것은 어떻게 남보다 유리하고 편한 인생을 사느냐는 마음뿐입니다. 정말 인간에게 고등교육이 필요한지 교육에 대한 회의도 생각해 보아야 할 것 같습니다.

〈실천문학〉 제5집에서 19명의 새로운 시인을 선보였는데, 국졸, 중졸의 노동자들 작품이 얼마나 감동적인지 놀랐습니다.

선생님은 지금 학교에 계실까, 모르면서도 이 편지 역시 학교로 보냅니다.

1984년 12월 28일

권정생 올림

창동이네 할머니가
할미꽃 비녀를 머리에 꽂으셨더군요

선생님

마당에다 새로 우물을 팠습니다. 오늘이 꼭 20일째 됩니다. 그러니까 새로 판 우물물을 먹은 지 20일이 되는 것입니다. 물맛이 처음에는 텁텁한 것이 눈살을 찌푸리게 하더니, 이상하게도 새 우물물을 먹고부터 소변이 잘 나옵니다. 아직까지는 속단을 못 하지만 어쩐지 꼭 이 우물물이 약이라도 되어 주는 듯이 기대를 갖게 합니다. 거의 20자를 파 들어가니 바위가 나왔는데 물은 꼭 눈물만큼씩 남쪽 한 틈바구니에서 나왔어요. 그게 어쭙잖게 밤새 고인 것이 열다섯 통이나 넘지 않겠습니까. 하루 동안 차면 서른 동이는 됩니다.

윗마을 아이들 넷이서 나흘간 일을 했는데 참 힘이 들었어요. 하루 8천 원씩 달라고 해서 너무 헐하지 않나 싶어서 하루 만 원씩을 쥐어야 했는데, 아이들은 그 8천 원도 아주 미안한 듯이 받아 갔습니다. 선생님, 아무래도 품삯이 하루 만 원꼴은 되어야만 한다고 생각합니다. 그래야 한 달 꼬박 해서 30만 원이 되지 않습니까?

오늘은 비가 내리고 그래서 전에 읽어 봤던 휘트먼의 시집을 다시 꺼내 읽고 엔도 슈사쿠의 《예수의 생애》를 몇 군데 읽으면서 많은 생각을 했습니다.

인간은 왜 자연법 안에서만은 살 수 없는 것인가? 결국 모든 인간의 머리가 동원되어 짜고 꿰매고 한 법률만큼 헛된 것도 없고 우스운 것도 없을 것입니다. 도미에의 '법의 예술'에 나오는 판사, 변호사 등 법관들의 그림을 보고 있으면 사람은 참 치사한 동물이라는 것을 새삼 느끼며 절망하지 않을 수 없습니다.

어떻게 하면 함께 살 수 있겠습니까? 넘치지 않게 필요한 만큼 고루 나누어 쓰는 인간 세상은 오지 않는 것일까요? 제가 그토록 죽을 고비를 넘기면서 그래도 잃지 않는 한 가지 오기는 자신의 값어치를 지키고 싶었던 것뿐입니다. 그런데 요즘 아이들은 그 값어치를 너무 헐하게 내던지고 맙니다. 왜 그토록 고귀한 자신을 물건처럼 상품으로 만드는지 안타깝습니다. 노력보다 결과에만 마음을 쓰다

보니 출세라는 저속한 계산을 하고 인간은 매몰되고 마는 것입니다. 결국 인간으로 산다는 것은 외로운 것입니다. 그것은 진시황제가 만리장성을 쌓은 것보다 어렵고 고달픈 길입니다.

창문으로 내다보이는 건넛집 살구나무에 꽃이 피었습니다. 며칠 전 창동이네 할머니가 산에서 내려오시는 걸 보니 할미꽃을 따서 비녀를 만들어 머리에 꽂으셨더군요. 어쩐지 눈물이 나올 것처럼 아름다워 보였습니다. 가끔 가다가 농촌 할아버지나 할머니들한테 때 묻지 않은 인간을 볼 때가 있지요.

인간답게 산다는 건, 감상인지, 교만인지, 멍텅구리인지, 미친 짓인지, 그래서 그것을 버리지 못합니다.

하도 편지 쓰지 않아 오늘 몇 자 썼습니다.

1985년 4월 11일

권정생 올림

아동문학에서 가장 배격해야 할 것은
설교나 훈시입니다

선생님, 편지 감사히 받았습니다.

《지붕 없는 가게》*도 벌써 받아 읽었습니다. 선생님이 쓰신 동시 '세상이 새롭게 보이더라'가 가장 가슴에 남는 작품이었습니다. 언

* 어린이를 지키는 문학인 모임에서 동시와 동화, 소설, 수필, 동극, 동요를 엮어 1985년에 펴낸 책

제나 그랬지만 선생님의 모든 작품에서는 항상 가난한 아이들이 절망이나 좌절을 딛고 오히려 떳떳하게 굳세게 살아가는 모습을 써 오셨습니다. 그래서 누구나 감동하며 되풀이 읽어도 싫지가 않는 모양입니다.

인간에게 있어서의 행복은 결코 물질적인 풍요가 아닌 땀 흘리며 일하는 노동과 자연 속에 묻혀 단순하고 소박하게 살아가는 것이 참다운 행복이라는 것, 저도 무척 공감하고 있습니다. 그런데 다른 분들의 시에는 아쉽게도 그런 절실한 것이 없습니다. 교육은 교육적인 것에서 벗어나 설교가 아닌 순수한 언어와 동작으로 상대방을 감동시켜야만 아무런 부담을 갖지 않을 것입니다. 아동문학에서 가장 배격해야 할 것은 강요하고 있는 설교나 훈시입니다.

김진문 씨의 '별을 바라보며'가 차분하게 읽혔고, 이성인, 김용택, 오승강, 윤동재의 작품이 교단 시인들로 수준을 지키고 있습니다. 이준관은 시적 분위기는 가장 뛰어난 시인인데 사회성과 역사성을 좀 더 생각해서 쓰면 좋은 시가 나올 것 같았습니다.

동화는 김일광 씨의 '재현이와 버스', 윤태규의 '광복절'이 그분들의 주장을 잘 나타내었다고 봅니다. 윤기현, 서정오의 작품이 무게 있는 작품이라 저도 생각했습니다. 유년 동화로 이인자 선생님 작품이 앞으로 빛을 보게 될 것 같아집니다. 문장이 좀 더 단순해지면 좋겠다 생각했습니다.

저의 '팥죽 할머니'는 대작을 시도해 봤는데 그만 이렇게 소품이 되고 말았습니다. 앞으로 다시 한번 개작을 하고 싶습니다. 전래 동화에서 이만한 작품은 그 어느 나라에도 없을 것입니다. '팥죽 할머니'는 무용극이나 가극으로도 많이 공연되었으면 했는데 여태까지 우리는 그냥 묻어 두고 있었던 게 정말 원통하다는 생각까지 듭니다. 창비 전래 동화집 열 권 속에도 '팥죽 할머니'는 들어 있지 않았어요. 이 작품은 저의 창작이 아니니까 전래 동화로써 한국의 구전 동화의 대표작으로 많은 이야기를 나누었으면 합니다.

서울 모임에 저는 갈 수가 없습니다.

요즘은 될 수 있으면 움직이지 않고 집에만 있었습니다. 안녕히 계십시오.

1985년 5월 22일

권정생 올림

눈물이 없다면
이 세상 살아갈 아무런 가치도 없습니다

선생님, 요즘은 선생님께 자꾸 죄스러워지는 마음입니다. 너무도 게을렀기 때문입니다. 왜 자꾸 게을러지는지 모르겠습니다. 하루 종일 누워 있어도 조금도 지루하지가 않습니다. 오줌이 물엿처럼 걸쭉할 때면 온몸이 천근만근 무겁고, 조금 맑게 나오면 움직이기가 수월해집니다. 마음에 부담만 안 생기고 다 잊어버릴 수 있다면 누워서 일어날 수 없을 것 같습니다.

어제저녁에는 안동 문화회관에서 매월 모이는 영화 감상회에 갔다가 늦게 돌아왔습니다. 영화를 가지고 오시는 독일 신부님이 오시지 않아, 영화는 못 보고 대신 둘러앉아 이야기를 했습니다. 주로 대학생과 중·고등학교 선생님들이 이야기를 많이 했습니다.

얘기 중에 자주 양반 이야기가 나오고, 안동은 양반 도시라는 추상적인 이야기만 하더군요. 못마땅한 것은 양반이란 실체가 어떤 것인지 깊이 파고들지 않고, 왜곡되어 있는 점잖은 양반에 대한 은근한 우월감을 가진 것입니다. 양반이란 어디까지나 착취계급의 존칭어로써, 안동이 양반 도시라면서 그 몇몇의 양반 밑에 빼앗기며 종노릇을 했던 상놈들의 생각은 하나도 하지 못하더군요. 오히려 안동은 그렇게 수탈당한 노예들의 고장이라는 것을 깨닫게 되었으면 싶었습니다.

행복이라는 환상을 떨쳐 버리지 않는 한, 인간은 불행에서 벗어나지 못할 것입니다. 행복하다는 사람, 잘산다는 인간들, 선진국, 경제 대국 이런 것 모두 야만족의 집단이지 어디 사람다운 사람 있습니까.

어쨌든 저는 앞으로도 슬픈 동화만 쓰겠습니다. 눈물이 없다면 이 세상 살아갈 아무런 가치도 없습니다. 산다는 것은 눈물투성이입니다. 인간은 한순간도 죄짓지 않고는 목숨이 유지되지 않는데, 어떻게 행복하고 즐거울 수 있겠습니까? 내가 한 번 웃었을 때, 내 주위의 수많은 목숨이 희생당하고 있었고, 내가 한 번 만족했을 때, 주위의 사물이 뒤틀려 버리고 말았던 것을 어떻게 지나쳐 버릴 수 있겠습니까? 수만 번 되뇌어도 역시 인간은 죄 뭉치에 불과합니다. 이런 죄 덩어리를 어디다 사죄받을 곳이 있겠습니까? 하느님께 용서받는다는 것도 죄입니다. 결국 울 수밖에 없습니다. 우는 것도 가증할지 모르지만 울 수도 없다면 죽어야지요.

벌써 날씨가 춥습니다. 양지쪽에 쪼그리고 앉아 보니 결국 이렇게 초라한 자신을 다시 보게 되고, 그래서 또 눈물이 납니다. 용기를 내라, 힘을 돋우라, 이런 말은 또 무엇 때문에 하는지. 도대체 힘은 무엇이고 용기란 어떤 것입니까? 결국 탑을 쌓았다가 다시 허물어 버리고 다시 쌓고 허물고, 삶은 그런 것이라면 왜 서로가 반목하고 대결을 하는지 모르겠습니다. 너무 무지한 탓일 것입니다. 잘했다고 하는 쪽도 결국 상처투성이니까요.

빅토르 위고의 《레미제라블》을 읽으면 처음에는 장발장의 영웅적인 삶에 감동을 받지만, 두 번 세 번 거듭 읽으면 주인공은 멀리 밀려 나가 버리고 그늘에 가리었던 참다운 인간이 나타납니다. 악한 테나르디에가 일찍 버린 작은 소년 가브로슈, 누나 에포닌 그리고 5월 봉기에 앞장섰던 아름다운 앙졸라 그리고 이름이 기억나지 않는 식물학자 노인, 그들은 이름도 없이 너무도 착하게 살다가 죽어 간 참인간으로 또렷이 가슴에 남습니다. 《레미제라블》은 앞으로 열 번을 더 읽어도 싫증이 나지 않을 것 같습니다. 그것은 이렇게 조그맣게 참되게 살아가는 인간들이 있기 때문입니다.

그루에서 나온 《산 넘고 물 건너》를 읽고 괜히 얼굴을 붉혔습니다. 다른 분들은 모두 훌륭한 얘기를 썼는데, 저 혼자만 부끄러운 이야기를 썼기 때문입니다. 부끄러워지는 건 무엇 때문인지, 저의 마음도 갖출 것은 다 갖추어져서 부끄럽고, 슬프고, 밉고, 더럽고, 즐겁고, 그런 것이니 또 한 번 한숨이 납니다.

며칠 전에 인간사에서 일하는 분이 선생님께 다녀서 왔다 하면서 들러 갔습니다. 선생님은 찬성하시지 않는 신춘문예 작품집을 만들게 되어 별로 기분 좋은 것이 못 되나 봅니다. 벌써 원고 보냈기 때문에 그냥 허락을 했습니다. 제목도 저의 작품을 쓰겠다더군요. 안 된다고 하려다가 대단한 것도 아닌 것이라 생각해서 그렇게 하라고 했어요.

이젠 자꾸 지쳐서 더 못 쓰겠습니다. 오랫동안 소식 못 드려 죄송했습니다.

1985년 10월 19일

정생 올림

어딜 가도 무엇을 해도 누구와 같이 있어도
자꾸 눈물겨워집니다

선생님, 어제 대구에서 돌아와 오늘도 종일 누워 있었습니다.

아무도 없는 이 언덕빼기 집이 그래도 가장 편안하게 누워 있을 수 있으니, 서글프지만 괜찮아요.

어딜 가도 무엇을 해도 누구와 같이 있어도 자꾸 목이 메고 눈물겨워집니다.

요즘처럼 울면서 지낸 적도 없는 것 같습니다.

그저께 써 놓고 못 부친 편지 함께 보냅니다.

1985년 10월 21일

정생 올림

선생님, 편지 고맙습니다.

동시 원고는 어떻게 했으면 좋을지 저도 잘 모르겠습니다. 창비는 책값도 헐하고 독자들에게 손쉽게 닿을 수 있어 좋겠지만, 지식산업사에 먼저 말씀드렸으면 그리로 보내야 하지 않을까요. 그리고 지식산업사에서 앞으로 믿음성 있게 일을 해 나간다면 우리 쪽에서도 도와야 한다는 생각도 듭니다. 합동기획이나 인간사처럼 되지 않는다면, 그렇게 하시는 게 순서가 아닐까요. 어쨌든 선생님 좋으실 대로 하시기 바랍니다.

11월 10일에 안동에 나가겠습니다.

서울대학교 미생물학과에 다닌다는 학생이, 교수님께 물어보았다고 하면서 편지를 자세히 써 보내 주었습니다. 지난 여름방학 때 와서 저의 병세를 대강 알아보고 그대로 말씀드렸다고 하면서, 병력이 30년이면 현대 의학으로도 어쩔 수 없고, 다만 본인의 정신력이 가장 중요하다고 하더랍니다. 항생제도 이젠 별 효과가 없을 것이고, 식사를 조금씩 여러 번 나누어 먹고 수분을 되도록 적게 섭취하고, 창작 생활이 아마도 여태까지 살아오는 데 가장 큰 힘이 되었으니 앞으로도 계속하라고 했습니다. 그래서 요즘은 아주 조금씩 자주 먹고 물 마시는 것도 줄이고 약도 한 달에 5백 원 하는 아이나만 먹고 있습니다. 그래서 그런지 시력이 조금씩 되살아나고 두통도 조금 가시어진 듯합니다.

완전한 건강은 잃어버렸으니 이대로 버티어 나가야지요. 병원에 가서 시달리고 싶지가 않아요. 병원은 자꾸 겁이 납니다. 죽는 것만큼이나 싫어집니다. 그리고 육식보다 채식이 훨씬 낫다는 것을 말씀드립니다. 그래서 가난하게 사는 것이 정신적으로 육체적으로 훨씬 좋은 거지요. 굶주림만 없다면 가난해져야만 해요.

그만 씁니다.

1985년 11월 4일

권정생 올림

개 짖는 소리만 나면
둘이서 문밖을 내다보면서 기다렸답니다

선생님

지난번에 제가 여태까지 보낸 선생님 앞으로의 편지를 책으로 묶으신다고 해서, 이젠 편지 쓰기가 어려워졌습니다. 선생님께 드린 편지는 모두가 저의 감정을 그대로 쓰고 싶을 때마다 쓴 것이어서 정말 남에게 보이게 되면 부끄러울 것입니다. 그러니까 그건 그만둬 주시면 좋겠습니다. 그래야만 앞으로도 마음 놓고 편지 쓸 텐데, 여간 괴롭지가 않습니다.

9일 날 용구 부친이 오셔서 해 질 때까지 선생님 기다리다가 주무시고 갔습니다. 갑자기 바쁘셨던 모양이지요? 개 짖는 소리만 나면 둘이서 문밖을 내다보면서 기다렸답니다.

고야의 '카푸리치오'와 '전쟁 참화'의 판화를 구경하면서 둘이서 한없이 분노도 하며 서글퍼하기도 했어요. 고야는 인간을 당나귀로 혹은 산양으로 묘사하면서 전쟁과 억압 장치와 인간의 어리석음을 풍자했어요. 언제 오시면 보실 수 있습니다.

〈빛과 소금〉이라는 잡지사에서 와서 사진 찍고 꼬치꼬치 캐묻는 데 혼이 났어요. 세상없어도 입 다물고 아무 말도 안 하고 사진도 안 찍는다고 벼렀는데, 이현주 목사, 최완택 목사, 또 누구누구 이름을 들먹거리며 비행기 태우며 구슬리는 바람에 제가 그만 넘어가 버렸답니다. 지난번 〈신앙세계〉에서 왔을 땐, 일부러 화를 내고 꼼짝 않고 버티었는데, 이번엔 그만 당하고 말았어요. 잡지에 또 보기 싫은 사진 내고 이것저것 미사여구를 곁들여 거짓말까지 보태어 늘어놓을 것입니다.

혼자 있으니 자꾸 부끄러워 얼굴이 활활 달아오르고 화가 납니다. 참 생각지도 않는 것에도 시달리는구나 싶습니다. 안 그래도 가까스로 고통을 참아 가며 살고 있는데, 사람들은 그게 뭣이 좋아 더 괴롭히려 하는지 모르겠습니다.

지난 1월 한 달 거의 누워 있다시피 했는데, 아무래도 소변이 너무 자주 막혀 항생제 두 가지를 사서 먹어 보니, 하나는 부작용이 심해 중단하고 한 가지만 먹고 있습니다. 좀 더 건강이 좋아지면 소설 하나를 꼭 써야 한답니다. 죽기 전에 이것만 꼭 써야지 마음먹지만 뜻대로 될지 모르겠습니다. 어머니께서 병상에 계시면서 들려주신 한없이 길고 긴 살아 있는 역사이지요.

선생님이 만약 안 계셨더라면 제가 여지껏 살아남았을까 싶은 생각이 듭니다.

앞으로도 자주 편지 쓰도록 해 주시면 더 바라지 않겠습니다.

1986년 2월 12일

정생 올림

추신

21일 이현주 목사가 내려오겠다는 연락이 왔습니다. 무언가 또 답답해진 모양입니다.

추위가 거의 지나가니까 이제 조금은 몸을 펴게 되었습니다. 이곳 뒷동산이 참 오르기도 좋고, 봄꽃이 많이 핀답니다.

음력 설날, 할머니들이 떡국수를 가져다줘서 아직 두 냄비나 되게 담아 놓았습니다. 할머니들은 가끔 오셔서 신세타령을 늘어놓으시는 게 조금이라도 위안이 되는 모양입니다.

1986년 2월 13일 씀

선생님 이곳 오시면 참 좋겠다는 생각이 듭니다

권 선생님

그동안 편지도 없이 무정하게 지냈습니다.

가까운 곳에 있는 권오삼 선생한테서도 듣고, 그리고 그저께 급히 대구 갔던 길에도 어느 분한테서 들었는데, 선생님이 많이 편찮으시다는 소식, 일어나시지도 못한다는 소식을 듣고도 가 보지 못하고 이렇게 오늘에야 편지를 쓰게 되니 참 무슨 말로 써야 할지 모르겠습니다. 그래 일어나시지도 못하면 식사는 어떻게 하셨는지, 정말 너무나 걱정됩니다. 어떻게 견디시고 어떻게 지내셨는가요?

어제는 권오삼 선생이 와서 안동 권 선생님한테 차라리 여기 과천* 으로 옮겨 오시도록 편지를 해 놓았다고 하더군요. 여기에 여덟 평인가 하는, 독신자들이 쓰는 아파트가 있답니다. 그걸 오삼 선생이 전세로 사든지, 아주 사서 선생님 드리겠답니다. 그리고 여기 와서 사시는 비용도 걱정하겠답니다. 그런 말을 들으니 내가 왜 진작 그런 생각 못 했을까 하는 느낌이 들었어요. 잘 생각해 보시지요. 저도 권 선생님 이곳 오시면 참 좋겠다는 생각이 듭니다. 아파트에 있으면 난방을 전체로 하게 되니 연탄불 일일이 갈 필요가 없고, 물 데우는 수고도 안 하지요. 식사는 아주 간단하게 지을 수 있습니다. 선생님같이 몸이 불편한 사람에겐 아주 적당합니다. 여기 오시면 아는 분들 자주 만나 심심하지도 않을 겁니다. 이 일을 좀 더 자세히 의논하기 위해 제가 한번 가겠습니다. 지금 봐서 6월 2일까지는 도무지 틈을 낼 수 없는데, 그 후로 곧 가려고 하니 잘 생각해 보시기 바랍니다.

풀빛에서 〈겨레와 어린이〉 보냈지요? 그 책 가지고 필자들과 그 밖의 희망하는 분들이 모여 평가 모임 같은 것을 6월 초에 한번 가지려고 합니다. 6월 초가 이르면 6월 중순으로 하지요. 여기 오시면 그런 모임에도 자리를 함께하실 수 있어 얼마나 좋을까 생각합니다. 전 선생이 외롭게 될 테지만, 이따금 여기로 오도록 하면 되겠지요.

● 이오덕은 1986년 2월 학교를 떠나 3월에 경기도 과천으로 이사했다.

권오삼 선생한테는 앞으로 낼 창비 아동문고의 동시 선집 편집을 부탁했습니다. 오삼 선생이 생각도 좋고 작품을 보는 눈도 정확하니 누구보다도 이 일을 잘해 낼 것 같습니다. 이현주 선생은 여기 와서 한 번도 못 만났습니다.

세상이 어수선하고, 참 기가 막힌 일들이 너무 많이 벌어지지만, 더러 우스운 일도 일어나고 있으니 힘껏 살아가야 하겠습니다. 하루 빨리 만나서 많은 얘기 나눌 수 있기를 바라면서 몇 줄 적었습니다.

1986년 5월 23일

이오덕

지금 있는 곳이 가장 좋은데, 어딜 가겠습니까?

선생님, 편지 잘 받았습니다.

오래 소식 못 들어 궁금했습니다. 마침 그저께 이현주 목사한테서도 편지 왔지요. 이 목사도 선생님 과천에 오셨어도 한 번도 뵙지 못했다고 했습니다. 이 목사는 서울을 떠나려다 다시 주저앉는 모양입니다. 아마 몹시 시달려 심신이 무척 피곤한 것 같았습니다.

저는 항시 그렇습니다. 좀 더 나쁘다가 조금 나았다가 하는 거지요. 정말 누워 있어서는 안 되는데, 눕지 않고는 못 배겨서 누워 버립니다. 시간이 아까워서 제일 괴롭습니다. 아픈 건 괜찮은데 아무것도 쓰지 못해 마음이 상하는 거지요.

권오삼이 아재(촌수가 아저씨뻘이 되니까)한테서 편지 받았는데 과천으로 이사 오라 했더군요. 지금 있는 곳이 가장 좋은데, 어딜 가겠습니까? 누워 있어도 여기가 좋습니다. 누구와 만나 얘기하는 것도 얼마나 고달픈지 모릅니다. 제발 쓰고 싶은 작품이나 쓸 수 있는 건강만 있으면 더 바라지 않겠습니다. 혼자 있으면 마음대로 아플 수 있고 참 자유롭습니다.

풀빛에서 〈겨레와 어린이〉 두 권 보내왔습니다. 책 제목이 참 마음에 들었습니다. 좀 더 많은 작가들이 참여했더라면 싶은 아쉬움이 듭니다. 김용택 씨의 시가 좋았고, 최하림 씨의 톨스토이 민화에 대한 글이 읽을 만했습니다. 아동문학의 기틀이 조금씩 잡혀 가는 듯해서 정말 기뻤습니다. 아이들이 사람대접을 받고 바르게 자라면 세상도 많이 달라지겠지요.

전우익 선생님 그저께 토요일에 뵈었습니다. 손녀딸이 하나 또 태어났다 했습니다. 6월에 모이면 저도 가고 싶지만 못 갑니다.

건강에 조심하시고 가끔 편지 주시기 빕니다.

1986년 5월 27일

권정생 올림

추신

지식산업사에 맡기셨다는 동시집* 은 조그맣게 소박하게 내어 주십시오. 그래야 책값도 헐해지고, 마음도 편해집니다. 될 수 있으면 아동 도서는 값이 싸고 소박하게 만들어 팔아야 한다고 생각하니

---

* 1988년 《어머니 사시는 그 나라에는》으로 출판되었다.

다. 화려한 그림보다 이해시키기 위한 그림이 더 낫고, 저속한 그림보다 차라리 그림이 없는 쪽이 좋을 것입니다.

너무 바쁘게 다니시지 말고 건강을 지켜 주시기 빕니다.

1986년 5월 31일

정생

아동문학 좌담회 부탁이 있어
계획을 세워 보았습니다

권 선생님

그동안 어떻게 지내시는지요. 이곳 저는 일에 늘 쫓기기는 합니다만 편하게 잘 있습니다. 편하게 살아서는 안 되는데 편하게 살아가는 것이 문제지요.

〈새가정〉에서 아동문학 좌담회를 해 주었으면 좋겠다는 부탁이 있어 많이 생각한 끝에 그곳 권 선생님한테 가서 몇 사람이 좀 마음껏 얘기를 나누었으면 하는 계획을 세워 보았습니다. 때는 7월 하순, 모일 사람은 선생님과 이현주 선생, 권오삼 선생, 그리고 저, 이렇게 네 사람을 생각하고 있습니다. 어떨는지요?

선생님이 너무 불편하시지는 않은지, 날짜는 확실히 어느 날쯤 좋겠는지, 좌담할 사람에 대해서나 좌담 내용에 대해서 의견을 좀 알려 주시기 바랍니다. 이현주 씨한테는 어제 편지로 연락해 놓았습니다. 새가정 편집장 조선혜 씨도 그때 같이 가고 싶다고 했습니다.

날짜는 7월 26일에서 31일 사이, 어느 날이든지 좋겠습니다.

벌써 한여름 같은 날씨가 되었네요. 부디 몸을 무리하게 쓰지 마시기 바랍니다. 회답 기다립니다.

1986년 7월 9일

이오덕

우리가 아동문학 좌담회 한 기사 읽고
항의를 해 왔다고 합니다

권 선생님

편지 잘 받았습니다. 어제는 전 선생 편지도 받고 그쪽 소식 조금 알게 되었습니다. 권 선생님은 그 어려운 고비를 넘길 때마다 혼자 그렇게 당하시고 우린 이렇게 멀리서 가 보지도 못하고. 가까이서 가 본들 무엇을 해 드릴 수 있겠습니까만 그저 이렇게 살아간다는 것이 죄스럽기만 합니다.

저도 세상을 비관적으로 보는 점, 그리고 한없이 외롭게 살고 있는 점이 꼭 권 선생님과 비슷하다고 생각이 들지만, 그래도 몸이 이렇게 건강해서 그럭저럭 잘 지냅니다. 그런데 권 선생님은 꼭 누가 옆에서 간호를 해 드려야 할 사정인데 많이 아프시고 위험할 때일수록 옆에 사람이 없고 도리어 사람들을 멀리하시는 것 같고, 그래서 다시 좀 회복되면 이번에는 남들만 생각하시니, 난 너무 팔자 좋게 산다고 생각됩니다.

사실 이번에 권 선생님 아프시단 소문 듣고, 모두 걱정하여 이번만은 권 선생 자신의 생각대로 둘 수 없으니 어디 요양원에 가시도록 해야 한다고 의논했지요. 대구나 목포로 말입니다. 여기 권오삼 선생은 앞으로 권 선생 요양비는 자기가 감당하겠다고 말하고요. 이, 오삼 선생이 참 고마운 사람입니다. 내가 보기에도 장사를 고생스럽게 하고 있거든요. 물론 그만한 걱정을 할 수 있는 경제적 여유가 있기는 합니다만, 그 마음 쓰는 것이 보통 사람의 정도를 넘고 있는 것 같아 고맙고, 제가 부끄러워집니다. 그래 이제 다시 그냥 그대로 계시기로 하신 것 같은데, 참 어떻게 해야 할지 모르겠습니다. 대구 요양원에서 의사가 찾아가도록 걱정하고 있다니, 의사한테 부디 자세한 애기 다 하셔서 도움을 받으시도록 해 주십시오. 전 틈을 내어서 10월 초나 한번 그쪽으로 갈까 생각하고 있습니다.

　그리고 한 가지, 어제는 새가정사의 조선혜 편집장이 전화를 걸어와서, 우리가 아동문학 좌담회 한 기사를 읽고 강소천 씨 미망인과 딸이 동화 작가 김영자 씨를 시켜서 항의를 해 왔다고 합니다. 어디 이럴 수 있나? 인격을 모독하는 말이 아닌가? 하고 말이지요. 그래서 권정생 선생한테 찾아가서 항의하고 싶다니, 새가정사에서 공개 사과문을 내라느니 하고 말하더래요. 새가정사의 조선혜 씨는, 왜 문학작품을 논의할 수 없는가, 공개 사과란 있을 수 없고, 그 좌담에 대해 달리 생각한다면 글을 써서 발표하면 될 것 아닌가, 하고 말해 주었답니다. 그 유족들이 참 별난 사람들인가 봐요. 속이 좁고 하니 그런 말을 하겠지요. 강소천 씨의 문학 세계를 두둔하는 유족들이니까 그럴 수밖에 없다는 생각이 들지요.

어제 오후에 다시 조선혜 씨 만나 얘기했습니다만, 별일은 없으리라 봅니다. 여자들이란 그런 것이 예사니까 그렇게 생각하시고, 잊어 주십시오. 그 새가정 잡지가 좌담 기사 덕택으로 많이 팔리고, 또 그런 엉뚱한 반응도 있어서 도리어 잘된 것 같기도 합니다. 어제는 그 일 생각하다가, 그 뒷부분(새가정에 다 못 넣은 좌담 뒷부분)에 나오는 얘기 중 이현주 선생이 김요섭 씨에 언급한 부분이 머리에 떠올라 곧 지식산업사와 종로서적에 가서 사람 이름을 그대로 내지 말고 ××× 씨로 복자(伏字)로 하도록 부탁했습니다. 불필요한 말썽은 안 나는 것이 좋겠다는 생각이 들었던 것입니다.

종로서적에서 권 선생님 선집 내는데 그 좌담 기사도 넣자고 해서 그렇게 하라고 했고, 지식산업사에서는 무크지에 또 그걸 넣어 만들고 있습니다. 그 두 곳에 나오는 기사는, 제가 다시 녹음기를 틀어 놓고 틀린 곳을 많이 바로잡았습니다.

지금 종로서적에서는 박상규, 이현주, 이준연, 윤태규, 이영호, 송현 그리고 제 것까지 모두 일곱 권의 창작집을 준비하고 있습니다. 제 것은 하도 요청해서 옛날에 쓰기만 하고 너무 시시해서 발표도 안 했던 원고까지 찾아내어 겨우 한 권으로 묶었는데, 참 남부끄러운 책이 될 것 같아 걱정입니다.

한길사에서는 동화 선집을 두어 권 내도록 계획하고 있습니다. 여러 사람들이 한 편씩(대표작이라 할 만한 것) 선정해 낸 것을 엮어 내는 것이지요. 창비에서도 그런 계획이 있다고 합니다.

권 선생님, 언젠가 부산의 어디서 청탁이 와서 동화 보내셨다는 것 그 뒤 소식 있었습니까? 소식 없다면 주소라도 알려 주십시오.

그럼 부디 무리하지 마시고, 많이 쉬시면서 지내시도록 바라면서
이만 두서없이 썼습니다.

1986년 9월 23일

이오덕

〈글쓰기 교육〉 15호도 받아 읽었습니다

선생님

책하고 편지 고맙습니다. 종로에서 나온 책*을 보고 이젠 아무에
게도 편지 안 하겠다고 마음먹었는데 이렇게 또 편지는 쓰게 되고
말았습니다.

전우익 선생님은 지금쯤은 돌아오셨겠지요?

유여촌 선생의 동화는 이쯤으로도 충분하고, 강소천의 작품도 제
가 가진 것으로도 됩니다. 논문은 오늘 쓰기 시작했는데, 이것저것
자료를 들춰 보면서 써야 하기에 시일이 꽤 걸릴 것 같습니다. 건강
하다면 또 몰라도 기껏 원고지 열 장도 못 쓰고 지치고 마니까요. 그
래도 요즘은 앉아 있는 것은 좀 수월해졌습니다.

〈글쓰기 교육〉 15호도 받아 읽었습니다. 그런데 '아이들은 본래 글
쓰기를 싫어하는가'에서, 저의 의견은 싫어하는 아이도 있고 좋아
하는 아이도 있다고 생각합니다. 음악도, 운동도, 그림도, 좋아하는

---

* 1986년에 종로서적에서 펴낸 《오물덩어리처럼 딩굴면서》

아이가 있고 싫어하는 아이가 있듯이, 글쓰기도, 책 읽기도 마찬가지가 아니겠습니까, 한결같이 싫어한다거나 좋아한다고 보지는 않습니다. 글쓰기를 좋아하는 사람도 때에 따라서는 쓰기 싫을 때가 있듯이, 싫어하는 아이도 있기 마련이겠지요. 다만 교육을 통해서 글쓰기도, 그림 그리기도, 노래 부르기도, 운동을 하기도, 좋아할 수 있도록 이끌어 주는 것이 아니겠습니까. 개인마다 조금은 차이가 있을 것입니다.

선생님은 오랫동안 어린이들을 통해 정확하게 아실 테지만, 저는 주위의 사람들을 통해 거의가 글을 쓴다는 것은 별로 좋아하지 않았습니다.

논문 다 쓰면 선생님께 보내겠습니다.

안녕히 계십시오.

1986년 11월 21일

권정생 올림

장에서 강아지 한 마리를 또 샀습니다

선생님

편지 써야지, 써야지 벼르면서 오랫동안 쓰지 못했습니다. 무슨 말을 해야 할지, 할 말이 없게 되었습니다.

제원에서 가져온 숯가루 때문에 움직이기가 좀 나아져 산꼭대기에 뻥덕이하고 둘이 오르내리고 시장에도 다녔더니, 혼이 나도록 또 아파 버려 이젠 아주 체념해 버렸습니다.

이현주가 목포 가느라 지난 월요일 와서 하루 묵어갔습니다. 한 두세 달 목포 돌산 집에 있기로 약속을 했답니다. 불치의 환자들이 살고 있는 집이랍니다. 저하고 같이 가자고 조르는 걸 따라가지 못했습니다. 무얼 새롭게 시작한다는 게 자신이 없습니다. 여지껏 그렇게 무얼 계획하지 못한 채 이렇게 살았다는 게 어처구니가 없어 쓸쓸해집니다.

즈치다(槌田)라는 일본인 과학자가 쓴 《공업 사회의 붕괴》란 책을 읽으면서, 그리고 〈공해와 생존〉에 나온 선생님 수필을 읽고 자꾸 한숨만 쉬었습니다. 선생님은 여러 식당을 기웃거려 찾은 곳이 역시 오염된 음식뿐이라고 하셨듯이, 이젠 깨끗한 음식을 골라 먹을 수 없게 되었습니다.

옛날 어머니께서 "다른 건 다 씻어 먹을 수 있는데 소금만은 씻어 먹지 못한다"고 하신 것을 들었습니다. 육지와 가까운 곳의 바다는 오염되지 않은 곳이 없으니 소금은 얼마나 더럽겠습니까. 언젠가 수입해 오는 외국산 콩에다 얼마나 독한 방부제를 뿌려 댔는지 그 콩을 옮기던 인부가 중독되어 죽었다는 신문 기사를 읽었습니다. 그냥 냄새만 맡고도 죽었는데 직접 그 콩을 우리는 먹고 있지 않습니까. 공해 식품은 이 정도라 하고도, 다른 정신적 공해는 어떻게 막을 수도 찾아내지도 못하도록 퍼져 가고 있습니다. 요사이 와서 기독교인들은 사후의 천국에 대해 전에 없이 관심이 높아지는 이유가 어디서 기인하는 것인지 모르겠습니다. 모이기만 하면 어서어서 죽어 천당에 가고 싶다는 것입니다.

그저께 장에서 강아지 한 마리를 또 샀습니다. 뺑덕이 혼자 날이면 날마다 멍하니 있는 게 안 되어 한 마리 사다 놓았더니 얼마나 좋아하는지 모릅니다. 둘이 붙어서 떨어질 줄 모릅니다.

1987년 4월 5일

권정생 올림

남들은 권 선생님의 아픈 몸을 속속들이는 모릅니다

권 선생님

지난번 안동서는 그런 일을 벌여서 참 너무 죄송합니다. 일을 마치고 나니 깨달아집니다만, 좀 더 가족적인 분위기를 만들어서 우리들끼리만 모여 조용히 얘기를 나누었더라면 좋았을 것인데, 참 잘못했습니다. 부디 용서해 주십시오.

안동서 들었는데, 대구에서 하는 '민족문학 교실' 강의를 맡으셨다구요? 벌써 날짜가 지나갔지 싶은데, 얼마나 수고하셨습니까. 그것 때문에 며칠 누워 계셨을 것을 생각하니, 왜 그런 일을 선생님께 무리하게 맡기는지, 그런 일을 하는 사람들이 원망스럽습니다. 앞으로는 결코 응낙하지 마십시오. 여기 서울서도 그래요. 이곳저곳 와 달라는 데가 많은데, 모두 좋은 일을 하기는 하지요. 그러나 그런 곳에 다 나가게 되면 정작 내가 해야 할 일, 나 아니면 안 되는 일은 전혀 손도 못 대고 맙니다. 부디 몸 생각하셔야 합니다. 아무리 남들이 권 선생님을 생각한다 하더라도 권 선생님의 아픈 몸을 속속들이는 모릅니다.

시집《어머니 사시는 그 나라에는》은 초판을 2천 부 찍었다는 말을 들은 것 같은데, 다음 재판에는 그림을 넣고 인지도 붙이도록 하겠습니다. 책에서 잘못된 것이 있으면 지적해 주세요.

제가 보기로 시의 제목 자리가 너무 차지했고, 표지 날개에 소개한 시와 약력이 좀 위로 올라가야 되겠다고 생각합니다. 무척 애를 쓰고 살폈는데도 마지막에 다시 한번 볼 틈이 없이 넘겼더니 그만 이렇게 되었습니다.

그런데, 권 선생님 시에 좀 생각되는 것이 있는데, 110쪽에 나온 '통일이 언제 되니?'입니다. 맨 끝줄의 "총을 놓으면 되지"가 어떤가요? 자칫 잘못하면 "총을 쏘면 되지"로 오해하지 않을까요? 이렇게 되면 크게 잘못되는 결과를 가져옵니다. 더구나 우리 영남 사투리는 총을 쏜다는 것을 놓는다고 하니 말입니다. 나도 이걸 보고, 혹시 활자를 잘못 박았는가 싶어 원고를 찾아보았더니 그대로 씌어 있었습니다. 선생님께 물어보고 싶었지만 편지로서는 시일이 급해서 할 수 없이 그만두었지요. "총을 버리면 되지"로 하면 어떨까 싶네요.

'아이들 나라'는 어떤지요? 의견을 말씀해 주시면 많은 참고가 되겠습니다. 이달 안으로 시간 내어 한번 가겠습니다. 부디 무리한 일 하지 마시기 바랍니다.

1988년 1월 31일

이오덕

● 아동문학인들의 동시와 동화, 어린이들의 글과 그림을 엮어서 1989년에《아이들 나라》로 펴냈다.

단재상을 받은 것 부끄러워 할 말이 없습니다

권 선생님

편지 받은 지가 1주도 더 지났습니다.

단재상을 제가 받은 것 정말 부끄러워 할 말이 없습니다. 그때 제가 발표인지 연설인지 한다고 했는데, 그것이 좀 모가 난 이야기가 되어 또 미안했지요. 바로 어른들의 글쓰기가 아주 잘못되었다, 지식인들의 글이 우리 글 우리 말을 다 버려 놓는다고 한 것이지요. 거기 모였던 사람을 다 나무란 격이 되었습니다. 그런데 뒤에 들으니까 그 자리에 나온 박현채 선생을 지목해서 비판한 것으로 모두 알아들은 모양입니다. 저는 박 선생의 글을 전혀 읽지 않아서 모르는데, 박 선생이 작년도 단재상 받은 분이고 해서 더욱 제가 한 말이 가시 돋힌 말로 모든 사람에게 들렸을 것을 생각하니 참 난처한 일이 되었다는 생각입니다. 박현채 선생의 전화번호까지 알아 놓고 아직 통화도 못 했습니다. 오해를 풀어야겠다고 생각합니다.

그런데 제가 아주 불만스럽게 생각한 것은, 그 자리에서 들은 사람들이 모두 박 선생 글만을 문제 삼고 있고, 자신들은 별 관계가 없는 것같이 여겼다는 것입니다. 박 선생이나 그 밖에 몇 사람만 그렇게 쓴다면 무슨 걱정이 있겠습니까. 제가 그렇게 목청 돋우어 말을 하고 글을 쓸 필요도 없지요. 참 한심합니다.

여전히 하는 일도 없이 바쁘게 지냅니다. 신문이나 잡지 같은 데 잡문을 안 써야겠다고 몇 번이나 다짐해도 그게 생각대로 안 됩니다. 할 일은 많고, 능력은 모자라고, 마음이 탑니다.

단재상 상금이 2백만 원이나 됩니다. 이걸 가지고, 글쓰기회 기금 약 3백만 원하고 합쳐서 5백만 원이면 무슨 일을 할 수 있겠다는 생각이 들었습니다. '글쓰기 교육상'을 만들고 싶은 생각도 있습니다. 단재 선생이 살아 계셔서 이런 돈이 생겼다면 무슨 일을 했겠는가 생각해 보기도 했습니다.

권 선생님, 이 돈 가지고 가장 값있게 쓰고 싶으니 권 선생님 의견 꼭 들려주십시오.

'아이들 나라' 원고는 오늘 대강 편집해 보았는데, 역시 동화가 모자랍니다. 이번에는 선생님 좀 쉽게 해야지 했는데, 안 되겠어요. 그 쓰셨다는 원고 좀 보내 주십시오. 그리고 동화집 원고(지난번 한 권 분량 되겠다고 하신 것)는 창비에 보내시든지 마음대로 해 주시기 바랍니다. 창비가 어려움을 겪으니 협조해 드리는 것도 좋겠지요.

여기는 목련꽃이 거의 다 지고, 개나리꽃은 아직도 노랗게 피어 있습니다.

가끔 편지 쓰지요. 건강에 절대로 자신 가지고 함부로 몸을 써서는 안 됩니다.

1988년 4월 21일

이오덕

권 선생님

이거 참, 사람 노릇 못 하면서 삽니다. 그동안 편지도 드리지 못했으니 어디 사람이 산다고 할 수 있습니까.

오늘 조금 전에 권오삼 선생이 왔다가 갔습니다. 여러 사람이 모여 앉아 두어 시간 이런저런 얘기 하면서 놀았습니다. 아동문학 얘기, 문익환 선생 북쪽에 간 얘기, 그리고 권 선생님 얘기도 했습니다. 권오삼 선생 말이, 다음 달 중순쯤 충북 무너미 마을에 가자고 하면서, 그때 권 선생도 오실 거라고 하더군요. 그때 같이 가기로 했습니다. 날짜는 아직 안 정했는데, 토요일이 좋겠다고 모두 말이 나왔습니다. 4월 15일, 22일, 29일 세 토요일 중 어느 날을 택하도록 의논해 보겠습니다.

권 선생님은 올봄에 무너미로 옮겨 오신다고 하셨는데 그렇게 하실 수 있는지, 아니면 이사는 좀 뒤에 하시고, 우선 며칠 동안 다녀가시도록 하실 예정인지요? 참 오삼 선생 편에 들었는데, 많이 편찮으셨다고요? 이번 겨울에는 그다지 큰 추위는 없었지만, 불편하고 힘든 온갖 일을 어떻게 감당하셨는지, 참 아무것도 도와 드리지 못하고 무슨 말씀을 드릴 면목이 없습니다. 여기 저는 늘 그런 생활입니다. 한길사에 주려던 원고는 한 달쯤 전에 겨우 다 써서 주었지만, 그 뒤에 내가 써야 할 원고(우리 말 살리자)에 손을 대려고 하는데, 또 여기저기 교사협의회에서 강연을 해 달라고 해서 끌려다니다 보니 정작 더 중요한 일은 못 하고 있습니다. 이러다가 또 지난해 같은 꼴이 되겠다 싶습니다.

이현주 선생같이 어디 산골에 가 버리면 좋겠다는 생각을 몇 번이나 했습니다만, 지금은 그럴 수도 없습니다. 언젠가 말이 난 '어린이 문학 운동 협의회'라는 것을 '민족어린이문화운동협의회'로 범위를 넓혀 구상을 해서 이것을 추진해야겠다는 생각을 하고 보니 여기저기 호응하는 사람들이 나오고 해서, 이걸 그대로 버려두고 나 혼자 숨어 버릴 수는 도저히 없겠다는 생각입니다. 어서 이것을 시작해 놓고 젊은이들이 잘해 가면 제가 물러나고 싶습니다. 그런데 지금은 사무실 문제가 해결이 늦어져서 아직 본격으로 시작하지 못하고 있습니다. 다음 만나면 모든 자세한 얘기를 하겠습니다.

지금 전우익 형이 서울 와 있는데, 내일 아침에 여기 오겠다고 했습니다. 전 형 만나면 권 선생님 소식도 잘 들을 수 있겠지요. 부디 음식을 충분히 잡수시고 몸을 무리하지 마시기 바랍니다. 4월 중순 이후 무너미 못 오시면 그곳 안동으로 우리가 가도록 하겠습니다. 거긴 벌써 참꽃이 피었겠지요? 부디 몸조심하시기 거듭 부탁합니다.

1989년 3월 26일

이오덕

뻥덕이 때문에 오래 머물 수 없습니다

선생님

아직 일직에는 참꽃이 피지 않았습니다. 할미꽃, 민들레는 몇 송이 피었습니다. 오늘 아침에는 얼음이 얼었습니다.

무너미엔 4월 15일 가겠습니다. 가서 하룻밤 자고 돌아와야 합니다. 뻥덕이 때문에 오래 머물 수 없습니다.

문익환 목사는 늦게야 정말 용기를 얻어 계속 전진만 하십니다. 평양에서 발표한 성명서 듣고 가슴이 울렁거렸습니다. 참 잘하신 거지요. 언젠가 누군가는 이런 결단을 해야 하니까요. 선생님은 앞으로 필요한 곳에서 건강하실 때까지 활동하셔야 합니다.

이현주 목사 숨어 있는 것 못마땅합니다. 아마 3월부터 성공회신학교에 강의 나가고 있을 것입니다. 저도 건강하면 무엇이든 해야 할 텐데, 그것이 안 되니 답답할 뿐입니다. 권오삼 선생도 청년학교에 나간다니까 참 기뻤습니다. 지금 시대에 움직일 수 있는 힘을 총동원시켜야 합니다.

민족어린이문화운동협의회 기대하겠습니다. 특히 어린이 노래에 힘을 기울여야 합니다. 아이들에게 통일의 노래, 해방의 노래를 만들어 부르도록 해야 합니다. 우리 조상들은 '새야 새야 파랑새야' 같은 노래 만들어 아이들에게 퍼뜨렸지 않습니까? 통일의 글, 통일의 그림, 통일의 노래를 아이들이 만들고 그리고 쓰게 할 수도 있겠지요.

4월 15일 무너미에서 뵙겠습니다. 충주 가는 버스 타면 세 시간이면 됩니다.

1989년 3월 29일
권정생 올림

될 수 있는 대로
많은 학부모님들을 참여시켰으면 합니다

선생님

벌써 한낮에는 더위를 느끼게 합니다.

어린이민족문화운동이 어느 정도 준비되었는지 궁금합니다.

올해는 때 아니게 늦서리가 와서 갓 피어난 새순들이 모두 얼어 죽는 걸 보았습니다. 우리 집 살구나무도 처음 열린 백여 개의 살구가 모두 얼어 쪼그라져 버렸습니다.

6.25때 전쟁으로 가장 많이 희생된 것이 어린이들일 것입니다. 제가 어린이를 특별나게 사랑해서가 아닙니다. 다만 인간으로 태어나서 살다 보니 행과 불행은 결코 어느 한 개인의 운명보다 사회와 국가 나아가서는 우주 자연에 이르기까지 죽이거나 살린다는 생각을 하고 있기 때문입니다. 잘못된 사회구조, 폭력 정치와 강대국이 약소국가에 대한 수탈, 이렇게 자연의 재해보다 인간이 인간을 잡아먹는 세상에서 그 어느 누가 "나만은 인간답게 살고 있다"고 말할 수 있겠습니까?

어린이문화운동은 이런 광범한 인간 세상의 부조리를 바로잡는 일을 해야 할 것입니다. 바른 교육, 건전한 생활환경, 어른들의 이기

적이고 편협된 생각으로 어린이를 정신적 불구자로 만드는 정치권력으로부터의 보호, 그릇된 종교, 스포츠, 음악, 오락, 식생활 문제는 너무나 많습니다.

권오삼 씨는 벌써 안양 근처에서 뜻있는 분들을 찾아 놓고 기다리고 있다고 합니다. 저는 될 수 있는 대로 많은 학부모님들을 참여시켰으면 합니다. 교직원노조에서도 함께 힘을 보탤 수 있었으면 좋겠습니다. 이현주 만나거든 민들레 주보 가족들과도 힘을 보태라고 하세요. 소식 기다리겠습니다.

1989년 5월 21일
권정생 올림

아무것도 안 하는 삶이란 죽는 것보다 못 합니다

선생님
교육 일기˚를 보름이나 걸려 오늘 아침 다 읽었습니다.

가장 자주 하신 말씀은 '이 직업을', '이 자리를' 떠나야겠다고 하셨는데, 지금도 아마 어느 기관의 장 자리에 있거나 권좌에 있는 사람 빼고는 모든 사람들이 현재의 자리에서 떠나고 싶어 할 것입니다. 극단적으로 차라리 죽고 싶다는 사람도 생각보다 더 많습니다.

지난 7월에도 이곳 마을에 두 사람이 농약을 마시고 자살했고 한

˚ 1989년에 펴낸 이오덕《교육일기》(1, 2)

336

사람은 중태에 빠져 있습니다. 할머니들 같은 노인분들은 하는 말씀이 어서 죽어야겠다는 것입니다. "먹을 것 입을 건 많은데 세상, 사람 살 곳이 못 된다"는 것입니다. 컬러텔레비전과 비디오를 갖추어 놓고 온 가족이 함께 음란 비디오를 구경한다는 말을 듣고 정말 살맛이 없어집니다.

할아버지들이 가끔 제게 물어 오시는데, "양기 돋우는 데 무슨 약이 좋으냐"고 합니다. "제가 그걸 어떻게 알겠습니까" 하고 말했다가는 어쩌면 제가 오해를 한 것인지도 몰라서 "뭐니 뭐니 해도 염소가 제일 좋답니다" 하면, "요새 약국에 가면 아주 좋은 약이 있다는데……" 그러십니다.

요 앞 과수원집 노인은 제가 알기로는 거짓말 잘하고 고리대금업을 했고 수많은 여자관계를 가졌고 아직도 첩을 데리고 사는 80 노인인데, 계속 찾아와서 지난날 자신의 일대기를 영화로 만들고 싶으니 전기를 써 달라느니, 자기가 구상한 혁명가를 작사해 달라느니, 그러면서 돈까지 놓고 가는 걸 너무 화가 나서 다시는 오지 마시라고 했는데도 여전히 그러고 있습니다. 그래서 꼭 영화로 만들고 싶으시면 서울 가서 영화감독이나 제작소에 가서 교섭을 하라고 했습니다. 돈은 몇억 아니면 수십 억이 들지도 모르니 돈 준비를 해야 할 거라고 겁을 주었는데, 그러니까 기가 조금 죽더군요.

정말 세상, 이 모양입니다. 선생님 교육 일기처럼 이 나라 역사가 어떻게 어느 쪽으로 가는지 모르겠습니다. 마늘값이 처음에는 비싼 것 같더니 요즘은 많이 내려 버렸고 고추는 한 근에 천 원입니다. 그런데도 가난하게 살려고 않고 쓰임새만 헤퍼지고 있답니다.

선생님, 저는 요즘 건강이 많이 좋아졌습니다. 한 짐 지고 있던 짐을 반은 내려놓은 것 같습니다. 아침에 일어나기가 쉬워졌고, 앉아 있기도 수월해졌습니다. 책을 보면 글자가 제자리에 고정되어 흔들리지 않을 만큼 눈도 좋아졌고, 몸에 열도 많이 내렸습니다. 홍성읍에서 보내온 약과 포항에서 가져온 약이 이만큼 효력을 본 것입니다.

그러나 아직은 조심해야겠습니다. 8월 14일부터 무너미에 와 계신다고 정우가 연락을 했는데, 아무래도 가지 말아야 할 것 같습니다. 또 나빠질까 봐 겁이 나기 때문입니다. 정말 몸이 아프면 아무것도 못 합니다. 아무것도 안 하는 삶이란 죽는 것보다 못 합니다. 살얼음을 딛고 걸어가듯, 앞으로도 조심해야지요. 이번 가을부터 여태 구상해 온 장편소설 시작해 보려고 합니다. 이만큼의 건강이라도 유지된다면 한 1년 아니면 2, 3년이 걸리더라도 꼭 써야겠지요.

풀무원과 그리고 12, 13일의 경주 아동문학 세미나 잘 다녀오시기 바랍니다.

1989년 8월 7일

권정생 올림

아이들 위하는 일에
힘을 모아 주었으면 어떨는지요

권 선생님, 어떻게 지내십니까?

한번 간다는 것이 이렇게 꼼짝 못 하고 지냅니다. 결국 이런 모양으로 일을 시작했습니다. 이걸 잘 운영해서 아동문학 풍토를 좀 바꿔 보고 싶은데, 모두 자기 혼자 생각만 말고 아이들 위하는 일에 힘을 모아 주었으면 어떨는지요. 지금 봐서 오륙십 명을 모아 발기인 모임*을 가져서 앞으로 할 일을 의논하고, 결성 대회도 준비하려고 합니다. 발기인 50명이나 60명이면 결성 때 회원이 2백 명은 되었으면 좋겠는데, 잘하면 그 정도는 되겠지요. 여기 취지문과 규약을 동봉했으니 보시고 잘못된 것, 보충할 것이 있으면 지적해 주십시오. 그리고 발기인이 확정되면 이 인쇄물을 많이 찍어서 입회 원서와 함께 드리겠습니다. 권 선생님께는 전화나 편지로 종종 연락드리겠습니다.

그저께 누가 와서 말하는 것을 들었는데, 현암사에서 선생님의 작품 선집을 몇 권으로 내게 된다지요? 잘됐습니다. 그런데 그런 일을 저한테 미리 알려 주셨으면 출판계약을 할 때 불리한 일이 없게 도와 드릴 수 있었는데, 어떻게 계약하셨는지 모르겠네요. 하도 세상이 사람들이 자기 이익만 차리는 터라 믿을 사람이 드뭅니다. 또 김종만 씨가 와서 출판 일을 한다면서 우선 아동문학 선집을 계획하

* 이오덕은 어린이문화를 걱정하는 모임을 만들려고 했으나 뜻을 이루지 못했다.

고 있는데, 권정생, 이현주, 윤기현 세 분 것을 낼 생각이라 하더군요. 그중 선생님 책은 세 권이나 다섯 권쯤 선집으로 낼까 한다고 해서, 현암사에서 낸다는데 또 거기서도 그렇게 낼 수 있겠는가, 꼭 낼 생각이면 한 권쯤 내는 것이 좋지 않겠나, 하고 의견을 말해 주었습니다. 물론 이 일을 위해서 권 선생님한테 찾아가 허락을 받으려고 한답니다. 권 선생님 잘 생각해 보시고 대답해 주시기 바랍니다.

사람들이 자주 찾아가서 괴롭히는 것 같아 여간 걱정이 아닙니다. 어린이문학협의회˙는 권오삼 선생이 많이 걱정도 해 주시고 힘이 되어 주십니다. 일이 되는 대로 또 알려 드리겠습니다.

10월 중순, 결성 모임이 끝나면 한번 가겠습니다. 부디 식사를 거르지 마시기 바랍니다.

1989년 9월 19일

이오덕

만족한 작품도 없는데 무슨 전집을 냅니까

선생님

편지 잘 받았습니다.

현암사 한국아동문학선집에 저의 작품 동시 세 편과 동화 10여 편을 수록한다고 허락해 달라고 해서 그렇게 하라고 했지, 개인 선집

˙ 1989년에 이오덕은 아동문학인들과 함께 한국어린이문학협의회를 만들고 회장을 맡았다.

에 대해서는 저는 모릅니다. 아마 잘못 전해진 것일 겝니다. 웅진에서 전집을 내고 싶다고 해도 그게 싫어서 허락하지 않고 있습니다. 아직 작품도 제대로 갖추지 못하고 분량도 그렇고 만족한 작품도 없는데 무슨 전집을 냅니까. 불교 어린이 잡지 〈굴렁쇠〉에 연재 소설 1회분을 보냈습니다.

한국어린이문학협의회 규약 초고를 읽었습니다. ⑪에 어린이 문화분과를 잘 넣었다고 봅니다. 지금 사회 환경이 말이 아닙니다. 향락 퇴폐 문화는 어린이들 정신 건강을 얼마나 해치고 있는지 모릅니다. 분단 시대를 살아온 저희들이 아무리 애를 써도 역시 죄인으로 살 수밖에 없었던 것도 역사와 사회의 부정부패를 개인의 힘으로는 어쩔 수 없었기 때문입니다. 인간은 한번 잘못되면 평생 불행해집니다. 결성 대회 때는 저도 참석하고 싶지만 아직은 모르겠습니다.

아까도 말씀드렸지만 선집이나 전집 이야기는 그만두셨으면 합니다. 같은 작품을 가지고 이곳저곳 출판사에 겹치기로 책을 내는 것도 삼가야 하지 않겠습니까? 출판사의 양심을 나무라기 전에 작가의 양심도 지켜야 한다고 봅니다.

현암사에 낸다는 한국아동문학선집은 어떤 형태로 나오는지 모르지만 저는 모든 아동작가들의 작품이 실리는 줄 알고 있습니다.

1989년 9월 22일

권정생 올림

"똑 까서 입에 넣어 주는" 듯한 글입니다.

선생님

책하고 어린이문협 이사회 소집 통지서 받았습니다. 이사회에는 갈 수 없고, 저는 그냥 평회원으로 있게 해 주십시오. 앞으로 건강해지면 부지런히 앞장서서 일하겠습니다. 그때까지만 기다려 달라고 다른 분들께도 말씀드려 주시기 바랍니다.

《우리 글 바로 쓰기》는 앞쪽 몇 장과 중간 부분을 조금 읽었지만 아주 재미가 있습니다. 이곳 할머니들 말씀대로 "똑 까서 입에 넣어 주는" 듯한 글입니다.

쇠고기는 저도 이상하게 생각했던 말입니다. 소의 고기라 하는 뜻이면 닭고기는 닭고기, 돼지고기는 돼쬐고기, 개고기는 괘고기가 되어야 한다고 말하고 싶었습니다. 고추나무도 제 동화 '강아지 똥'에도 그렇게 썼지요. 그때도 좋은 말이 떠오르지 않았는데, 고추 포기란 것을 보고 그렇구나 싶었습니다.

한 가지 외국의 고유명사 인명 지명 같은 걸 덩샤오핑 등소평, 마오쩌둥 모택동 하셨는데, 일본인 미야자와를 궁택, 다나카를 전중으로 해야 할지 어렵습니다. 후지산을 부사산으로는 못하지 않을는지요? 몽고란 이름도 본디는 몽골인데 중국 사람들이 얕잡아 봐서 몽고라고 했다니까 이런 건 바르게 몽골로 써야 하지 않겠습니까?

동화 '돌다리'는 바쁘게 쓰느라고 만족스럽지 못합니다. 할 수 없이 그냥 보냅니다. 이번 한 주간 세 편의 동화를 쓰느라 애를 먹었습니다. 한꺼번에 일이 밀려서 그랬습니다. 선생님 건강하시기 빕니다.

1989년 11월 14일

권정생 드림

이 돈, 선생님 하시는 데
조금이나마 힘이 되고 싶어 보냅니다

이오덕 선생님, 무사히 집에 가셨습니까?

작년에 무너미에 정우 집 짓는 것 보태 쓰라고 제게 있던 돈을 줬는데 그저께 이자까지 붙여서 가져왔더군요. 저는 이 돈 지금은 별로 소용없고, 선생님 하시는 데 조금이나마 힘이 되고 싶어 보냅니다. 사무실을 살 수 있다면 더욱 좋겠습니다. 이런 걸 가지고 광고하거나 말 내면 창피하니 그냥 선생님만 아세요. 저는 별로 돈을 벌 줄은 몰라도 아껴 쓰는 데는 누구 못지 않습니다.

그리고 저작권협회는 마음이 내키지 않아 빠지겠습니다.

아무리 생각해도 번거로워서입니다. 저는 왠지 우체국 가서 등기 우편 영수증 받는 것도 항시 잊어버립니다. 사람이 만들어 놓은 법과 규칙을 현재 있는 것도 다 지키지 못하는데 또 다른 법을 만들고 거기 얽매이는 게 싫습니다. 사람의 양심만 점점 메마르게 하니까요. 앞으로 까다로운 법을 줄이면서 사는 세상 되었으면 싶습니다.

선생님 수고에 돕지 못해 죄송합니다.

1990년 4월 26일

권정생 올림

이번 무너미 연수회는 아동문학인만 아니라 다른 분야에 종사하는 분들이 많이 참석해서 기뻤습니다.

이현주 선생의 우리 민요 자장가 이야기도 재미있었고 송현 선생의 동시 이야기도 좋았습니다. 시간만 넉넉하다면 더 많은 분들의 의견도 듣고 생각을 나누었으면 좋았을 텐데 하루뿐인 시간이 너무 짧았습니다.

나는 이야기 듣기를 좋아하기 때문에 많은 분들의 이야기를 많이 듣고 싶었습니다. 문학 이야기도 좋지만 그림 이야기, 노래 이야기, 분단 이야기, 역사 이야기, 더 많은 세상 이야기와 살아가는 이야기를 들었으면 싶었습니다. 본래부터 우리 모임이 아동문학인만이 아닌 아동문화 전반에 종사하는 분들이 참여하는 문화 운동을 목적으로 시작했기 때문입니다.

이번에 연수회를 열어 보니 아쉽게도 아동문학, 글쓰기 테두리를 벗어나지 못하여 이럴 바엔 굳이 글쓰기회를 따로 모일 까닭이 없어 보였습니다. 주중식 선생의 문학 교육, 이오덕 선생의 '아이들에게 삶과 시를' 제목으로 한 이야기도 글쓰기 쪽 분야와 구별 짓지 않아도 되는 주제였기 때문입니다.

사실 아동문학과 어린이 글쓰기는 따로 분리될 수 없는 같은 식구라고 생각됩니다. 그래서 우리 모임을 따로 가르기보다 글쓰기 쪽으로 합치는 것이 훨씬 단체를 위해서 효과적이라 여겨집니다.

다음번 겨울 연수회 때는 노래분과, 미술분과, 연주분과 그리고 될 수 있으면 어린이 장난감, 어린이 옷과 신발, 어린이 체육, 어린이 놀이, 어린이들의 종교, 통일, 민주화, 그들의 환경, 모든 것을 이야기하실 분들이 모여서 걱정하며 새로운 삶을 찾는 길을 나누었으면 합니다.

끝으로 김은영 선생님의 좋은 시를 앞으로 기대해 보겠습니다.

1990년 8월

권정생 올림

선생님께서 한번 풍금 타 보시기 바랍니다

선생님

앞으로도 오래오래 건강하셨으면 좋겠습니다. 세상은 점점 바빠지고 있지만 그래도 희망을 버리지 말아야 합니다,

요새 와서 저도 세대 차이라는 것을 많이 느끼게 되었습니다. 젊은이들의 심각한 고민이란 정신적 고민보다 물질적 고민이 대부분입니다. 우리들 시대에는 가난 자체가 오히려 정신적 힘이 되어 주었고 훨씬 건강했습니다.

과천도 몹시 공해가 심하던데, 선생님은 어떻게 하시려는지요. 시골이라고 별로 나은 건 아닙니다. 산과 들에 쓰레기 천지고, 강물은 구역질이 나도록 더럽습니다. 농촌 사람들의 인심도 황폐할 대로 황폐되어 말씨가 거칠어집니다.

할머니들은 어디 먼 곳에 떠나고 싶다고 합니다. 그 먼 데란 어떤

곳인지 막연하게 떠나고 싶은 거지요. 저도 떠나야지 싶어도 막상 떠나 봐도 어디 마음 붙일 곳이 없다는 걸 압니다. 그래서 괴롭고 도무지 안정이 안 됩니다. 여기는 골프장, 고속도로, 뭐 주민들의 불안도 한두 가지가 아닙니다.

서울 가 보니 모든 게 다 돈으로 이뤄지는 것뿐이고, 하나도 순리라는 게 없어 보였습니다. 어렵게 하는 건 싫고 모두 손쉽고 편한 것만 찾으니 결국 싸우게 되나 봅니다.

김종헌의 시를 전자오르간으로 가락을 만들어 보았습니다. 옆집 아이들에게 불러 보라 했더니 중 2학년 여학생은 괜찮다 그러는데, 머슴애들은 별로 흥미가 없어 보였습니다. 악보를 적었는데 맞는지도 모르겠습니다. 선생님께서 한번 풍금 타 보시기 바랍니다.

오늘 우체국에 갑니다.

1990년 9월 3일

권정생 드림

몽실이 때문에 곤욕을 치르고 있습니다

선생님, 《ちっちやな才ギ(칫차나옥이)》* 잘 받았습니다.

책이 아주 잘 만들어져 기뻤습니다. 이원수 선생님의 '호수 속 오두막집', '잔디숲 속의 이쁜이'가 빠져 있어 언짢았습니다. 앞으로 더 많은 작품이 소개되겠지요.

몽실이 때문에 곤욕을 치르고 있습니다. 자본주의라는 것이 바로 이런 것이구나 싶어 더욱 서글퍼집니다. 이 땅의 북쪽에서는 월 4만 원의 월급으로도 당당하게 살아가는 것이 부러워집니다. 어서 건강해져서 산속 깊은 곳에서 강냉이 심고 가난하게 살 수 있기만 기도하고 있습니다. 참교육도 이런 고약한 자본주의 사회에서는 절대 불가능합니다.

섬머힐 아이들 같은 인간교육은 아직 까마득할 것 같습니다. 제가 애써 쓰고 있는 동화에 대한 회의도 생깁니다. 아무것도 쓸 수가 없습니다. '용구 삼촌'은 작년에 추계대학생 동인지에 실었던 것입니다.

1990년 9월 17일

권정생 드림

* 일본에서 번역 출판한 이원수의 《꼬마 옥이》

권 선생님께

어제는 산하출판사 사장의 차로 권오삼 선생하고 과천서 약 20리쯤을 가는데 두 시간 가까이 걸려서, 이래서는 도저히 못 가겠다 싶어 도로 돌아왔습니다. 식목일이라 나무를 심는 것이 아니라 모두 산으로 들로 놀러 가느라고 온통 길이 차로 덮였던 것이지요. 그래서 도서후원회원 다섯 사람(권정생, 권오삼, 이현주, 이재복, 이오덕)이 달리 한두 권씩 추천한 책을 구해 가져가려던 것을 여기 우편으로 부쳐 드립니다. 우리가 한 차례 보고 검토하자고 해서 우선 추천한 책은 다음 아홉 권입니다.

임길택《우리 동네 아이들》, 김일광《아버지의 바다》, 위기철《전태일》, 윤기현《해가 뜨지 않는 마을》, 김현아《차돌이는 환경박사》, 중국 동화《왕시경의 새로운 경험》, 권정생《점득이네》, 박상규《참나무 선생님》, 번역물《지구를 살리는 50가지 방법》.

이 중에서 권 선생님께 우송하는 책은《점득이네》를 뺀 여덟 권입니다. 이재복 씨 계획으로는 4월 중순까지 읽어 달라고 한 것 같은데, 죄다 읽을 수는 없겠지요. 한두 권만이라도 읽으셔서 원고지 몇 장쯤 서평을 쓰실 수 있도록 해 주시면 고맙겠습니다. 그리고 이 아홉 권에서 좋은 책이라고 널리 알리고 추천할 만한 책을 다섯 권이든지 일곱 권이든지 우리가 가려 뽑아야 되니 그 점 생각해 주시기 바랍니다.

그리고 이 일과는 별도로 〈생활성서〉에서 좋은 책 몇 권을 들어 써 달라고 해서 제가 혼자 할 것이 아니라 이번에 이런 일을 하는 김에 모두 한 권씩 읽은 것을 몇 장씩(3~5장) 써내면 되겠다 싶어 이현주 선생한테도 부탁했습니다. 쓰실 수 있으면 곧 보내 주십시오. 이것은 시일이 촉박해서 전화로도 연락드릴까 합니다.

또 있습니다. 산하출판사에서 지금 위기철 씨 동화집을 내려고 준비하고 있는데, 그 원고를 읽어 보니 대단히 좋습니다. 그래 책 뒤표지에다 책을 널리 읽고 싶어 하는 광고문을 몇 사람이 쓰면 좋겠다고 제가 출판사 쪽에 권했습니다.

이현주 선생하고 권 선생님하고 나하고, 세 사람이 원고지 한 장 정도로 각각 써내면 되겠다고 생각했습니다. 그래서 그 원고(교정본)를 또 우송했으니 부디 용서해 주시기 바랍니다. 이것은 이달 중에 하시면 되는 것이니 그리 급하지는 않습니다. 힘드시면 일부분만 읽어 두십시오. 자주 짐만 지워 너무 미안합니다.

이달 중에 조용한 날 한번 안동으로 갈까 합니다.

여러 가지 이야기할 것 다 못 쓰고 이만 드립니다. 모든 것 절대로 무리하지는 마시기 바랍니다.

1991년 4월 6일 아침

이오덕

아이들도 읽을 수 있게 쉬운 우리 말로 써 주시오

권 선생님

오래전부터 별러 온 것을 이제야 이렇게 계획해 보았습니다.

이번 일만은 될 것이란 생각이 듭니다. 보시고 좋은 말씀 충고해 주시기 바랍니다.

갈수록 사람의 일은 절망입니다. 그래도 목숨이 붙어 있는 날까지는 뭔가 해야 할 것 같아 늘 바쁘게 지내다 보면 세월은 살같이 지나갑니다. 이런 일도 사람들을 찾아가 자세히 이야기를 해서 동의를 얻고 싶지만 그렇게 안 됩니다.

"내용은 무엇을 써도 좋으니 아이들도 읽을 수 있게 쉬운 우리 말로 써 주시오" 이래서 재미있는 원고가 좀 모이면 좋은 책이 될 것이라 생각되는데, 저의 기대가 무너지면 이 일은 안 되겠지요.

부디 좀 도와주시기 바랍니다.

1992년 6월 24일

이오덕

사람들 모아서 일을 한다는 짓이
다 허황한 노릇임을 깨닫습니다

권 선생님

일이 이렇게 잘 안 됩니다. 저 혼자 할 수 있는 일이나 해야겠습니다. 참으로 미안하고, 부끄럽습니다.

어린이문학협의회는 무크지를 엮어서 겨울 연수회까지 책이 나오도록 해 달라고 지식산업사에 부탁했습니다. 이 책이 나오면 어린이문학 단체와도 일체 관계를 끊을 생각입니다.

사람들을 모아서 무슨 일을 한다는 짓이 다 허황한 노릇임을 깨닫습니다.

바쁜 일 대강 해 놓고 한번 안동에도 가 볼까 합니다.

1992년 11월 21일

이오덕

선생님처럼 한 가지 일에 몰두할 수 있는 것이
부럽습니다

이오덕 선생님

늦었지만 동시 두 편 겨우 써서 보냅니다. 정말 죄송합니다.

건강 때문이기도 하지만 주위를 돌아보면 예쁜 동시 동화를 쓸 수 있는 환경이 못 됩니다. 별로 내키지 않는 잡문들은 몇 군데 청탁받는 대로 썼지만 그것도 억지 짓입니다.

 선생님처럼 한 가지 일에 몰두할 수 있는 것이 부럽습니다. 건강도 그렇고, 굳은 의지도 한없이 존경스러울 뿐입니다. 세상이 결국 이렇게 함몰되어 가고 있습니다.

 사람 만나는 게 두려워집니다. 어디서 무엇부터 해 나갈지, 아무도 방법이 없는가 봅니다. 결국 제가 바라던 그런 세상은 오지 않는 것이 분명해졌습니다. 아무 데도 마음 붙이고 살 수 있는 곳이 그 어디에도 없습니다.

 부디 건강하시고, 세상 어떻게 되어 가는지 끝까지 지켜보아야겠지요.

 1993년 7월 5일

 권정생 올림

참 서글픈 세월입니다

 권 선생님

 추석을 앞두고 많은 사람들의 발걸음이 바쁩니다. 고향에 간다고 조그만 선물이라도 사 들고 마음이 들떠 있는 듯 보입니다. 그러나 정작 그 고향은 어떤 모양일까요.

 오늘 아침에 정우가 화목에서 전화를 걸었는데, 고향 구석들 마을 아시지요? 거기 내 외사촌이 과수원 농사짓고 있는데 이번에 나이 서른이 넘은 맏아들을 잃었답니다. 위암으로 죽었다나요. 그리고 작금년에 그 조그만 마을에서 젊은이들이 대여섯이나 모두 암으로 죽었다고 해요. 그 구석들 마을은 오래전부터 마을 앞이고 뒤고 모조리 과수원이고, 모두 과수 농사 짓습니다. 그러니까 농약 해독을 모두 입은 것이지요.

지난해에는 댁골에서 과수원 안에 집을 지어서 사시던 자형이 돌아가시고, 몇 달 뒤에 누님도 돌아가셨어요. 두 분 다 위암과 간암이었습니다. 그래도 모두 사과 농사를 짓고, 사과를 사 먹고, 고추를 가꾸고, 고추를 먹고, 그런 농촌이 그립다고 추석이면 찾아갑니다. 참 서글픈 세월입니다.

여기 〈우리 말 우리 글〉* 16호 몇 부 보냅니다. '하늘나라에 간 정아'는 어느 은행에서 글을 모집했을 때 응모한 것인데, 낙선이 된 것을 하도 내용이 좋아서 본인의 승낙을 받아 실었습니다.

또 동봉한 동시 '꽃다지'는 《어머니 사시는 그 나라에는》 시집에 들어 있는 것인데, 셋째 연 첫째 줄과 둘째 줄이 연결이 잘 안 되는 듯해서 복사해서 보냅니다. 이것 보시고 잘못되었으면 고쳐서 보내주시고, 쓴 그대로 두고 싶다면 그렇게 회답 주시기 바랍니다.

이 가을에 권 선생님의 건강이 조금이라도 나아지기를 빌면서 이만 몇 자 적습니다.

1993년 9월 16일

이오덕

* 이오덕이 1993년에 만든 우리 말 살리는 모임에서 펴낸 회보

권 선생님 한마디 하시는 것이
귀한 가르침이 될 것입니다

권 선생님

이제야 봄이 오는가 싶더니 또 날씨가 춥습니다.

여기 보내 드리는 작품들은 어린이문학협의회에서 지난해에 낸 《휘파람 부는 아이들》이란 책에 광고를 낸 제1회 한국어린이문학협의회 신인 작품 모집에 응모한 것입니다. 마감이 지나도 별로 들어온 것이 없어서 다시 연기를 하고 했는데도 겨우 이 정도입니다. 이걸, 지난번 심사 위원으로 권 선생님과 나, 김녹촌, 권오삼, 송현 이렇게 모임에서 정했습니다. 그런데 사람들이 모두 권 선생님하고 저하고 먼저 보고 결정해 달라고 합니다. 그래서 제가 보고 이렇게 우송하는 것이니, 수고스럽더라도 한번 봐 주시기 바랍니다. 다 보시면 또 귀찮겠습니다만 이 작품들을 우편으로 보내 주시면 고맙겠습니다. 보신 결과를 간단히 써 주시면 더 좋겠지만, 그러실 틈이 없으면 전화로 알려 주셔도 되겠지요. 제가 전화하겠습니다.

첫 번째니까 잘해 보자고 모두 말하는데, 무엇보다도 작품이 좋아야 되겠지요.

박경선 씨가 보내온 장편이 있었는데, 신인이 아니어서 심사 대상에 넣지 않았습니다.

1994년 3월 11일

이오덕

이렇게 응모한 사람들, 거의 모두 잘 아는 사람들입니다. 이 기회에 잘 썼든 못 썼든 작품에 대한 평가를 작품마다 해 주고 싶은데, 저는 자주 이야기해 주니까 또 그런 말을 하는구나 하고 생각할 것입니다. 그래서 권 선생님 한마디 하시는 것이 이 사람들에게는 아주 천 근의 무게로 귀한 가르침이 될 것입니다.

그저께부터 뻐꾸기와 꾀꼬리가 웁니다

이오덕 선생님, 그동안 괜찮으셨습니까?

그저께 윤희보 선생님이 전화를 주셨는데, 너무 걱정을 끼쳐 드리는 것 같아서 혹시 선생님께서 가까이 계시는 한지흔 씨께 제 병세에 대해 자세히 말씀드려 주셨으면 합니다.

작년 가을에 병원에 가서 몇 가지 검진을 받았는데, 폐는 거의 치유가 되었고, 늑막이 아무는 과정에서 숨이 찬 증세가 그대로 남아 있다고 합니다. 콩팥 기능은 그런대로 괜찮은데 왼쪽으로 엄지손가락만큼 고름 주머니가 아물지 않고 있다고 합니다. 더 이상의 치료는 병원에서는 어쩔 수 없다니까 그냥 스스로 조심하면서 살아가는 수밖에 없지요. 지금도 카테터라고 하는 고무호스가 몸속으로 들어가는 길이가 꼭 27센티미터인데 항시 염증이 생기다 보니 열이 나고 통증이 심하게 일어납니다. 열이 오르면 그냥 누워서 며칠이고 안정을 하면 나아집니다. 열이 내릴 때쯤이면 또 갈아 끼워야 하고 그러다 보니 항시 반복되는 게 열이 나고 내리고, 그렇습니다. 이제는 지겹도록 살았다 싶어도 제 마음대로 어쩔 수도 없습니다. 누군 가 걱정하는 것도 건강에 대해 물어 오는 것도 대답하기 힘듭니다.

마당에 구기자, 민들레, 댑싸리, 쑥, 이런 것들이 모두 이뇨제 역할 을 해서 뜯어 달여 먹고 있습니다. 너무 오래 아프다 보니 제가 반은 의사가 되어 버렸습니다. 어떤 증세가 일어나면 어떻게 대처한다는 것도 알게 되었답니다.

한지흔 씨께 잘 말씀드려서 걱정 마시라고 전해 주십시오. 이젠 누가 찾아오는 게 제일 부담스러워집니다.

함께 보내는 건 이원수 선생님 전기를 유년용으로 쓴 것인데 5년 전인가 어느 출판사에서 세계위인전기를 내면서 청탁받아 제가 쓴 거지요. 그런데 출판사 쪽에서 전기로는 맞지 않는다고 지금에서야 원고를 되돌려 주는군요. 읽어 보니 저는 괜찮은 것 같아서 선생님 께 한 벌 복사해서 보내는 것입니다.

선생님, 편지 억지로 썼습니다. 그저께부터 뻐꾸기와 꾀꼬리가 웁 니다. 누군가가 새들이 농약에도 익숙해져서 아주 잘 살아간다고 합니다. 메추라기와 노고지리와 물총새는 아무리 살펴도 없습니다.

1996년 5월 16일

권정생 올림

이오덕 선생님

지난 9월 13일은 정말 몇십 년 만에 처음으로 아침 7시부터 밤 12시까지 한 번도 눕지 않고 지냈습니다. 얼굴색도 여느 때와 달리 제가 보기에도 혈색이 돌고 눈빛도 맑았습니다. 그래서 이제는 그 지긋지긋한 병마에서 벗어나는가 싶어 마음이 저도 모르게 들뜨기까지 했습니다.

그런데 다음 날, 전날의 몸 상태와는 다르게 다시 통증이 일기 시작하고 열이 오르는 것이었습니다. 그로부터 일주일간 옛날로 돌아가 버린 것입니다.

이제는 절대 건강해지겠다는 마음도 안 가질 테고 기대도 않겠습니다.

오늘 겨우 정신을 가다듬고 자꾸 후들거리는 손으로 얼마 전에 쓰다가 뒀던 원고를 마무리 지었습니다. 선생님, 저는 정말 게으른 사람은 아닙니다.

전에 선생님께서 전화로 말씀하시길 "절대 죽어서는 안 된다"고 하셨듯이 견딜 수 있는 데까지 견뎌 가기로 했습니다.

1998년 9월 22일

권정생 드림

과연 어른이 아이들을 위한 시를 쓸 수 있을까요?

이오덕 선생님

《농사꾼 아이들의 노래》* 어제까지 읽었습니다.

이 동요들을 80년대나 60년대에 세상에 알렸으면 한국의 동시 문학이 많이 달라질 수도 있었을 것입니다. 권태응 선생은 가장 한국다운 시를 쓰신 분이라고 보았습니다. 방정환, 한정동, 이원수 선생님들은 일본 동요의 영향에서 거의 벗어나지 못했는데 권태응은 많이 다르게 썼습니다. 윤석중 선생님 동요가 내용이 없어도 형식과 감성은 그래도 한국 냄새가 깃들어 있다고 보았는데 권태응만큼은 못 따르고 있네요.

한 가지 제가 읽으면서 아쉬웠던 것은 어른이기 때문에 아이들의 삶에는 미치지 못하고 있었습니다. 아이들 삶이란 아이들의 고민, 고통과 눈물이 없었다는 것입니다.

아이들이 직접 쓴 《일하는 아이들》과 비교해서 읽어 보니 그만큼 차이가 느껴졌습니다. 몸으로 생활하며 쓴 아이들 것과, 어쩔 수 없이 머리로 만들어진 노래는 다를 수밖에 없을 것입니다. 제가 그래서 생각해 보았습니다. 과연 어른이 아이들을 위한 시를 쓸 수 있을까? 하는 것입니다. 우리가 보기에는 참으로 훌륭한 동요 동시인데도 아이들은 그렇게 감동스럽게 읽지 않는다는 것입니다.

이 문제는 아동문학을 하는 사람들의 공통되는 고민일 것입니다.

* 이오덕이 2001년에 펴낸 아동문학 평론집

이 편지 쓰고 있는데 〈한 사람의 목숨〉*이라는 어린이 시집이 왔네요. 역시 아이들 시는 아이들이 쓰는 것이 훨씬 동시답군요.

선생님 건강하시기 빕니다.

2001년 6월 28일

권정생 드림

저도 병들어 돌아다니면서 일할 몸은 안 됩니다

권 선생님께

전화라도 가끔 걸고 싶었는데 힘드실까 싶어 못 걸었습니다. 하루 하루를 어떻게 견디면서 살아가시는지 모르겠습니다. 저도 요즘은 위장이 나빠져서 음식을 아주 조금씩 먹습니다. 이대로 사는 날까지 할 수 있는 일을 될 수 있는 대로 줄여야 되겠다고 생각하고 있습니다.

〈어린이문학〉 10월 호에 진주교대 이지호 교수가 내 책 이야기를 서평으로 썼는데, 거기 권정생 선생님의 동화 《비나리 달이네 집》을 나와는 아주 다르게 보면서 좋지 않게 말해 놓았습니다. 너무 잘못된 눈으로 보는구나 싶어 지금 이 교수의 글을 비판하는 글을 쓰고 있는 중입니다. 자연을 어떻게 보는가 하는 문제는 사람을 어떻게 보나 하는 문제가 되고, 그것은 그대로 문학관이 됩니다. 문학을

• 이오덕이 일본 초·중·고등학교 학생들 시를 번역해서 엮은 문집

한다고 하는 요즘 젊은이들 가운데는 뜻밖에도 아주 사람답지 못한 천박한 자연관을 가진 사람이 많습니다. 권 선생님도 그 글을 보셨을 텐데 어떻게 생각하셨는지 모르겠습니다. 그 이지호 씨가 아주 바른 말을 잘하는 사람이라고 몇 사람이 저한테 알려 주었고, 이 교수도 두어 번 저한테 찾아왔기에 내 생각과 문학관에 진심으로 공감하는 사람이구나 싶었는데, 아주 다른 사람이었습니다. 그렇다면 어째서 그렇게 나를 찾아와서 선배 대접을 하고 싶어 했는지 이해가 안 됩니다.

여기 '오늘의 정국을 우려하는 지식인 선언'이란 것을 보내 드립니다. 이것을 보시고 공감하시면 부디 서명해 주십시오. 서명하는 뜻과 앞으로 하게 되는 일은 제가 따로 복사해서 함께 보내는 '이태길 선생님께'라는 편지글에 대강 적혀 있으니 참고해 주시기 바랍니다. 이태길 선생님은 제가 50년대에 경남 군북중학교 교사로 있을 때 그 학교 교장 선생으로 있었던 분입니다. 일제강점기에 대구 사범학교 학생으로 비밀 결사를 조직해서 항일운동을 하다가 대전 형무소에 갇혀 4년 동안 옥살이를 했습니다. 지금은 광복회 부산지부장 일을 맡고 있습니다.

저도 병들어 밖에 나가서 돌아다니면서 일할 몸은 안 됩니다. 그래도 이런 데 있으면서 전화로 어떤 생각을 간단히 알릴 수는 있으니 이런 모임에 참가합니다. 그렇게 알아주시고 좋은 뜻을 가진 사람들이라 생각되신다면 서명해 주시기 바랍니다. 달리 다른 수고를 하게 하는 일은 아주 없는 줄 압니다.

이런 편지는 전우익 선생한테도 보내려고 하고, 변산의 윤구병 선생과 무주의 허병섭 목사 앞으로도 보낼까 합니다. 그 모임에서 이렇게 해 달라고 특별히 부탁받은 것은 아닙니다. 이런 시골에서 나혼자서 해야 할 일만 하는 것보다 많은 사람이 민족을 걱정하는 이런 일쯤은 함께하면서 조그만 보탬이라도 되게 하는 것이 좋지 않겠나싶어 스스로 하는 것이니 그렇게 이해해 주시면 고맙겠습니다.

날씨가 추워졌습니다. 이 겨울에 부디 덜 아픈 나날이 되시기 빕니다.

2002년 11월 22일

이오덕 드림

이제야 세상이 어떤 건지 조금은 알 것 같습니다

이오덕 선생님

편지 잘 받았습니다.

건강이 좋지 않으신데 너무 무리하지 마시기 바랍니다. 지식인 선언에 서명을 하려니까 이상합니다. 저는 지식인도 아니고 깨끗하게 살아오지도 않았기 때문입니다. 선생님께서 보내신 것이니 할 수 없이 이름 써서 보냅니다.

대통령 후보들의 토론을 들어 봐도 모두 왜 그렇게나 권력에 집착하는지 서글픈 생각만 듭니다. 어쨌든 한 표 찍어야 할 텐데 좀 덜 악한 사람이 누굴까 찾아내기도 힘들 것 같습니다.

이지호 교수의 글 읽었습니다. 세상엔 생각도 느낌도 다르게 보는 사람도 있으니 별로 감정 상할 이유가 없다고 봅니다. 살아온 것이 다르고 배운 것이 다르니 어쩔 수 없지 않겠습니까. 북극지방 사람들은 세상은 춥다 할 것이고, 열대지방 사람들은 세상이 덥다고 할 테니 그걸 나무라서 어쩌겠습니까. 경험하지 못한 것은 아무리 설명해도 이해 못 합니다. 선생님도 앞으로 그리 생각하시면 편해질 것입니다.

이제야 세상이 어떤 건지 조금은 알 것 같습니다. 빨리 달려가면 버스 좌석을 차지할 수 있고, 늦게 가더라도 새치기를 하거나 완력을 써서 차지하기도 할 테고요.

얼마나 고통스러우면 열두 살 아이가 자살을 할까요? 그 아이한테는 교육이 오히려 죽음을 가져다준 것이 되어 버렸습니다. 학교가 있어야 할 이유가 뭔지 모르겠습니다.

추위에 건강 조심해 주시기 바랍니다.

2002년 11월 28일

권정생 올림

그리고 이오덕과 권정생은······

권정생 선생님 2
이오덕

정우가 저녁에 와서 말했다
- 권 선생님한테서 전화가 왔는데요
이렇게 말해요.
아버지 밥 못 잡수신다고 하거든
좀 야단쳐.
약이고 주사고 다 소용 없어.
밥 안 먹으면 안 돼.
나도 먹고 토하고 또 먹고 토하고
그래도 죽기살기로 먹었어.
한 숟깔 떠 넣고, 오백 번 씹으면
죽보다 더 잘 넘어가
어떻게 해서라도 밥 드시도록 해.
그랬어요.
정우 말 듣고 눈물이 났다.
권 선생이 지금까지 그렇게
내 곁에 있는 줄 몰랐다. (2003. 6. 17.)

몇 평생 다시 살으라네

이오덕

밤낮 침대에 누워 있자니
등뼈가 아파서 견딜 수 없다.
그래도 낮에는 정우가 안아서
잠시라도 앉아 있지만
밤에는 누워서 꼼짝 못 한다.
수건을 등뼈 양쪽 깔아 달라 해서
겨우 견디는데
이번에는 발뒤꿈치조차 아프다.
그래도 꼼짝 못한다.
이건 아주 관 속에 들어가 있는
산 송장이다.
정말 밤마다 나는 관 속에 들어가
생매장되어 있다가
아침이면 살아난다.
죽었다가 살아나고
또 죽었다가 살아나고
고것 참 재미있구나.
하루가 새 세상 새 한평생
앞으로 내가 몇 평생 살는지
고것 참 오래 살게 되었네. (2003. 8. 20.)

이오덕은 2003년 8월 14일에 암일지도 모른다는 이야기를 듣지만 검사도, 치료도 받지 않았다. 마지막에 머물렀던 무너미 마을에서 늘 그랬던 것처럼 날마다 일기를 쓰고, 시를 쓰며 하루하루를 살았다. 2003년 8월 25일 새벽에 숨을 거두었다.

생전의 이오덕 선생님을 생각하면서

권정생

오늘 아침 7시 조금 넘어서 전화벨이 울렸습니다.

"정읍니다. 그만 끊겠습니다."

딱 이 두 마디 말만 하고 전화는 끊겼습니다.

이오덕 선생님의 맏아들이자 상준이네 아버지였습니다. 전화가 끊기고 나서 금방 알아차렸습니다. 이오덕 선생님이 세상을 떠나셨다는 것을…….

순간 먼 산길로 선생님이 걸어가시는 뒷모습이 먼저 떠올랐습니다. 한쪽 손에 두툼하게 싼 책보자기를 들고 한쪽 어깨엔 느슨하게 끈 달린 가방을 메고, 선생님은 그렇게 산길 모퉁이를 걸어 사라지셨습니다.

우리는 선생님 안 계시는 데서는 '고집불통 선생님', '독불장군 선생님' 이렇게 흉도 보고 짜증도 내었습니다. 하지만 이제는 그렇게도 할 수 없게 되었습니다.

"선생님, 그게 아닙니다. 김 선생 말도 맞고, 박 선생 말도 맞다고 봅니다."

그렇게 딴소리를 드리면 금방 꾸지람이 날아왔습니다.

"야단났습니다. 권 선생조차 그런 생각을 하다니 실망스럽습니다."

선생님 앞에서는 도무지 "아니요"라는 말은 절대 못 하게 되었습니다.

스물에 교직에 들어가신 후 평생을 고집 하나만으로 꼿꼿하게 살아오신 선생님이었습니다. 선생님 모습은 이제 눈을 감아야만 볼 수 있게 되었고, 목소리도 아무도 없는 조용한 곳에서만 환청으로 들을 수밖에 없겠습니다.

선생님 가신 곳은 어떤 곳인지, 거기서도 산길을 걷고 냇물 돌다리를 건너고, 포플러나무가 서 있는 먼지 나는 신작로 길을 걸어 걸어 씩씩하게 살아 주셨으면 합니다. 《일하는 아이들》에 나오는 그런 개구쟁이들과 함께 별빛이 반짝이는 하늘 밑 시골집 마당에 둘러앉아 옥수수 까먹으며 얘기 나누시는 그런 세상이었으면 합니다.

아직 이승에 남아 있는 우리들은 선생님이 남기신 골치 아픈 책들을 알뜰히 살피며 눈물 나는 세상 힘겹게 견디며 견디며 살 것입니다. 사이 좋다가도 토라지기도 하면서요. 《우리글 바로쓰기》, 《우리 문장 쓰기》는 국어 공부하는 사람이면 어쩔 수 없이 누구나 책꽂이에 꽂아 두고 봐야 할 필독서가 되었습니다.

선생님, 이담에 우리도 때가 되면 차례차례 선생님이 걸어가신 그 산길 모퉁이로 돌아가서 거기서 다시 만나 뵙겠습니다. 부디 큰 눈을 더 부릅뜨셔서 이승에 남아 있는 우리들을 지켜봐 주시기 바랍니다. 살아생전처럼 호되게 꾸지람하시고요.

선생님의 영전에 선생님이 좋아하시는 진달래꽃 한 다발 마음으로 바칩니다.

2003년 8월 25일 오후 5시
권정생 드립니다.

용감하게 죽겠다

권정생

내가 죽은 뒤에 다음 세 사람에게 부탁하노라.

1 최완택 목사, 민들레 교회.

이 사람은 술을 마시고 돼지 죽통에 오줌을 눈 적은 있지만 심성이 착한 사람이다.

2 정호경 신부, 봉화군 명호면 비나리.

이 사람은 잔소리가 심하지만 신부이고 정직하기 때문에 믿을 만 하다.

3 박연철 변호사

이 사람은 민주 변호사로 알려졌지만 어려운 사람과 함께 살려고 애 쓰는 보통 사람이다. 우리 집에도 두세 번쯤 다녀갔다. 나는 대접 한 번 못 했다.

위 세 사람은 내가 쓴 모든 저작물을 함께 잘 관리해 주기를 바란다.

내가 쓴 모든 책은 주로 어린이들이 사서 읽는 것이니 여기서 나오는 인세를 어린이에게 되돌려 주는 것이 마땅할 것이다. 만약에 관리하기 귀찮으면 한겨레신문사에서 하고 있는 남북어린이 어깨동무에 맡기면 된다. 맡겨 놓고 뒤에서 보살피면 될 것이다.

유언장이란 것은 아주 훌륭한 사람만 쓰는 줄 알았는데 나 같은 사람 도 이렇게 유언을 한다는 게 쑥스럽다.

앞으로 언제 죽을지는 모르지만 좀 낭만적으로 죽었으면 좋겠다. 하 지만 나도 전에 우리 집 개가 죽었을 때처럼 헐떡, 헐떡거리다가 숨이

꼴깍 넘어가겠지. 눈은 감은 듯 뜬 듯하고 입은 멍청하게 반쯤 벌리고 바보같이 죽을 것이다. 요즘 와서 화를 잘 내는 걸 보니 천사처럼 죽는 것은 글렀다고 본다. 그러니 숨이 지는 대로 화장을 해서 여기저기 뿌려 주기 바란다.

유언장치고는 형식도 제대로 못 갖추고 횡설수설했지만 이건 나 권정생이 쓴 것이 분명하다. 죽으면 아픈 것도 슬픈 것도 외로운 것도 끝이다. 웃는 것도 화내는 것도. 그러니 용감하게 죽겠다.

만약에 죽은 뒤 다시 환생을 할 수 있다면 건강한 남자로 태어나고 싶다. 태어나서 스물다섯 살 때 스물두 살이나 스물세 살쯤 되는 아가씨와 연애를 하고 싶다. 벌벌 떨지 않고 잘할 것이다. 하지만 다시 환생했을 때도 세상엔 얼간이 같은 폭군 지도자가 있을 테고 여전히 전쟁을 할지 모른다. 그렇다면 환생은 생각해 봐서 그만둘 수도 있다. (2005년 5월 1일, 쓴 사람 권정생)

정호경 신부님, 마지막 글입니다. 제가 숨이 지거든 각각 적어 놓은 대로 부탁드립니다.

지금 너무 고통스럽습니다. 3월 12일부터 갑자기 콩팥에서 피가 쏟아져 나왔습니다. 뭉툭한 송곳으로 찌르는 듯한 고통이 계속되었습니다. 1초도 참기 힘들어 끝이 났으면 싶은데 그것도 마음대로 안 됩니다. 모두한테 미안하고 죄송합니다.

하느님께 기도해 주세요. 제발 이 세상 너무도 아름다운 세상에 사람이 사람을 죽이는 일은 없게 해 달라고요. (2007년 3월 30일 오후 6시 10분)

권정생은 2007년 5월 17일 '어머니 사시는 그 먼 나라'로 떠났다.